# THE DEMON SINGS WITH WRATH

# 狂魔戰歌

## 烈火之心

## HEART OF FLAME

言雨——著

# 目次

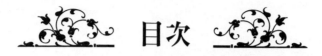

# 幕間：黑智者

今晚的風有些冷，烏雲密布的天空看不見半顆星星，彷彿從黑寡婦創世以來便不曾被點亮過。晦暗的天色催促桂瀧南街道上的行人，要他們趕著在月光消失之前回到家中，疾風鞭策著他們，金鵲皇朝南方著名的暴雨將要落下。

回到家中，他們的家人會迎上前來，在分享晚餐時說說今日所見所聞，享受屬於平凡人的幸福庸碌。他們是幸運的一群，能相信虛無飄渺的神話，不需要擔心傳說中的惡魔踏出夢境。

一輛剛剛進城的馬車停在一座宅邸前，車伕跳下座位，拉出一列矮梯引導尊貴的防夫人將繡花鞋踏入汙泥中。防夫人從簾幕後跨出車廂，失去女兒的她看不出悲傷的痕跡，反而是眼下驚惶未定的青紫色厚得難以掩飾。

她腰上纏著銀色地母紋纏腰，頭上的金玉雲鈿一眼便看得出價值不斐，左耳上的珍珠則是她的貴族象徵。這身光彩照人的打扮，穿在皮膚白皙的防夫人身上，不知怎麼地使人心神不寧，好像發現一朵鮮花上爬滿了黑色的蠹蟲一樣令人不安。

沒辦法，那太可怕了，沒有人會在目睹那一幕之後，還能保持理智，無憂無慮繼續過日子。不！絕對不可能，就算是坐擁大片產業，受羽人皇族封耳賜姓，貴為桂瀧南第一世家的防夫人也做不到。

一切都與心術有關，如果可以，她會一輩子不碰心術，甚至連神術都拋在腦後。那些肆無忌憚使用心術的傻瓜真該看看那一幕，看看爬出心海的怪物怎麼荼毒她的兒子。

事情過後，她就把家裡的體伎通通送走，就算因此賠了一大筆錢也不在乎。現在防家上下嚴禁使用心術，教僕們戒慎恐懼，每天在她的要求下用神術巡邏心海方圓十里內三次。如果不是力有未逮，她會要求他們連百里內都檢查個十遍。

有人都說心術只能製造幻象迷惑意志不堅的人，但防夫人已經知道就算是幻象，夠真實也會爬出思想的牢籠。

她站在黑色的大門前，身邊只有教僕玉荷替她撐傘，車夫和他的生財工具已經依照指示躲得遠遠的。宅邸不算大，看上去就像鄉下貴族進城時會租的小別墅。可是這小別墅不知怎麼，散出一股令人恐懼的味道，彷彿正等著吞食上門的客人。

「夫人，咱們回去吧！」玉荷瞥了黑門一眼，又趕緊把視線收回，全身不住打顫。「老爺再過一些時日便回鄉了，到時候——」

「到時候就太遲了。」

「但是如果被人知道了……」

「如果被人發現我知情不報，到時候會更慘。」

防夫人往前一步，皺起眉頭，重拾荒廢的心術。

使用心術的人會看見存於現實夾縫中的心海，在其中你能自由編織心念傳訊給你的朋友，製造幻象攻擊敵人，神術則能保護你不被虛幻的思緒與欲望逼瘋。排名最末的體術，則被所有的人評為不入流，只適合放棄自我，把肉體的掌控權交到主人手上的體伎和兵奴。防夫人現在知道這些都是和魔鬼共舞的行為，但是她已經陷得太深了。她此時巴不得有一整隊的兵奴圍在身邊，替她抵擋接下來的災難。

她咬緊牙關，送出心念傳音給門後的守門人。

她感覺心念滑過一個平滑的表面。

幾秒後，門開了。

在那一瞬間，防夫人才發現自己有多希望這扇門不要打開，就讓一切像是日常生活中突發的小事，輕輕滑過她的人生就好了。從門後探出頭的守門人是個又矮又老，除了令人生厭的體臭之外，留不下任何印象的怪人。他瞪著防夫人好一會兒，打了個手勢，示意防夫人走進黑門。玉荷也想跟上，但守門人卻將她推出大門。玉荷發出小小的驚呼，顫抖著向後退開，目送夫人消失在黑門後。

她很忠心，但此時忠心抗拒不了逃跑的本能。

黑門後是個再平常也不過的庭園，每扇窗上貼著厚厚的窗紙，透不進半點光線。在防夫人眼裡，骯髒不堪的街道突然變得像天堂般吸引人。

守門人抓住她的手臂向前，把防夫人摔在門階前。防夫人的膝蓋撞上青石階梯，這下不留疤也難了。

「是誰？」粗野的傳音在她心中響起，帶著濁重、野獸般的氣息。「和智者連繫有什麼企圖？」

「智者……」防夫人有點忘記心念傳音需要的力道，連續試了幾次，好不容易才發出夠大的聲音，傳進紙門內。「賤妾……賤妾曾經……曾綷向您委託——請求！請求您高抬貴手，施救吾兒。」

「你兒子？我們為什麼要救你兒子？」

「智者承諾——」

「智者需要向你承諾任何事嗎？」心念傳音突然變得兇暴，將防夫人壓倒在地，摧折她脊背的骨頭。她嚇得五體投地，不住瑟縮顫抖。

「智者，求您發發慈悲……賤妾……賤妾知道……知道一些事情，您說不定會有興趣……」

「我很好奇你只看得見蠅頭小利的眼睛，能知道什麼事情，是智者不能掌握的。」

有，她的確有。防夫人吞了吞口水，接下來不管她兒子繼玖的命，還是她自己的小命，通通都繫在她怎麼說完接下來的話了。

「智者在上，賤妾之子出事的那日，發生了一件事。此事賤妾不遺餘力封鎖，直到近日獲得證實之後，才敢面稟智者。」

「何事？」

「事關賤妾之子身上之傷……」

防夫人把故事說完，天際驀然響起驚雷。

不，天空非常平靜，是防夫人的心被雷擊中了。她以為這是憤怒的表現，接著排山倒海而來的痛苦，才讓她驚覺方才不過是對方一時不慎洩漏出來的情緒。各式各樣的痛苦鑽透她的骨髓，蟲嚙、火燒、冰封，一波波令人意想不到的痛苦強行灌入她的心中，逼迫她承認不存在的折磨。

她叫不出聲音，她只是條悲慘的蟲，連叫出聲音的資格都沒有。

「聽著，女人，一字一句聽清楚了。你視為珍寶的性命，在我們的眼中小到足以忽略，卑賤到一文不值。你唯一僅存的價值，就是成為我等的耳目，及時回報該回報的一切。現在，我要你抬頭，抬頭看著我，然後告訴我，為什麼你會認為你兒子的爛命，比得上整個世界的命運？」

防夫人被迫抬起頭來，那個冷冰冰的聲音非常具有說服力，就算她以為自己的脖子早已斷成三截了，還是被迫抬起頭，看著紙門緩緩推開。微弱的光線照在門後的人身上。

不，那不是人，防夫人嘴巴旁流下一行口水，如今禮儀對她來說無足輕重。

那不是個人。也許那個人穿著鐵灰色的寬袖長袍，也許他腳上穿著厚實的皮靴，也許他伸出來的雙手和人一模一樣，但是他肩膀上有個巨大的面具，面具說明了一切。

黑智者，原來如此。防夫人知道了，但是對她的處境完全於事無補。

那是一個巨大的面具，皮革下緣覆蓋穿戴者厚實的肩膀和胸口，脖子以上的位置是黑褐色的硬殼木，雕刻成巨大的野豬頭蓋在主人頭上。野豬的長牙也是黑色的，在微光中發出殘酷的光芒。

外交遊戲結束了，你和惡魔打交道，惡魔找上門了。

「我族費盡千辛萬苦，搜索了十個世代的目標，就因為你的愚蠢讓一切白費了。為什麼我該留你一命？我該把你的屍體吊在百里金城的城樓上，讓那些自以為坐擁江山的羽人看看什麼才叫手段。說話！」

黑智者大吼，痛苦頓時停了。她的神經上留著痛苦的餘緒，只要稍稍活動，便怕得縮起自己不敢動彈。

「大人……閣下……請聽賤妾一言。」防夫人縮著腦袋說：「賤妾知道有一個方法，這個方法能彌補……」

她的聲音愈來愈小，要非常認真才聽得見。黑智者聽著她說話，過了許久，才終於用非常微小的幅度，點了點頭。

「這是你的建議？」

「是的，只要智者與我前往邊關——」

「我等自會判斷應不應該採信。在那之前，有件事得先讓你知道。」

「敢問大人，有何吩咐？」防夫人走進門後第一次，感覺到人生還有一絲光明。只要黑智者覺得她還有利用價值，那她的名聲和生命就會獲得保障。

黑智者揮了揮手，守門人捧著一個木匣子快步走到防夫人面前。

「我想你應該看看這個。」

僕人打開匣子，防夫人的前教僕玉欣的人頭，端坐在匣子中。

「我想她是沒救了。我本來的意思是要在你面前將她分屍，不過其他人認為這太耗時間了，況且對不知痛苦的人施加酷刑沒什麼意義。」

下一秒，防夫人看見了整個過程，包括剩下的屍體去了哪裡，遭受了什麼待遇。她吐了，毫無尊嚴，像條狗一樣趴在地上。心念傳音能傳送的，可不只是聲音而已。

「如果你沒說謊，那這個女人便是和你兒子一樣被燒盡了心智。解鈴還須繫鈴人，這世界上除了黑寡婦之外，只剩朱鳥轉世能救他。我建議你動作加快，否則等我們看膩了你兒子的醜臉，行動又不順利的時候，說不定又有人想來些娛樂。啊！我能聽見你的決心，要不要說出來呀？」

「一定、一定、一定……」防夫人喃喃誦念，恐怖終於捻熄了她的理智。

也許防夫人暈了，黑智者也太過憤怒，才沒注意到有人正把這一切全部聽在耳裡。一隻小小的墨色麻雀，在小別墅的牆頭跳躍，一副天真可愛的樣子。但是小麻雀的雙胞胎兄弟，正把黑智者和防夫人的對話，一字不漏傳給主人聽。

若水放下小麻雀，黑智者恫嚇人的聲音她已經聽膩了。她不會使用心術，但也知道心術的規則。不管黑智者的心術有多出神入化，能把多少幻象強加在人身上，依然沒有辦法查知受害者的完整思緒。他的作法和其他善於權謀的人相同，觀察情緒和微小的動作，頂多加上一點心術的修為，感知對方在心海中的反應和意念的強弱。

她的心是安全的。若水下意識拉拉灰色的衣裙，捏掉不存在的灰塵。她的大眼睛下因為疲累出現陰影，原本白淨的皮膚因為流浪變得又髒又黑。

她該對黑智者心懷感激才對。若不是黑智者，她和益禽早就餓死在街頭了。他們離開西南山村向東流浪，看見愈來愈多的人，用掉愈來愈多盤纏，肚子也愈來愈餓。桂瀧南是個可怕的地方，這裡沒有人欣賞畫師，每個見到益禽神筆的人，都想把他們丟到枯井封死，以免畫中的精靈跑出來作怪。這些人，相信家門前的四福神，相信水邊的魚仙塑像，卻對畫紙上的花鳥精靈抱著恐懼。

還記得那一天，如果不是巧遇黑智者，益禽說不定已經被一幫迷信的街頭混混砍掉雙手。說到底，他們年紀還是太小了，不知道怎麼掩飾自己的恐懼，不曉得怎麼武裝自己，那幫混混才會有機可趁。

若水抓緊領口。原來人也能像野獸一樣強取豪奪。

「若水？」是益禽的聲音。若水趕緊回到房間裡，探看他的需求。益禽已經發燒好幾天了。他們從小一起長大，若水不記得他曾經病得這麼重過。西南山村和省城不同，身體孱弱的孩子活不過周歲斷奶。

床上又黑又瘦的益禽似乎又縮水了一點，好像發燒不只燒掉了他的體力，還有一些其他的東西。

「是誰在外面？」益禽問。

「沒人，你先躺下。」若水拍拍他胸口。「沒事的，我們先吃藥，智者說你要吃藥病才會好。」

「我不要吃，他們想毒死我。」表情扭曲的益禽說，但是若水端起藥碗餵他的時候，他並沒有反抗。

「快點吃藥，病才會快點好。等你病好了，就能繼續作畫了。」

「等我病好了——」益禽吞下一大口苦藥，打了個冷戰，在第二匙入口前搶著說：「等我畫完了，拿到酬勞我們就去北灝筑，不然就是鐵巖城。聽說那裡的人會尊重畫師，而不是把他們當成路邊的溝鼠。」

「先別亂說話。」若水抓準時機，把藥水塞進他嘴裡。「天大的事都等你病好了再說。」

或是我們活著走出黑智者的魔爪。

若水沒有把後半句說出口。她憑著女性直覺知道，如果話說出口了，他們也許真的再也沒機會重見天日了。益禽苦著臉吞下藥湯。

是呀，他們也只能苦著臉，把人生這帖藥吞下去了。

# 第一章　人馬

滾滾流動的苦辣瓦河自世界之脊的深處發源，蜿蜒繞過人虎、豬人、獅人、人類的領土。浪漫的人或許會說流淌其中的不是河水，而是上述種族的血；驕傲的國族主義浸透了河谷，讓肥沃的土地始終濕潤。

蜘蛛地母的線纏繞所有人的命運，魚仙的河水最終只有一個歸途。人類在彼岸與此生間奮戰，金鵲皇朝憑藉著邊關絕境的守衛者，屹立於九黎大陸的東南方。歷史的悲劇不曾忘卻這個軟弱的種族，正如生於烈火中的朱鳥不曾忘卻滅世的詛咒。

拜苦辣瓦河之賜，在名符其實的邊關絕境，黑色的山谷沒有乾透的一天。站在城牆上往西北方的樹林眺望，你能看見絲絲淺灰的煙柱伸出手指，控訴般指向暗紅色的天空。在城牆與樹林之間，髒汙的河水日以繼夜，不斷匆匆往東奔逝。城樓上的防濟遠拉緊披風，憂慮的眼睛望著平原另一端，試著想像生活在其中的感覺。世界之脊的末端在樹林後伸長毒牙，張開血盆大口準備吞食迷途者。

毒龍口，他們是這麼稱呼那破碎的地形。金獅戰團與金鵲皇朝這場沒完沒了的僵持，十年間斷斷續續消耗了三位人類將軍，如今輪到濟遠與他的父親了。濟遠有預感，如果沒有一個突破口，再過二十年他依然會站在這裡，僵在這場戰爭中不知所措。

防濟遠嘆一口氣，感覺疲憊又煎熬。

也許父親的失望並不是空穴來風，他的姊妹們個個比他還有骨氣，先後嫁入豪門，為家族未來的榮光與人脈做準備。不像他肩上背著家族的紋章與軍階，最大的貢獻就是站在城樓上，不去打擾士兵執行勤務。

「少爺。」站在他身旁的教僕致武喚了他一聲，濟遠這才從憂傷的思緒中驚醒。「你又出神了。」

「表叔。」濟遠突然意識到身上鬆散的盔甲，心虛地想用披風遮起這些錯處。書記致武衣袍上暗綠色的綁帶，沒有一處結不夠扎實，整個人像把未出鞘的寶劍，隨時都能投入戰鬥。

「想什麼呢？」

「沒有。」

話一出口，濟遠就後悔了。他父親的庶出兄弟，就像每個素養優良的教僕一樣，連個表情都不需要，就能輕易看透主人心思。

「我把家書送出去了。」濟遠說：「我親自寫的。我覺得至少能為碧玟做這一點事。快馬送回去，應該能趕上她七七之日。我附了一篇祭文，如果……」

他的手心沁出冷汗。夫人會幫他燒給碧玟嗎？還是又像他每一封家書一樣，換回一張無情的指責。他不知道，真的不知道。他一雙手連筆都握不好，又要怎麼拿劍？

「你給自己太多責任了。」致武說：「小姐會知道你的心意，魚仙娘娘肯定已指引她踏上歸途。」

「我只希望夫人最後待她有繼玟一半好。」濟遠無聲說道，沒讓表叔聽見。

「少爺又在沉思了。」

「是的。」

「容小人僭越，是關於大將軍所言之事？」

「不是。」濟遠沉默了幾秒。「他說的話一點道理也沒有。」

致武表叔露出促狹的笑容。地母的！他的笑容和父親也太神似了。

「你們真是父子。」

「此話怎講？」

「大將軍以前也這麼說老主人。」

教僕不允許稱呼父親，致武表叔和大將軍共同的父親，對他來說是主人而非親人。濟遠聽見這個稱呼時，立刻把湧上心頭的恐慌趕走，不許情緒作怪。神術的秘訣是，集中在一個意象上，集中心念和情緒。他在心中反覆誦念。

「父親不喜歡祖父？」

「老主人是個嚴厲的人，任何他認為對的事，皆不容質疑反詰。但那時候呀——哈哈——你一定沒辦法想像大將軍的脾氣。在大將軍接手家業的前幾年，老主人有好幾次和大將軍吵翻了天，幾乎要把防家拆成兩半。」

想到沉穩的父親也有年少輕狂的樣子，濟遠不禁莞爾。「換作是我，恐怕便沒有這番勇氣了。」

「少爺切莫妄自菲薄。」致武說：「少爺至邊關已有半年餘，大將軍有大將軍的脾氣，少爺也該有自己的主見，不該凡事只循先例，不求甚解。將軍交付的任務，自有其深意。」

「但我始終摸不著頭緒。」

「怎說？」

「當日帳中，不論是二位叔叔，還是父親自己皆是心術高手。操練兵奴何等重大，三人必然在開始前檢查過心海四周，築起防禦防範外人。依此推論，邊關之中，根本無人能鑽過防線，潛入帳中刺探。若賊人真敢挑在此時動手，那濟遠佩服他的勇氣。」

「有理。」致武點頭說：「但並非全然不可能。」

「是。若有人真能做到，此人必有宗師等級之心術實力。」

「一個心術宗師委身進入邊關刺探軍情，未免大才小用。」

他說得沒錯。擅長心理遊戲的心術宗師刺探軍情的確能有很大的作用，但是濟遠知道更多的人，會把這樣厲害的高手養在手邊，進行更複雜的權術遊戲。前往荒涼的邊關刺探軍情？貴族可不是為了這種小事，才耗費大把黃金供養這些所謂的宗師。這些宗師更不可能紆尊降貴，甘心前往邊關委屈自己。他們的戰場在這裡，貴族的戰場卻在遙遠的百里金城，金鵲皇朝的首都裡。

這件事還有盲點，濟遠無法看穿。他們連看得見的敵人都殺不完了，如果背後再多一根不知出自何方的暗刺，他真不知該如何自處。

「我沒有結論。不論哪一方，都是錯的。一個間諜不可能傻到潛入三個戒備森嚴的將軍之中，而有此能力的間諜不可能隱身於此。這兩方詭論，背後必定另有隱情。」濟遠說。

「少爺可曾想過，這是將軍給您的考驗？」

「有。」濟遠咬著牙承認。他還是需要被考驗，因為在父親眼中，他還只是個不成熟的孩子。「如果這是父親的考驗，濟遠亦會全力以赴。只望表叔願不吝賜教，指點濟遠。」

這番客套話——濟遠刻薄地想——他聽起來真像他父親。

「小人明瞭了。」致武表叔微微欠身行禮。

「報！」傳令兵奔上城樓。

「說來。」致武說。

「跳馬關長風部人馬到了。」

「我知道了，下去吧。」

傳令兵退下。致武表叔的臉轉回來的時候，表情又多了幾分凝重。

「咱們先去處理這半人半獸的傭兵朋友。」致武說：「內賊能等，這些長毛馬可等不了。」

致武表叔讓他走在前面，兩人一前一後走下城樓。他們走得不快，每次走下樓時濟遠總是很小心腳步，生怕一個不注意又要摔下去生出新的笑話。邊關絕境的老城牆有些地方不大牢靠，西邊甚至還漏了個洞，得有巡邏隊隨時警戒。

但即便如此，有這堵深灰色的城牆圍在北方，金鵲皇朝大半的百姓才能睡得心安。走下城樓，一落落的帳篷延地搭造，被雨水泡成黃褐色的油布有深淺不一的色澤，暗示著各區士兵的服役資歷，營區前的旗號標出他們從屬的番號。飄在秋風中的防字焱文，在灰暗的天空下像一叢叢高舉的烽火。

濟遠和教僕穿過帳篷組成的重重迷陣，一路來到對外接壤的營區，人馬的代表就等在這裡。人馬站在營地前的樣子一如濟遠記憶中令人震撼，不論是上半身寬闊的肩膀與胸膛，還是下半身粗大的球型關節。守在一旁的士兵們刻意離他一點距離，在四周空出滑稽的空間。

「防都尉。」人馬眼睛盯著濟遠念出他的軍階。他們對軍階非常講究，從來不會弄錯邊關絕境中的各式軍階。

對他打招呼的是長風部弓騎長長風屠萊，濟遠如果不抬頭，只能對著他胸腹之間的疤痕說話。長風屠萊有張方正的臉，褐色的長髮像馬鬃一樣從頭頂一路延伸到肩胛骨之間，光滑無毛的耳際刺著代表部族的荊棘刺青。刺青銳利的花紋，和他毫無感情的黑色瞳孔一樣令人不安。

他身上只披著一條肩帶，肩帶上從短弓箭囊到長劍和皮盾一應俱全。粗陋的兵器和人類士兵身上精良的鍛鐵比起來，像是小孩子家家酒玩具。但是致武表叔告誡過他，人馬才是從小就把戰爭當作家家酒的生物。長風屠萊孤身前來，人馬一向如此；當人馬群聚行動的時候，足下必然踏著血腥。

「弓騎長。」濟遠舉手拍胸，這是人馬的行禮方式，弓騎長對他回禮。

「願朱鳥照耀您的前程。」屠萊說：「自從上次別過之後，邊關絕境似乎更加刺激了。」

「我們的戰事稍緩，想來是母獅子終於知道我們不好惹。」

屠萊嘴角挑起笑容，他喜歡這種言詞交鋒不下於刀劍交擊，即使不是使用他的母語也是如此。

「都尉的口才更好了，我還以為你們這些人類，都被養成只惦記溫香軟玉的可憐動物。」

「我們都身處於戰爭之中。」濟遠揚起下巴，努力在身高劣勢之中取回一點氣勢。「未知弓騎長遠道而來有何指教？」

「我們覺得我們的同盟關係出現危機了，所以我特別到都尉這裡一行，想看看是什麼原因，讓人類覺得可以隨意破壞我們的同盟。」

「我們不會破壞同盟。」濟遠不懂他意有所指的語氣。半人馬說是同盟，不如說是拿了錢辦事的傭兵。「人馬的目標即是我軍的目標，我朝不會做出違背自身利益的行為。」

「既然如此，那都尉可還記得我們當初的協議之中，有一條不許人類出現在長風部營地？」

「濟遠非常清楚。」

「那也許都尉也很清楚，闖入長風部營地之人，究竟身分為何了？」

濟遠愣了一下。「人類？在貴方營地？弓騎長，這其中是不是有什麼誤會？」

屠萊重重噴了一口鼻息。「我可不覺得我的眼睛誤會了任何事。我們的營地之中出現一個長了一口大虎牙的人類，被我們的心術師逮到他在營地中使用心術，意圖刺探我們的部屬。當時由我領軍追擊，只可惜沒能手刃間諜。掌風酋長為此非常氣憤，要我親自前來討個交代。」

濟遠的心頓時涼了一半。

「對於此事，都尉可有任何解釋。」他右手搭在腰際的劍柄上，口氣不像在詢問。

周遭的士兵在無聲無息間向後一步，甚至連致武表叔都倒抽一口氣。濟遠雙手都是冷汗，只怕搶著拔劍的結果，也只是把劍落在地上而已。他要冷靜，他什麼都做不到，更不能打壞和人馬的關係。失去人馬這個盟友，等於是叫金鵲皇朝的士兵丟下劍去打仗。如果是其他人，他們會怎麼做？濟遠的腦子像根羽毛一樣在人馬的殺氣中亂飄。

「我沒有解釋。」他說。

「那我就當都尉認罪了。」

「我們的確有錯。」濟遠嚥下一口水。「有人抱持著敵意，前往貴部破壞人馬與我朝之間的關係，的確是我督導不周。如果弓騎長願意給我機會，濟遠會親自把間諜帶到長風部謝罪。」

「言下之意，都尉會負起全責？」

「大將軍指派我擔任與貴部連繫，濟遠自會擔下責任。」

「很好。」屠萊鬆開右手。「希望都尉能妥善處理此事。否則下一次，屠萊會直接面見大將軍。」

他重重踏了兩下地，像擊鼓一樣。「他是個人類，是你們的責任。群馬該為害群之馬付出代價。相信等到那一天，都尉不會逃避應負的責任。」

「我保證必有個令貴部滿意的答案。」

「七天。我會在第七天，朱鳥睜開火眼時過來，希望到時候你們能給我們一個答案。」人馬第二次敲擊自己的胸膛，濟遠愣了一下，才趕緊跟著回禮送客。屠萊四蹄一躍跳過大半個營地，消失在他揚起的塵沙之中。

「少爺？」

「我沒事。」濟遠縮回手，不敢讓士兵發現自己居然伸手想要教僕攙扶。致武裝作沒有發現，喚來傳令兵，開始發布命令。

一個間諜，能在邊關絕境以及人馬營地中來去自如，連人馬都無法在第一時間將之擒拿。他剛剛把命抵押給人馬，卻完全不清楚贖金該有多少分量。

他到底做了什麼傻事？

「少爺？」在怕人的沉默之中，濟遠只聽得見表叔的聲音，還有一個本能的反應。

「必須稟告父親。他人在哪裡，我要立刻見他才行，我昨天交給他的報告有誤。我要快點，否則他——」

「少爺冷靜。」教僕壓低聲音，語氣尖銳。

濟遠這才想起他們站在士兵中間。所有人正圍著他們，縮著肩膀抱著武器。他是軍官，他應該要鎮定，鎮定是他們的第一課。神術，濟遠想起神術，神術的精粹是穩住呼吸。他得穩住呼吸。

太陽曬得人頭昏眼花，刺耳的號角聲穿破天空。

「攻擊。」致武表叔皺起眉頭。「獅人進攻了。」

「進攻？在這個時候？」

「不要驚惶。」致武表叔說：「快就位，要上戰場了。」

這句話和其他言詞沒有任何不同，帶給濟遠的只有不安。對，該上戰場了，他的父親一定在那裡，金鵲的守衛者總是身先士卒。只要找到他，所有問題便有解了。濟遠穩住心跳，不知道自己應該期待還是害怕，號角聲催促著他踏上戰場。

望著遠方，綠色的樹林逐漸被戰火染成焦紅，然後褪成一片赤褐色，最後化成黑煙消逝。這一幕有種畸形的美感，許多只敢在帷幕後拿著毛筆書寫的文人，根本不懂衝入戰火時的刺激，以及心跳加速的爆裂快感。那些人一輩子也只配拿著毛筆，在花園中舔食自己的懦弱。

「衝！」防將軍揮劍一吼，率軍躍出壕溝，從左後包抄孤軍深入的母獅。

要戰勝母獅子，要比她們狡猾兩倍，並坐擁十倍的軍力。仔細觀察每個獅人士兵，便能發現他們優於一般人類士兵之處。與人類相較之下，母獅人的身材顯得矮小，平滑柔順的五官幾乎看不出一點殺戮之氣。但是當亮出尖牙，執起短矛和皮盾時，這些柔順的母獅會變成兇殘的殺手。母獅能應付所有的戰術需求，從伏擊到衝鋒，無一不精無一不通。防將軍曾看過母獅人軍團在瞬間連換三種隊形，將多出她們三倍的軍隊，切割得支離破碎。母獅人恐怖的默契，足以令古今所有膽敢自稱軍事家的男人膽寒。她們的心術也許粗糙，卻能連結成一個龐大的連結，使她們在戰場上無往不利。

但防大將軍，人稱金鵲的守衛者可不是浪得虛名。

「左線！」防將軍的黑色巨犬在心海中咆嘯，激勵士兵的戰意，摧折敵人的士氣。光他一個人，就能達成許多軍官必須聯手才能得到的成果。獅人軍隊注意到他了，攻勢往他集中，但他一點都不怕。這些士氣低落的士兵，是戰場上最脆弱的生物。

獅人今天從西南進攻，顯然打算切斷邊關絕境的水源供給。這是常見的一招，是他們近來的主要戰略，騷擾補給和水源，意圖削弱邊關長期作戰的實力。

但防將軍早有預備。他先將戰線拉長，由自己誘敵分散獅人的攻擊。這是戰術的關鍵，如果是其他人擔任誘餌，獅人必定不肯上當。但是防將軍是整個軍營的主帥，是獅人戰場上必殺的主要目標，只要他出陣衝鋒，獅人絕對禁不起誘惑。

餌不夠大，獵物可不會甘心吞下呀。

等他分散了獅人的攻擊，陣將軍的左軍就能攻擊獅人脆弱的側翼，逼她們兩面開戰。

「大將軍。」在城樓上監控的陶將軍傳來心念。「計成，左軍追擊，包夾母獅。」

「好。」防將軍大喝，揮軍掉頭衝撞獅人的主要戰力。

殺！他高舉長劍，再次從心海中激出恐懼恐嚇敵人。赤褐色的戰馬發出尖銳的嘶鳴，隨他的指令衝入敵陣，散佈恐懼與驚慌。

一個母獅人露出退縮的神色，兩把步兵的短劍立刻穿過她的肚腹。防將軍的角色不是殺人，他是誘餌與陷阱，望向他的視線注定要消失在士兵的鋒刃上。他衝垮獅人的陣線，擊碎他們的意志，讓士兵發揮他們的最大價值。

但沒有戰術能永遠保持奇效，誘餌戰術的功效不久後就會消退。防將軍的長劍左右揮砍，交擊的力道逐漸減弱，次數也開始減少。獅人開始轉移目標。

和萬事萬物一樣，恐懼也能成為一種習慣，等母獅人對恐懼和誘惑麻木，逐漸恢復思考能力時，就會發現與全副武裝的大將軍相比，士兵是更簡單的目標。戰術要立刻改變，士兵與獅人正面衝突的勝算太低了。

「右防！」他發出第二波傳音，左軍開始轉向東方，將側翼拉成防衛陣線。

「塔備箭。」

「箭備。」陶凌的傳音立刻回覆。

「回防。」防將軍舉劍，將士兵帶回防線後方。第二波獅人正在逼近，他們要準備好因應。

士兵們切斷陣中殘餘獅人的喉嚨，防衛線組織完成。

「大將軍。」致武與濟遠守在陣中，見大將軍回防，立刻將水囊遞上。
「戰況？」
「我軍損傷人數不多。敵軍前鋒殲滅四成餘。」致武回報。
「鹿砦損傷？」
「半數。」
臨時湊合的東西，果然撐不了多少攻勢。
「傳令下去，第二軍預備衝鋒。」
「是。」
致武匆匆退下，身穿銀甲的濟遠踏向前。「父親，讓孩兒與你一同出陣。」
防將軍迅速瞥了兒子一眼。盔甲上沒有沾染半點血污，眼神帶著遲疑，頭盔的繩結歪了一邊。
「我需要你鎮守此地。到陣將軍身邊，與他一同指揮此地。我需要二位守住此地。」
「此地？」濟遠睜大眼睛。「父親還要出陣？獅人援軍已到，貿然出陣只怕不妥。」
「若不出陣衝擊獅人陣型，等他們破解我們的戰線時就太晚了。你都到邊關絕境多久了，怎麼會不懂這個道理？」
「我——」
「遵我號令行事。」防將軍丟下水囊跳上戰馬，從心海中發出指令。「左軍預備隨我出陣，中軍固守，右軍箭塔備箭，待我號令。」

十三個神術師在塔台上傳來回應。專職的神術師職責是保衛三位將軍，還有其他五名包含濟遠在內的副將，不受外來的心術攻擊。指揮鍊是戰場上最重要的一環，如果軍官的神術防衛遭到破壞，被敵人影響了心智，導致軍令被竄改或外洩，會有多可怕的後果防將軍連想都不敢想。

「報，奴隸兵出現。」陶將軍傳來訊息。

防將軍從馬背上望出去，他能看見奴隸兵雜沓的腳步引起的沙塵在不遠處揚起。

無用的蛆蟲。這些奴隸擋在獅人的戰線之前，對整個戰局一無所悉，只知道拿起武器試圖活過今天的衝鋒。防將軍最恨這些人；怯弱，沒有鬥志，只是單純的擋箭牌。他們唯一的貢獻，就是在不知情中完成獅人的戰術步局。

他從馬上遠望，奴隸兵現在往金鵲軍左側跑，腳步凌亂沒有秩序。奴隸裡有大部分是人類，間雜著羊人或鼠人，都是些無足輕重的角色，把箭射在他們身上都嫌浪費。

「箭塔，注意東北。」防將軍用心術下令。奴隸兵會讓西南方的攻勢看起來很大，但是獅人有可能聲東擊西，攻擊其他地方。敵軍狀況不明，今天不是衝鋒的好日子，防將軍忿忿躍下戰馬，把轡繩交給傳令兵。

「父親？」

「都尉，隨我回關。」防將軍沒有說話，他兒子會在心海中收到消息。「左軍堅守防線，不許出陣。陶將軍，城樓備地圖，重研戰術。」

防將軍命令一下，城樓上的幕僚們紛紛動了起來，將邊關絕境的地圖往巨大的桌面上攤，準備迎接將軍的到來。

防將軍奔上城樓，腳步和在戰場上一樣快速，濟遠必須非常賣力才跟得上，而大將軍一點等他的意思都沒有。在戰場之上，一點拖延都會造成不可挽回的後果。右軍將軍陶凌的兩個副將何青、隘恆，正站在城樓的桌邊等待大將軍到來。

「陶將軍呢？」

「陶將軍親赴北塔。」

「為何？」這不尋常的舉動讓防將軍不安。「陶凌？」

「大將軍。」陶凌的回音立刻從心海中傳來。

「發生何事？為何只留下副將？」

「稟大將軍，北塔狀況有異，屬下不敢大意。」

「有什麼狀況比戰術更重要？」

陶凌似乎倒抽了一口氣。他看到了什麼？「大將軍，人馬聚集在北側丘陵。」

「你說什麼？」

人馬瘋了嗎？北側丘陵緊鄰塔樓，是北方箭塔的防守重點，如果北側被攻占，下一步便能直指塔樓。此地的重要性不下於西南鹿砦，人馬違背協防的約定，出現在此有什麼打算？他們打算破壞盟約嗎？

該死！如果不是朝廷中有人從中作梗，他早就將邊關絕境的城牆延伸到丘陵上，今天也不會發生顧此失彼的窘境了。

「他們有什麼舉動？」

「沒有。」陶凌的心音有些遲疑。「人馬緊緊固守陣地，沒有攻擊……獅人的前鋒退回了。」所以獅人打算攻擊北方，而人馬正好趕到？防將軍非常懷疑。

「大將軍。」是左將軍陣垣的傳音。

「如何？」

「殺退奴隸兵，母獅子撤軍了。」

防將軍皺起眉頭，事情是否太順利了一些？

「父親？」濟遠出聲詢問，他在心海裡把對話聽得一清二楚。

「毋須追擊，回防堅守。諸將至城樓集合。」

應諾聲紛紛傳來，諸將開始動了起來。防將軍的思緒也迅速轉動，眼睛眨也不眨看著地圖。邊關的城牆自西南向東北延伸，拉開一條橫在毒龍口前的斜線。原本應該守在南方的人馬橫越戰場，佔住了孤立的北方山頭，母獅在西方的手腳這下更無阻礙。

但即便如此，金鵲依然占有城牆的優勢，加上人馬壓制北方，只要配合得宜，獅人將被困在兩軍之間任人宰割。雖然不想承認，但是戰況對他們有利，詭異的有利。

防將軍細細琢磨，想從地圖裡看見看不到的東西。

# 第二章　賊

防威伯大將軍黝黑的臉上有無數剛毅的線條，身體和闃黑的甲冑一樣佈滿傷痕，其中大多數是在邊關絕境任職這幾年迅速累積出來的。

他像把經過千錘百鍊的劍，直率得容不下推拖。他的營帳裡不像其他將軍陳列著武器，反而堆滿了軍務文書，一日十二時辰由士兵輪班顧守，即使是清掃也需有教僕監督。他很清楚，戰爭不只是靠武器，還有大量的文書後勤，以及不得言說的政治秘辛。

濟遠站在他的桌前，正在證實昨日的優勢只是他一時誤判情勢。

「這是什麼？」

「稟大將軍，人馬所言，確實如濟遠文中所呈。字字屬實，絕無推拖。」

「那文末結論又是如何？」

如何便是濟遠的任務沒有任何進展。

清查虎牙人的唯一收穫，就是找到了好幾個牙口難看到使人印象深刻的普通士兵。各營的倌士把人帶到他面前的時候，還有些摸不著頭緒，派去小鎮上打探的眼線也沒有任何收穫。畢竟就像那個叫薛成的線人告訴他的，虎牙實在是個很模糊的特徵，鎮上的農民一半以上都是一口爛牙。

事實上，疑惑納悶的薛成自己就有一口大暴牙。

濟遠倒是很肯定，再不長眼的農民也不會瞎到走進人馬的營地。他沒告訴眼線間諜是闖入哪邊的營地，畢竟只要和人馬扯上任何關係，再冷靜的人也會變得歇斯底里。

濟遠把這些事情盡數寫進報告中，而他的父親，防大將軍剛剛閱畢。

他看起來非常不高興。

「所以這通篇文字，最後沒有結論，只是你因循推拖之詞？」

「濟遠沒有此意。」

「但這就是你做的事。」防將軍手一揮，報告被他從案上掃落。「託詞推拖，不成氣候。」

濟遠握緊拳頭，沒有說話。三名教僕就列席在濟遠身後，但此時就算是防將軍的庶兄們，也不敢輕易發言。

「濟遠沒有輕忽之意，只是當此時刻，屬下沒有任何……」

他說不下去了。防將軍看著他，眼中閃著痛心的光芒。他做了什麼？又有什麼讓他父親失望了？

「屬下沒有任何線索。一個心術宗師，要如何潛入軍營不被查覺，我真的無法想像。更不知有何方人士會闖入人馬軍營。這之中牽涉太多，濟遠一時無法釐清。」

「無法釐清？一個賊子在軍營裡亂竄，你這軍官便只說得出這樣的話？」防將軍說：「這三百兵奴是我方最後的王牌，要是出了差池，邊關絕境也不用守了。」

「濟遠曉得。」

「曉得什麼？以為有兵奴在手就能肆無忌憚？如你一般無能，就是三萬兵奴交給你，也是一夕覆滅。」

就算防將軍大吼大叫，也不會比這句話還要更傷濟遠了。

「思慮不知瞻前顧後，糟。為文不知前後矛盾，更糟。你致遠表叔耗在家裡就教你這些東西嗎？致武？」

「大將軍。」致武表叔走上前，低著頭。

「當初是你推薦讓濟遠負責此事，今天結果如此，你怎麼分說？」

「此事並非表叔過錯。」

「住口。」防將軍虎目一睜，濟遠只好乖乖低著頭站到表叔身邊。「身為家中嫡子，立身邊關行伍，更該清楚一人過錯，將由萬人承擔。今日你延誤軍機，乃當日致武保薦，我不罰他，又當罰誰？」

「致武當領責罰。」

「不！」濟遠急了。「這不是表叔的錯！」

「不要以為我罰了你表叔就會放過你。與其在此與我爭論，不如下去思考如何補救。」

濟遠倒抽一口氣，向後一步，卻沒有退出營帳。

「怎麼？還想再加一條違抗軍令嗎？」

濟遠的嘴唇在顫抖，從暗袋裡抽出揉皺的紙，緊緊抓在手上。「家裡送來家書，碧玟後事已經完結了，也許父親有所指示。」

「廟堂不保，何來這些兒女情長？」防將軍像條惡犬一樣皺起臉，瞪著濟遠白皙的手。「往後這些家書由你閱過即可，毋須呈上騷擾。現在，退下。」

濟遠猛一點頭，轉身衝出營帳。

翻飛的簾幕後吹來邊關絕境的風，隱隱有股血腥味。這陣風從西南方越過河谷，一路來始終透著腥臭。

防大將軍看著兒子的背影，暴升的怒氣漸漸消退。

「主人？」

「書記長職掌幕僚統籌，在職務之中可有提及生子不肖，應當如何？」

「致逢惶恐。」

「致才呢？」

「大將軍教子嚴謹，自有計較。」

「大將軍，致武有一言，不知該不該說。」

「老夫知道你想說什麼。你認為我該給他多一點機會，更多一點時間。」

「大將軍明察秋毫。」

「我又何嘗不想呢？」防將軍感覺自己真的老了。「此時當是金鵲危急存亡之秋。聖上病危，三位皇子各懷心思，朝中氣氛詭譎，風雲瞬變。濟遠若不能及早獨當一面，只怕防家就要敗在他手上了。」

三位教僕書記都沒有說話。防家是阜姓家族，是靠著防將軍的功績封耳賜姓得到地位。他們不像邑姓貴族是開朝元老家系，終其子孫代代得享富貴。防家只要哪個成員犯了錯，辛苦打下的功績極有可能被一筆勾銷，再次淪為平民百姓。

甚至殺身問罪。

防將軍有責任把最糟的部份告訴三位教僕。

「昨日陶將軍向我透露，二皇子已前往山關戰境督軍。」

「山關戰境？」致才大驚失色。「山關戰境毗鄰豬人之地，二皇子此時前往，莫非——」

「致才。」致逢打斷他。「此事大不諱，不可出口。」

「帳中只有你我兄弟，無妨。」防將軍說：「樓黔牙帝國向來都是威脅，但威脅有時也是轉機。二皇子有郎太輔做後盾，想挾豬人之勢逼宮也不是沒有可能。」

「若二皇子真挾豬人軍力逼宮，那邊關絕境又當如何？」

致武的問題，防將軍也沒有答案。當金鵲出現不只一個皇帝時，他們該效忠哪一方？這個問題防將軍一直不敢自問。

「山關生變，若是海關危境也出了問題，只怕後果不堪設想。」致才說。

「人龍消失多年，斷無此時回歸之理。」

嘴巴上這麼說，但是這混亂的年代，防將軍又能確定多少事？他只知道他的兒子，軟弱的肩膀擔不起一絲一毫的重量。他要更堅強，要撐持到兒子能獨立為止，就算為此必須傷害他也是一樣。

教僕們的討論持續著，防將軍一邊聽，一邊沉思。

「致武。」

「主人。」

「濟遠還有勞你關注了。」防將軍說。

「致武明白。」

「處罰之事，你再找說詞安撫他吧。這孩子心腸軟，專為你操心。」

致武臉上露出促狹的笑。「大將軍用心，少爺未來必定會明白的。」

「他能明白就好了。」防將軍擺擺手。「此事多說無益，將冬裝的數字報上。再不派送下去，士兵們就要打赤膊打仗了。」

濟遠奔出營帳，漫無目的四處亂走，不知道該前往何方。

沒有勤務的士兵在營地裡忙著日常事物。負責日常清潔的人員揹著竹簍到處收垃圾，剛從曬衣場回來的士兵抱著大批的衣物，路過的獨輪車上堆滿了歪七扭八的蘿蔔，準備送到伙房烹飪。和作戰訓練比起來，日常事務占據這些士兵更多的時間，沒有勤務的人應該保養自己的武器，但是更多的人會躲在軍官注意不到的地方賭錢。

軍官們不是不知道，只是刻意視而不見。有時候這種違法犯紀的行為，需要一點點放鬆。防將軍是個嚴格的人，士兵們也知道限度在哪裡，知道何時該表現出精悍的作戰能力，何時又能放鬆自己，趁著輪休到附近的石榴鎮享受一點額外的福利。

他們都知道，偏偏濟遠就是摸不清。所有人都有他們該做的事，只有濟遠沒有。他根本不應該在這裡，但是編織命運的神祇，卻讓他命中注定有個將軍當父親。

在這裡，他沒有朋友，沒有家人，沒有他熟悉的事物。邊關絕境只有戰場，只有日復一日的戰鬥。濟遠累了，真的累了。其他人因為他的身分疏遠他，就算是陌生人也聞得出來他身上與眾不同的味道。

那不是一個養尊處優的世家嫡子該有的窩囊氣。

天殺的妖鳥！他何必欺騙自己，其他軍官根本打從心底瞧不起他。

據說陶凌的副將，隘恆營尉是他妻舅的兒子，為了避嫌還刻意從底層爬起。也許濟遠該學學他的榜樣，試著從士兵開始當起，想辦法自己爬上高位。

又是另外一個自欺欺人的謊話。憑濟遠的實力，只怕連伕長都爬不上去。伕長、什長、倌士、仟士，准尉、營尉、都尉、校尉。一條漫漫長路，濟遠真不知道隘恆是怎麼撐過來的，也許他該抽空去詢問他的心路歷程，好換來更多白眼。他真想放聲大笑，笑自己愚蠢，笑自己呆。他走出營地，一路往西邊的小坡上走，想找個沒人的地方沉澱一下自己的心情。

山谷的這一邊，天空晴朗得諷刺，如果不是苦辣瓦河帶著焦黑的色澤，這裡的風景可稱得上藍天白雲，賞心悅目了。小坡上，濟遠能看見河水從他們的鹿砦防線前流過，蜿蜒往北方進發。濟遠研究過地圖，金鵲皇朝位在九黎大陸東南方，北接金獅戰團，西臨百虎部落與樓黔牙帝國。從西方的山關戰境延伸到東北的邊關絕境，金鵲皇朝所有對外的糾紛就集中在這條火線上。一小片爪狀的土地，卻要與占據整個大陸西北南的三大勢力對抗。濟遠不禁覺得無力感油然而生。

這條河也是無辜的，自蜘蛛地母創世以來，便毫無選擇地被束縛在此，無力地清洗大地上的血跡。濟遠癱坐在路旁的枯樹下，一陣風吹來，捲起塵土刺痛他的眼睛。

「防都尉？」

濟遠抬頭，沒預料會在這裡遇上將軍。

和矮胖活躍的右將軍陶淩比起來，左將軍陣垣像塊岩石一樣沉重。他們倆人身邊都跟著副官和士兵，顯然正巡視到一半。看見他的笑臉，濟遠這才想到自己臉上掛著淚珠。他趕忙起身，匆匆抹去淚痕，抱拳對兩位將軍作揖行禮。

「別，在軍營外，計較這些東西都顯得生疏了。」陶凌揮手要他起身。「你陣叔叔邀我來這裡替他看看，誰知道居然會碰上你。怎麼，今天也想來看看鹿砦嗎？」

「我只是來看看。」

「多學點對你有好處的。我知道你陣叔叔不會藏私；對吧，老傢伙？」

「當然。」陣將軍石頭般的臉看不出表情。倒是陶凌呵呵直笑。

「嚴肅的傢伙。」

「我們今日有軍務在身，不便延誤。」陣垣說。

「少正經了，我們都巡視完了，只差回去寫那殺千刀的報告。」

「我的確要寫。」陣垣的嘴角若有似無地往上了一點點，一時間濟遠還以為自己看錯了。

「你又要動什麼歪腦筋？」陶凌收起笑容。

「我也會呈報大將軍，要你交一份隨行視察的心得。」

「我就知道你邀我來沒安好心。說什麼想要以不同的角度檢查防禦，結果是挖坑給我跳。我呸！回去你的報告等著加上我的長篇大論，操死你的書記。」

這麼一大篇粗俗的語言，濟遠的臉都要紅起來了。這不像是貴族會說的話，但是在邊關絕境，濟遠熟悉的文雅教育只停留在書面上。這些將軍大可以將報告寫得詞藻優美，但是說出口的絕對粗到有剩。

他忍不住笑了一聲。

陶淩抬起一邊的眉毛，眉毛上的疤痕像個疑問的符號。「小夥子，有什麼事這麼好笑，說給我這老將軍聽一聽。」

「報告將軍，濟遠不敢。」

「你們這些小毛頭，說不敢的時候最會做些嚇死人的事。」陶淩說：「要不是還有報告要寫，我還真想好好拷問你一下。大將軍為了戰略一事舉棋不定，我還正想問問你的看法呢。」

戰略？他的話讓濟遠想起了另外一件事。

「大將軍指派我調查此事。」濟遠揣想著該怎麼把話說出口，才不至於引起兩位將軍疑心。他的調查不是秘密行動，但是父親在操演兵奴時遇襲的事，怎樣也不能洩漏出去。原先為了保密，他不敢向倆位將軍提問，但是如今他似乎沒有多少選擇了。

「不知兩位叔叔，近日是否察覺營中有無任何異狀？」濟遠裝出輕鬆的樣子。「比如操演士兵的時候，或是有什麼文書莫名失蹤？我想聽聽各方說法，確認一切安全無慮，好讓父親安心。」

「沒。」陶淩說：「這事你問我不如問陣老弟，他的反應比我還快。」

濟遠不確定這是不是笑話，因為陣垣的臉又變回一塊石頭了。

「未曾有聞。」

濟遠想再追問，卻不知道該如何繼續。

「小子，放寬心，事情沒有你想得這麼嚴重。大將軍雖然嚴謹，你也不需把自己逼得太緊。」陶凌拍拍他的肩膀。「有空多和這些小夥子來往。這兩個小毛頭，懂的事還真不少。」

他口中的小毛頭，現在比肩站在一起，副官何青是個不容易露出心思的人，跟在陣垣身後的易書德則是一副等著看好戲的表情。

「防都尉，下次輪休，再一起到鎮上好好喝一杯。」易書德說：「有你作伴還挺愉快的。」

濟遠感到胃部一陣緊縮，好像剛剛易書德說話時，暗地揍了他一拳。他永遠也不會再和其他軍官到石榴鎮上，永遠，直到朱鳥滅世之前都不會。

「時辰不早了，該回營了。」陣垣說：「大將軍等著我們的報告。」

「濟遠送兩位叔叔。」

「別忙了，你繼續看你的風景吧。這麼悠哉的時刻，在邊關可不多了。」陶凌第二次拍他的肩，跟著陣垣的腳步走下山坡。易書德和何青兩人逕直跟上，像是沒看到他一樣帶著士兵離開。

濟遠嘆了口氣，看著他們兩兩成列離去的背影。他不知道自己的心情究竟有沒有變好，但是孤獨的感受實在得令人心慌。這樣的日子到底還有多久？他要怎樣才能掙脫這泥淖？他不知道，一點也不知道。

他坐在枯樹下，直到朱鳥的銀眼睜開，月光灑落大地之後才動身歸營。

濊生找到他的時候，他正從懸崖一躍而下，張開雙手像羽翼一樣。

這一幕震懾了濊生的心。他能看見蜘蛛地母編織的現實之外，心海虛幻的世界裡，青炎之子雄壯的雙翼遮蔽整個天空，渲染一片熾紅。濊生在心海中的角鴞化身，在千鈞一髮之際躲過了烈火的誘惑，逃開了燈蛾的下場。

「你更厲害了。」濊生說。

青炎之子收起羽翼踏上大地，渾身散發出可怕的重力，幾欲吞噬濊生。

「我把你教得很好。」不論在現實還是心海，濊生的眼睛都不敢有半點鬆懈。眼前是他的學生，也是能隻手毀滅世界的古神，他唯一的優勢也不過是虛長幾年的經驗而已。

「你來這裡只為了要稱讚我，還是想告訴我還有東西沒有學全？」他看著濊生，嘴唇連動都沒動，光靠心念傳音就震得老師雙手發麻。「怎麼了？我記得你把一切都教給我了，為什麼還要追上來？想再指導我心術技巧嗎？」

青炎之子憑空抓起一把火焰，散成火星彈向濊生四周。濊生能聽見火星在尖叫，裡面滿滿都是虛假的悲傷、痛苦、失落。

微末火星沾上了他的肩，濊生踉蹌向後退，彷彿被人用鈍斧劈開肩膀。他緊緊抓著神術，才免去被幻覺擊潰的命運。他的力量覺醒了多少？才這麼一些火星，幾乎就要打垮濊生了。

「或者你覺得我的神術化身，和你比起來依然不足？」

火鳥掩著雙翼，在現實中若隱若現，側頭用一隻燃燒的眼睛凝視著他。要如何才能打倒這足以入侵現實的幻象？瀸生一點主意都沒有，但是退卻從來不是他的選項。

「跟我回去。」他說：「漂流之人能收留你，你不需要——」

「我的確什麼都不需要。我只要專心在我的目標之上。體術的關竅就在專心守一，我現在不正在遵守你的教誨嗎？」

「那個女孩的死不是你的錯，你不需要懲罰自己。」

「懲罰自己？我怎麼會懲罰自己？該被懲罰的是他們，那些冷血殘酷的貴族。」

隨著情緒波動，他在心海裡的模樣裂出幾絲閃焰。瀸生頓時意會到事實。

「你人在哪裡？你編織出這麼大的幻影騙我來這裡想做什麼？」

「我只是想，也許最後該向你告別一聲。」

瀸生的心揪了起來。「跟我走，我們能保護你，不要把自己推上懊悔的路。未來不會再有——」

「再有什麼？苦日子？」他的學生露出哀傷的表情。「我跟在你身邊也有一段日子了。光這段時間就足夠讓我了解，即使是漂流之人，即使是你這樣的好人，同樣要在愚昧的歧視中掙扎過日子。我過去忍氣吞聲，但是未來我決不允許自己再重蹈覆轍。」

心海中的空氣似乎在燃燒。只剩半邊翅膀的角鴞，抱著灼熱的舊傷口向後退。

「你看看你，除了一身傷之外，堅持給你什麼好處？我說得夠清楚，該結束了。」

「不，還沒有。」瀛生咬牙說：「還不到時候。」

「對你們來說，永遠都不是時候。」

他一揮手，火鳥鼓動焚風，扭曲了整座山的編織，土石化成洪流，草木變成金鐵。在一眨眼之間，瀛生已經被險惡的地形擋住前路，青炎之子的身影消失在錯亂的地貌之中。

「不——」

他急著叫喚學生，角鴞振翅想趕上火鳥的身影。然而毫無預警，炙熱的空氣突然變成悲傷的陷阱，緊緊抓住他的腳步。

瀛生全身一震，感到天旋地轉。這和剛才輕輕擦過他身邊的火星不同，這是貨真價實的陷阱，無數的苦痛像炸藥一樣引爆他的情緒，迷得他神智頹喪，不能自已。

他臉上淌下淚水。為奴歲月的束縛，失去雙親的苦痛，徬徨無依的人生，這些是真的，存在他的心中。他們分享過人生的每一項秘密，他們曾經是最親密的夥伴，而此時這份親密成了打擊他的工具。

不，這是心術，是編織出來的虛假心念，不是真的。

穩住。他對自己說，角鴞抱著雙翼，傷口的痛苦此時成了他維繫清醒的繩索。神術，抓緊，然後破解。瀛生的學生說得沒錯，他把他教得很好，如今他已從智能殘缺的少年，成為擅於操弄心術的大師，再也沒有人能阻擋他的去路。

世界要毀滅了，流傳了千萬年的末日神話終要成真。

這一切，都是濊生的錯，他辜負了漂流之人賦與他的責任。

角鴞雙眼一亮，右翼掃開焚風打破了束縛。真實的痛楚襲來，濊生霎時昏厥。

他流下兩行淚，在大雨滂沱的夜裡格外怵目驚心。火光中閃爍的眼淚沾滿了汙泥，像血一樣濃濁。他正在發光，廳裡的燭火像受到驚嚇一樣縮起腦袋，奪目的光芒和懾人的黑暗同時降臨。

「她是你女兒！」他大吼。「你怎麼能這麼做？」

「你們怎麼可以奪走碧玟？怎麼可以？如果我、如果我——都是我的錯、我的錯——你們怎麼可以……」

他厲聲嘶吼，跪在地上用拳頭不斷重擊自己的胸膛，彷彿巨大的痛苦只有這個管道能宣洩。他的胸膛砰砰作響，每一下都像敲在所有人的心臟之上，艷紅的恐怖色調沾染在眼界所及的每個角落。

然後所有人看見了，就算沒有進入心海也一樣——巨大的火鳥在雨夜裡尖鳴，殘暴、瘋狂的獨眼來回掃視……

濊生睜開眼睛，不確定自己躺了多久。

他感到一陣反胃，側過頭去任嘔吐物噴濺在身邊。他全身發冷，抖得像秋天裡的枯葉。雨水打在他身上，每一滴都冰得像針。

嘔吐停了，濊生緩慢地抬起身體，謹慎地躲開使用左手的機會。

太好了，還留了一條命給我。他自嘲地想。

他坐在地上，慢慢調勻呼吸，試著用想像欺騙自己傷口不會痛。心術只能迷惑他人，卻騙不過自己，這一點真的非常糟糕。

等痛楚稍緩之後，他開始檢查自己的狀況。

衣服濕透了，靴子也被泥巴毀了。他往北方走的半路上把馬賣掉，剩下的銀錢在他口袋裡。說實話，這些銀錢只怕連杯熱茶都換不到了。對漂流之人來說，生活一向是艱難的事。

他還有劍，只是誰肯收他的劍？當鋪？他可不覺得。收廢鐵的打鐵鋪說不定還有機會，畢竟他們不需要把彎曲的劍身完整的呈現在客戶面前。他的足跡走遍整個九黎大陸東邊的國家，還沒有哪個商人敢明目張膽和漂流之人做買賣。他們是被國家憎恨的一群，這一點千百年來不曾改變，連行腳僧的處境都比他們來得優沃。

在逆境中尋找一絲希望，這向來是漂流之人的信念。濊生進入心海，角鴞勉力睜開疲憊的眼睛，將視線延伸，尋找殘餘的痕跡。

沒有。

他檢查過四個定向，並仔細留意每個可能留下痕跡的夾縫，只差沒把視野內的所有編織鬆開，搜索每一條絲線的去向。但他懷疑即使這麼做，能找到的東西也是少之又少。

使用過心術，必定會在心海中留下痕跡。但是痕跡並非無法掩飾，他的對手能力更是強到不能以常理推斷。剛剛的記憶畫面，差一點又要再次衝出他的腦海作祟，他得非常專注才能確保自己不會因為別人的記憶發狂。

還是沒有。不論現實還是心海，他的學生連一個腳印也沒留給他。濊生不願意承認，但是他的學生顯然靠著自行摸索，學會逆術了。

他的天分無人可及。心術正法只能影響自己，逆術卻能擴張到其他人，甚至是現實世界上。萬事萬物都有其代價，愈強的力量代價愈高，這是白鱗大士的教誨。逆術的代價高昂得連被夜鴞守望者稱為天才的濊生，都不願輕易碰觸。

他把自己逼到了怎樣的困境之中？

濊生從桂瀧南一路向北，所有的辛勞和付出如今通通付諸流水。他永遠失去了學生的下落。

他撤下神術，閉著眼睛躺在傾盆大雨中。這相當不智，沒有神術防禦，其他心術師輕易就能攻破濊生的心。但是他不在乎，世界都要毀滅了，他個人的心智又算得了什麼？

冰冷的雨水順著他的頭髮流下，泥濘在他身邊堆成小坑，身體的重量壓得他往下沉。他們輸了，漂流之人遵循大士的教誨，承領祂的旨意與詛咒到今天的任務，在濊生手上搞砸了。

不對。

濊生猛然睜開眼睛。他這傻子，怎麼會有這種想法？事情不對勁，事情還沒有完。

與他腦海中閃過的畫面比起來，毀滅世界的神話突然間似乎更加誘人。

這一連串的事件還沒有結束，有人在背後操弄，把不該言說的秘密洩漏。可憐之人必有可惡之處，受害者有時候不僅僅是受害者而已。

事有蹊蹺，他得回桂瀧南。如果他的猜測無誤，黑智者絕對牽涉其中。與其讓樓黔牙帝國宰制九黎大陸的命運，濊生寧可放手讓朱鳥燒毀整個世界。

他從泥濘中起身，拖著腳步走回塔倫沃驛站。他得快，夜鴞守望者的任務還沒結束。

# 第三章　防夫人

人馬在第七天的時候來了，帶來了一具屍體。濟遠現在想到還是忍不住一陣反胃。

那是一個人馬的屍體。

說精確點，是具人馬嬰兒的屍體。屍體只有兩隻後腿，細瘦扭曲的小手，在長滿雜毛的胸口前縮成一團。

「怪胎，人類的詛咒。」屠萊把屍體裹在草蓆裡，順手甩在濟遠面前。草蓆彈開的時候，濟遠很驚訝自己沒有當場吐出來。士兵們嚇得連退三步，致武表叔雖然撐住了，但是臉變得和屍體一樣慘白。

「這是虎牙人帶來的詛咒。」屠萊說：「我想，你們還是沒找到禍首。」

「我正在努力，我們所有的眼線都在不眠不休追查。」這句話只有部分是事實。濟遠光是要記住事先準備的謊話，都已經全身冷汗了。屠萊看起來像一塊冰一樣冷靜。

「既然如此，那我們要求你們分擔詛咒的威力，應該也不過份吧？」人馬說，濟遠不敢承認自己聽不懂他的話意。

「繼續追查下去，我知道這個虎牙人會毀了我們雙方。我們既然是盟友，就不能只由長風部承擔詛咒。我已經把另外一具屍體送去給嘯風部了，現在我們三方是詛咒的盟友了。」

他用左手握拳敲自己的胸口，然後才像往常一樣用右手擊胸道別。濟遠白著臉擊胸回禮。

後來致武表叔向他解釋，所謂的詛咒盟友，就是因情勢所逼不得不的同盟。這種同盟的建立，在人馬的部落之中比其他的盟約還要有力，但也更脆弱。濟遠不大清楚自己有沒有聽懂表叔的意思。

「因為只要共同的敵人被消滅，同盟便可以立刻解散。反之，如果敵人還在，任何背叛同盟的人都會遭到最嚴厲的處罰。」

這聽起來一點道理也沒有。但是比起追究人馬的禮儀，他更在意的是那具怪胎屍體。

「把被咒死的屍體送到同盟裡，是建立詛咒同盟的第一步，這表示雙方會彼此分擔敵人惡咒的威力。」致武表叔告訴他。

這倒是解釋了很多事。屠萊一走，恢復清醒的濟遠立刻叫士兵把屍體拿去燒掉。當班的士兵看上去，像是聽見濟遠要他獨自往獅人的陣地衝鋒一樣。

又過了七天，處理了兩場突襲行動，獅人出現又消失，堆高的屍體燒成一罈罈陶甕，通知像雪片一樣飛回金鵲皇朝境內。寄出這些東西，讓濟遠感覺非常疲累，幸好悲痛的家屬出現的時候，他不需要跟在一邊，假裝自己為這些根本認不出來的臉哀慟逾恆。其他軍官似乎打算把接待家屬這種事，也推到他頭上。濟遠知道他們決議這麼做的時候，他連反抗的餘地都沒有，更別說是否有人會站出來替他發聲。

他用力扯著下巴的繩結，挫折又煩悶。他的搜索沒有任何結果，他的人際關係沒有任何進展，世界陷入悲慘的循環，不論他往哪個方向走，眼前都是死路。

今天早上的行程是偕同陣垣的副將常博巡視西南防守，他遣退了傳令兵與侍從，獨自整理甲冑上的繩結，心裡清楚知道自己遲到了。

常博的階級是營尉，比都尉還要低了一階，依禮而言身為長官的濟遠稍稍遲到，反而是給部下空間的表現。但是他遲到在某一方面只是印證這些人的看法——防濟遠是靠父親爬上高位的小毛頭，連守時這麼簡單的任務都辦不到。

「都尉。」濟遠踏著沉重的步伐走出營帳，傳令兵等在營帳外。濟遠手指偷偷搭到頭盔的帽繩上，摸了一下理論上應該非常紮實的繩結。

「常營尉遣人傳令，說他已提早抵達，希望都尉大人儘快前往。」

「什麼時候的事？」濟遠猛然放下舉到一半的手。

「一刻前。」

濟遠倒抽一口氣。

「一刻前？因何……」濟遠頓了一下，決定換一種口氣。「他地母的，為什麼到現在才說！」

就讓這不知天高地厚的小子去驚訝吧。濟遠扯下帽繩，把沉重的頭盔抱在腋下，跨步向前邁進。他打算讓別人以為自己是因為急著趕路才滿臉通紅，而不是因為平時羞於出口的粗話。

今天三位表叔都各自身負任務，沒辦法陪在他身邊，他只能自己想辦法和常博周旋了。常博的長馬臉和屠萊驚人地相似，幾乎使濟遠懷疑起他的血統。好在比起人馬，他的個性更像一匹循規蹈矩的閹馬，只可惜這匹閹馬是石頭雕成的，還有一個和獅人一樣兇猛的好朋友易書德。

等他匆匆穿越大半的營地，抵達西南鹿砦的時候，常博和他的教僕幕僚已經巡查到一半了。

「都尉。」常博對他舉起手，輕鬆但不失禮節打了個招呼。「我們提早開始了，還請見諒。這次鹿砦的損壞太嚴重了，陣將軍希望我們能盡快修復。」

反正你在場也幫不上忙，所以只要有出現，簽個公文能對大將軍交代就行了。濟遠在心中替他把話接完，旋即又覺得自己非常惡劣。

「常營尉請寬心，我能馬上跟上你們的進度。」他把頭盔戴回頭上，決心讓帽繩垂著就好。

常博和幕僚偷偷交換了一個眼神。

「都尉大人，請。」同樣一張馬臉的教僕把一份文件交到濟遠手上。他大概也是常家上一代的庶子，只是和濟遠不同的是，常博把他帶在身邊做事，而非跟著教僕學習。

他們繼續被濟遠打斷的工作。這次鹿砦受損加劇的根本原因，是因為獅人投入更多的奴隸兵在西南防線。防將軍上任之後，為了保障水源地，特別將原先收入山谷中的防線，拉出城牆外截斷獅人的進攻路線。以前固守在城牆內雖然可以降低損失，但是邊關絕境已有多次因為西南水源遭到封鎖，而不得不派兵奪回的窘境。

防將軍的方法雖然使士兵暴露在戰場上，但是卻能大大降低水源遭受控制的危機，也因此鹿砦的價值變得非常重要。由粗大的木樁尖刺組成的鹿砦，能因應守軍的需求搭建防線，是邊境的機動城牆。獅人切入敵陣的閃電戰術，曾經因為鹿砦的出現吃了很大的苦頭。但是如今，他們也慢慢抓到破解的方法了。

「奴隸兵，防都尉，奴隸兵就是她們的方法。」常博指著一處被壓倒的鹿砦，上面還留著紅色的血跡。「方法笨，但非常有效。先用小部隊吸引我們出戰，再派奴隸兵上場衝撞鹿砦。只要鹿砦的防衛出現漏洞，母獅人就能輕易跳過障礙，突破防守。你可以看到這裡。」

常博指著另一段鹿砦，濟遠不知道他想說什麼。

「看到這裡，獅人可以輕易越過這種高度的鹿砦，記得吩咐工兵和工匠，大將軍不希望再看到這種偷工減料的作品。看這裡，這裡有獅人跳躍時留下的足印，新成品不許低於這個高度。」

他帶著他們走到另外一處鹿砦間的空隙，這裡除了乾掉的血跡之外什麼也沒有。獅人會帶回他們自己人的屍體，有時候連人類的屍體都偷。

「你可以看見廝殺的範圍分散了。」常博指著地上的血跡說：「這樣可不行，鹿柴的間距如果過大，會造成防禦空隙，告訴他們搭建的時候注意這一點。要順著這個方向，然後向外延伸，如此一來槍兵才有辦法伸展手腳，又不至於放開漏洞讓敵人闖入。還有……」

不是才剛開始嗎？常博的嘴巴似乎沒有一秒停歇，工兵隊的信士頭點得像孩子玩的大頭娃娃。濟遠也是，只是不知道自己在同意什麼，他努力想跟上常博的節奏，卻發現自己早就被狠狠拋在後頭，連個邊際也摸不到。

這是怎麼一回事？秋風沒有帶來絲毫涼意，反而不斷刺激他身上的汗水分泌，催得他心煩意亂手足無措。他們討論到哪裡了？他依稀記得常博說到有關結構的問題，還有運水路線如何與防禦戰線配合。

「我認為要再快一點。」

濟遠等話說出口了，才察覺氣氛不對。

「都尉？」常博禮貌中帶了點困惑。

「我是說……」濟遠知道自己臉紅了。「我的意思是說，如果加派人手，在編制上是否能加快運水速度？」

常博不動聲色，三個倌士面面相覷。

濟遠清了清喉嚨。「不是在討論運水隊嗎？」

「我們說到這兩種木材，哪一種更適合鹿砦使用。」

他注意到了。兩個士兵跟在倌士後面，手上捧著兩種色澤相異的木頭。常博的口氣也許沒有洩漏他個人的情緒，但是那兩個士兵可沒有他這種喜怒不形於色的工夫，而倌士和教僕則是連掩飾都懶得掩飾了。

「依價格來說，黑衫木較便宜，也比較容易就地取得。」常博接口說：「所以我認為與其使用木材商提供的黃松木，不如使用黑衫木更適合。畢竟我們鹿砦耗損相當大，沒辦法長時間等待供貨。」

防濟遠努力把自己想像出來的笑聲趕跑。常博帶著其他人進行下一個話題，看來他今天同情心的額度用完了。

「都尉。」遠方傳來呼叫，濟遠回頭看見傳令兵衝出關口，急急奔到他面前。不知道為什麼，他這副慌慌張張，有緊急事件要報告的模樣，讓人鬆了一大口氣。

「何事驚惶？」濟遠試著端出一點派頭，維持自己的權威形象。

「軍機帳前有……」傳令望了常博一眼，話就這麼懸在嘴邊。

「有話便說！」濟遠叱道。他真不知道自己為什麼這麼做，這個小兵窘得不知如何是好，他發脾氣根本於事無補。

「夫人、夫人在軍機營前。」

「夫人？」聽見奇怪的字眼，其他人開始注意聽他們說話。夫人？他指的是伙房那位趙大娘嗎？

「你說趙夫人？」軍營裡的女性總是會引起不必要的注意，即使是個又肥又壯，每天拿著木杓催人煮飯的廚娘也不例外。

「不，是將軍夫人。防大將軍夫人。」

防將軍對此有何感想，目前還沒人知道，倒是防都尉霎時間覺得天旋地轉，不知如何是好。

「夫人幾時出現？」他能感覺視線集中在他的後頸上。

「方才才到，書記長隨即遣小人前來稟告都尉。」是致逢表叔派他來的。看來濟遠還是避不開接待家眷的差事，更別提這是防家的家眷。

「常營尉，將今日視察的結果彙整完畢，遣人送到帳中，我稍晚再處理。」我還是別擋在這裡，妨礙你們做事了。

「遵命。」常博抱拳回禮，用禮節和沉默送他離開。

回營區的路上，他不禁猜想防夫人是怎麼闖過層層守衛，直奔軍機帳。這乍聽之下匪夷所思，但回過頭來，似乎也沒多難以置信。她是大將軍夫人，沒人敢指責她壞了軍中的規矩。濟遠可以想像值班的哨兵，消極徒勞地想阻止她進入軍營的樣子。他身邊的傳令兵將整個抗爭的過程鉅細靡遺告訴濟遠，好像如此便能減低哨兵的罪責一樣。

只可惜守在軍機帳前的，可不是普通的士兵。遠遠的，濟遠就能聽見防夫人跋扈氣憤的嗓音，等他和傳令的腳步拐過轉角時，易書德冷漠的笑容更使他不寒而慄。

兩名副將。濟遠吞了一下口水。軍機帳外有兩名同屬校尉的副將，易書德與何青，這表示三位將軍在帳中討論的是重大軍機。怒氣沖沖的防夫人站在易書德面前，身邊跟著桃葉和春萼兩個丫鬟。她沒有帶教僕，這可和濟遠認識的防夫人大異其趣。

但是盛氣凌人的樣子倒是一點都沒變。

「你們這些粗人，竟敢對我如此無禮？」她氣得跺腳，髮髻上的金釵頭飾因此不斷打顫晃蕩，似乎隨時都會灑落一地。防夫人身上華麗的藍色絲衣，因為旅程沾了一點灰塵，但是銀色的桂瀧南纏腰依然熠熠生輝。

「有言，人當自重，爾後得人重之。」易書德的嘴巴幾乎沒有打開，表情也沒有因為回話而有任何改變。何青站得離他們稍遠一點，臉上帶著冷笑警戒四周。看來他們早就打過招呼，知道遇上麻煩時要怎麼分配任務。

「既然要說聖人言，難道不知聖人亦言，倫常不可逆，家緣不可侵嗎？」防夫人立刻回了一句。

「大軍遠行，不與王命，遑論聖賢。」

「你——」

雖然說是武將，但軍營中的軍官出身皆有一定程度的背景。這些人不是某個大家族的旁系，便是預備擠身上流的地方家族，文辭造詣都有一定的水準。更何況對他們而言，文辭交鋒和上戰場殺敵相同，都是不需要留情的殘酷遊戲。濟遠不認為防夫人有任何機會能闖過兩人面前。

「夫人。」濟遠出聲呼喚，把她的注意力拉到自己身上。「夫人遠道而來，孩兒疏忽消息，無法親身相迎，罪該萬死。」

「喔，是你呀。」防夫人一聽見他的聲音，聲音便自動換成毫無溫度的頻率。她轉過頭看著抱拳行禮的濟遠，冷冰冰的聲音比邊關刮人的風還可怕。濟遠突然很後悔自己頭上頂著頭盔。「你的確是罪該萬死。我記得你的軍階應該也不小吧？快叫這些人讓開，我要進去見老爺。」

「夫人，大將軍正與諸將研議軍機，外人不宜打擾。」

「所以我是外人囉？」

「濟遠沒有此意。」

「這樣嗎？」防夫人挺直脊背抬高身姿，對著濟遠說：「既然見不到將軍，那也就算了，大不了我再回那骯髒的破店等候。倒是你，分別不過數月，說話這麼生疏，連叫聲母親都不會了？」

濟遠花了幾秒，才發現那輕微的叮叮聲來自身上的甲冑。他在發抖。

「母親。」他啞著嗓子，像吐出酸液一樣說出這兩個字。第一次總是比較困難。「未知母親近來安康與否，家中弟妹，是否安如往昔？」

「你也知道問候我，還有你可憐的弟弟妹妹？」說到弟弟妹妹，防夫人臉上暗影又更深了。「想來你也不是全然無情無義。不像我那紫娟丫鬟，有了男人便忘了夫人。想想她也死了二十多年了，真是不值得。」

呼吸，他不能忘記呼吸。致武表叔指導他神術技巧時，曾經費心調教過他的呼吸，掌握呼吸的節奏，就能掌握情緒的波動。

「母親何妨到孩兒帳中，靜候大將軍？」如果可以，他真想尖叫逃出軍營。易書德臉上的嘲笑不知道什麼時候不見了，換上了另外一種冷漠的好奇。

「陪我走走就行了。」防夫人的口氣沒有給人懷疑的餘地——她寧願繼續站在戶外的冷風中，也不肯踏入養子的營帳。

「謹遵母親命令。」濟遠拱手行禮，擺手帶路。

如果有人看見他們母子同遊的畫面，不知會做何感想。動作僵硬的兒子走在夫人右後方，應該開口介紹的聲音，怎樣就是傳不出兩片嘴唇以外的範圍。母親昂起下巴走在前方，兩隻心不在焉的眼睛四處打轉，好像根本沒意識到身後跟著一個穿著盔甲的大男人。

「未知……」濟遠掙扎著找話說。「未知弟弟是否安康？」

家中的教僕在上一封家書裡，提到碧玟的後事，還有么弟繼玖病重。濟遠不希望自己顯得太過冷酷，但是繼玖所謂的病重，有可能只是一場風寒。至於受人冷落的碧玟，他不敢想像小妹是受了多少痛苦，才在病床上離開人世。

濟遠本想直奔桂瀧南，但是在父親面前，這個要求他連提都不敢提。防大將軍聽見兒女病重的消息，只有一句知道了，便轉身繼續對付獅人。

「碧玟死了，實在是太遺憾了。」防夫人的眼睛終於稍稍放軟了一點。「原先陝夫人幫她談好了親事，現在也吹了。」

濟遠沒有說話。

「我替繼玖請了最好的大夫。」

不知道是不是濟遠多心了，防夫人提到大夫兩個字時，聲音抖了一下，好像這兩個字會刺人一樣。

也許碧玟的死不像他想得如此不堪，繼玖也是真的病重。這種狀況他聽說過，一次惡疾流行，整個鄉村部曲會在一夕之間死絕大半。軍營中也不乏這種狀況，邊關絕境只要有哪個營區出現時疫流行的跡象，所有的軍官絕對都會盯著下屬，仔細把病源找出來消滅，杜絕任何疫病蔓延的可能。夫人可能基於某些他不懂的禮節沒有把話說白，也可能是不想給人發現她的恐懼，或者她只是覺得濟遠不夠分量知道這些事。

濟遠愈想腦子愈亂，不知道該說什麼安慰她，只跟著往前走，隨她把話題帶開。

「我讓你玉荷表姨留著打理家事。」防夫人說道：「玉欣病倒了，致遠又沒辦法一個人處理這麼多事。可惜你們這一代少了你，沒有太多人才可用。以後真不知道你可憐的弟弟，該找誰幫忙家務。」

如果父親沒有破格認定他為嫡子，如今他就是被留在家中的教僕，防夫人從不讓他忘記這一點。

又一次，濟遠想要逃跑，拋下他這個毫無血緣的母親，一路逃到地底深淵。

「這些士兵的臉，怎麼一個個都在比誰更難看？」防夫人和濟遠走過伙房前，剛下早哨的士兵三三兩兩走進半露天的帳篷，趙廚娘的聲音和熱水鍋煮沸的聲音沒有停過。

「聽這聲音，你會以為是豬在吃東西。」防夫人臉色一沉，士兵的吃相似乎礙到她了。「說到難看這回事。最近你有沒有見過一個嘴裡長了大虎牙的人？」

濟遠一時之間忘了隱藏自己的驚訝。

「母親此話何意？」

他驚訝的眼神反映在防夫人眼裡。在那一瞬間，濟遠敢發誓自己看到了一個不知所措的鄉下女孩，穿著不合身的衣裙，像躲避餓狼一樣躲避他的目光。這是一個恐怖的人，恐怖到即使會在繼子眼前示弱，她也得強迫自己開口詢問。

這突如其來的想法使人不安，濟遠想再多問問題，但是等防夫人再開口的時候，已經回復了桂瀧南貴婦的口吻。「我在鎮上——叫什麼來著？石榴鎮？——總歸一句，我們和一個嘴裡有著虎牙的男人起了點衝突，我還為此掉了一隻金釧。我不記得他的模樣，只是剛好記住他奇醜無比的牙口，想問你知不知道此人而已。」

「衝突？」

「是和錢有關的事。」防夫人擺擺手。「以往這些事都是由玉荷打點，這兩個小丫鬟和你一樣不知世間險惡，能懂些什麼？那些做生意的騙子，一個個都是吸血蟲。」

不對。濟遠很清楚，事情沒有這麼簡單。就算對方一碗粥和防夫人要價一錠黃金，防夫人也只會大搖大擺把金子丟在地上讓人撿。妖鳥呀！他們家究竟惹了什麼麻煩？

防夫人抬頭看了一下天空。「天色也不早了，我看我還是回那吸血的石榴鎮，免得在這礙人的眼。通知你父親，我會在鎮上等他三天，三天後要是見不到人，就叫他回桂瀧南收屍。」

「讓孩兒為母親備車。」

「也好，我回程可不想再坐農奴的破車。」

不知道為什麼，和家裡的人談話過後，濟遠心中一點都沒感到溫情或是安慰，反而是惹人嫌惡的秋老虎不知什麼時候冷了下來。秋風吹起，致才表叔算過了，等這一季農作物收成之後，獅人的攻勢又要開始了。和這一波攻擊起來，之前的突襲都只能算是暖身運動而已。

濟遠沒有回到軍機帳前，或是和任何人解釋下午的行程。他在整個營區裡四處亂晃，假裝視察士兵的情形，試著整理自己的思緒。每個經過他面前，牙口稍微不夠平整的士兵，都得到了來自防都尉的關心。防都尉問了他們最近去了哪裡，有沒有去石榴鎮逗留，或是在路上巧遇過人馬。

有，大家都去過石榴鎮，至少這幾日放假的人都去了。畢竟鎮上有些娛樂，是軍營裡沒有的。沒有，沒有人見過人馬，也沒有人打算接近他們的營地。

士兵們注意到，防都尉雖然口氣和善，但是眉頭始終鎖得緊緊的，不知道有什麼事糾在心中。不過濟遠自己倒是非常清楚，特別是等他踱著漫無目的，飽受挫折的腳步回到帳中時，三疊厚實的文書放在他的矮桌上。根據幫他收下文書的傳令表示，這是稍早常營尉親自送來的。而除了鹿砦的視察結果，一起送來的還有易校尉追討運水隊人員的執勤表，以及稍早家眷誤闖軍機帳的報告書。

濟遠嘆了口氣，解下甲冑，徹夜閱讀堆積如山的報告，又一次嘗試找出這團亂麻的頭緒。

獅人的隊伍緩緩前進，穿過屬於他們與人虎的秘密山路，往邊關絕境進發。

范達希古騎在馬背上，沙色的鬃毛在陽光下閃閃發亮，紫色的斗篷圍繞在他身上。他身邊的母獅都不是他的軍團，而是對手賈突範的。能指使對手的手下，讓范達希古樹瘤般的老臉幾天來都掛著一抹微笑。

他們原先是為了與豬人交易一批奴隸，才前往終端之谷。這是一件小事，但是總團長不喜歡主持交易的豬女，認為她會帶來麻煩，所以特別要范達希古帶著賈突範的人馬前往監督。

賈突範非常不爽，極度非常不爽。這個腦子裡只有戰爭的傢伙，完全不懂得以退為進的藝術。身為一個師團長，卻沒有這種修養，真是非常的要不得。

看看范達希古找到了什麼。他接下了沒人要的差事，接手處理呂翁夫人的生意，收獲可不只一隊半死不活的奴隸。

他找到更好的。

那個特別的奴隸，蹲坐在鐵籠子裡，蜘蛛般細長的四肢抱著一個人類奴隸，充滿野性的灰色雙眼瞪視著前方。如果不是親眼所見，他還真不相信這麼一個瘦巴巴的羊人，能夠赤手空拳殺得整隊人類保鑣潰不成軍，教呂翁夫人拋下隨從落荒而逃。

但是他有弱點，因為這個弱點，范達希古得以把他握在掌中。這個羊人奴隸將會震撼整個邊關絕境，金鵲皇朝大限將至了。

不過，一個羊人？哈！要八腳織女親自瞜了范達希古的眼，他才會相信豬女的謊話。

范達希古別過頭，要母獅人催促押送奴隸的隊伍加快速度。他得快點抵達邊關絕境，給防威伯還有賈突範一個驚喜。

他望著前方，渾然不覺有雙視線在心海中盯著他。

「你是白癡，白癡中的蠢貨，蠢貨中的極致，極致的腦殘。」烏鴉不解似乎永遠不會停下他的謾罵。「你為什麼不把他丟下？就只是一具臭皮囊而已，整個九黎大陸有幾萬幾億個臭皮囊，你要每個都救嗎？」

葛笠法不理他，他一點也不懂。小奴隸快死了，葛笠法能感覺到他的生命力正一天一天流失，哭聲愈來愈小，掙扎愈來愈弱。不論葛笠法怎麼頂他的下巴，或是舔他的鼻子替他去除髒污都沒用。就像亞儕小時候一樣，如果他再不好好吃東西補充營養，那他一定會死。葛笠法能吃乾草汙水維生，可是小奴隸不行。

「無聊。」不解嘎了一聲。

你只是我腦子裡的想像，管這麼多做什麼？

不解沒有回答。葛笠法嘆了口氣。

我道歉。

「你不用道歉。反正我被人輕視慣了，也不差你一個。」

你不要鬧脾氣。

「我沒有鬧脾氣，我只是不知道為什麼你要救他。我們被豬女折磨，一路拖著命走到今天，好不容易找到機會脫逃，你卻為了這沒用的皮囊放棄大好機會。如果你問我，我會說你瘋了。」

我是瘋了。

「不要承認得這麼快，我會沒有成就感。」不解啄啄自己的羽毛，又把頭抬起來。「你等我一下。」

片刻後，他從心海裡叼了東西回來，放進小奴隸的嘴裡。告訴葛笠法說：「這能撐一下子。」

那是什麼？

「該死的人。」不解的口氣聽起來像在介紹新品種的蔬菜。

葛笠法看見一個人類靠在籠子邊緣，無聲無息死去。母獅人晚上會發現他的屍體，然後拋進山谷。押送奴隸的隊伍現正穿過了漆黑的山谷，森林的寒氣與涼意隨著西風吹進籠子裡，幾乎讓他想起了山泉村的冬天。

那個死掉的傢伙，他也打過葛笠法和不解，他應該要受盡折磨而死。想到他的死令葛笠法錯過了什麼，他不禁痛心扼腕，雙掌痛苦地扭成爪狀。他深呼吸，腦海中的痛楚激起一陣黑霧，嚇得他趕緊把屬於山泉村的回憶藏到更深的角落。

總有一天，他會退無可退。如果不是不解，他早就崩潰了。雖然不解只活在他的心裡，就某個角度來說，正是葛笠法瀕臨崩潰的證據。

「我們該殺了這些獅人，然後一路逃到地底深淵。」不解說：「至少那裡沒有豬人的臭味。」

小奴隸會死掉的。葛笠法搖搖頭。毒蛇答應救他，我們需要獅人。

「說得跟真的一樣。等你又被他們背叛了，看看你該怎麼辦。這世上的人都一樣，欺騙背叛，信任別人只是找死而已。」

羊人不會，亞儕不會，黛琪司、老爸……

「老爸怎樣？」

他騙了我。

「呿！」

我想念他們。

「你知道他們都死了，豬女不會放過任何一個人。」

我知道。

不解嘆了口氣。「也許我們該暫停這個話題，說一些輕鬆的東西。跟我說說山泉村吧，那裡會下雪嗎？」

會，當然會，我們會在十二月的時候，圍著雪人唱歌。

「聽起來真不錯。」

然後一月的時候，我們會堆更多雪人，把剩下的水果用罈子裝好塞進裡面。等雪融的時候，再挑出來做成甜點。黛琪司知道有種藥草，能讓受凍過的水果變成人間美味。

「嗯。」

葛笠法看見他們一起在草原上跑跳，四周都是殘餘的白雪，綠色的新芽正從泥土裡探出頭來。黛琪司捧著一束新鮮的草藥，亞儕伸長鼻子靠在雲雀巢邊，生怕驚動敏感的雛鳥。

「好美。」

沒錯。葛笠法用手擋住臉。他分不清臉上的濕潤是因為淚水，還是烙印又流出膿瘡了。

「如果沒有這些人，這裡應該也能這麼美。」

烏雲盤旋在他們上空，葛笠法抱緊小奴隸。

他們都死了，世界上只剩他一個人，還有不解。

不知道為什麼，他突然想起自己好久好久沒有睡覺了，每天每夜的思緒多到令人難以忍受。他不斷大吃，所有能拿到手吞下肚的東西都吃，吃飽的時候就唱歌跳舞。獅人們聽不見也看不見，在心海裡他是自由的。只有這種幾近迫害自己的恐怖行程，他才有辦法鬆去身上的枷鎖，忘掉現實中可怕的時分。豬女留在他心裡的黑洞依然不斷啃食他，他要耗盡全力才能與之抗衡。

不解陪著他，替他把過多的傷痛與汙染燒去，點亮心海中的營火。那些不斷從他傷口裡滲出來的髒東西，就算燒了也沒什麼好味道，骯髒的煙霧瀰漫四周，凝成噩夢鑽進人心裡。他們有時候會去偷窺，有時候會忍不住手癢加油添醋，有時候又躲得遠遠的，避之唯恐不及。葛笠法把殘餘的噩夢煉成結晶，一點一點拖出心海，做成一把專屬於他的兵器。等再次見到呂翁夫人的時候，他會做好萬全的準備。

他還有小奴隸。他曾經拋下了亞儕和老爸，不能再辜負任何一個能握在掌中的生命。
黑色的霧氣纏繞在他四周，獅人的隊伍緩緩向前，絲毫未察。

濟遠猛然驚醒！
發生什麼事了？攻擊！對，鼓聲，是出擊的鼓聲！他要——
拍在他背上的那隻手，用力把他壓回座位上。換哨的小鼓聲響了三下後停了。三聲一響，換哨了。
「睡不好？」致武表叔坐到他面前，濟遠窘得滿臉通紅。士兵拿來新蠟燭，換掉熄滅的。他想必是看公文看到睡著了，濟遠晃了一下頭，想把睡意晃掉。
這兩天事情多如牛毛，從西南鹿砦到北方塔樓，還有父親要求的間諜報告，他幾乎是從早上天亮睜開眼睛，便不斷在整個邊關軍營裡團團轉直到入夜。軍官忙碌，身為隨身書記的致武表叔也被他拖累，每天都要忙到月亮升起，光芒消瘦後才能休息。但是看看精神矍鑠的他，比起來眼皮消沉，面帶憂慮的濟遠更像個老人。
「我剛從大將軍那回來。」

「父親說了什麼？」濟遠抹了抹臉，灌下桌上的冷茶，總算稍微清醒一點。

「大將軍說我們應該調整戰略。人馬送來信函，希望和我們重新協調防守位置。由他們牽制獅人北方攻勢，而我們確保長期作戰的資源補給。」

這個戰略就算是由濟遠來聽，也知道漏洞百出。「怎麼可能？」

致武笑了。「說給我聽聽看，這個戰略哪裡不對？」

濟遠抓了抓頭，努力想擠出一點頭緒。「這是不可能的。當初他們之所以堅持駐紮在南方，就是因為害怕資源補給被切斷。如果他們轉移陣地到北方……」

到北方如何？濟遠知道自己知道答案。

「如果他們移防北方，等於把自己的弱點交到我們手上，任由我們掐住他們的補給線。」

「很好。而我們這方？」

「等於在自己身邊埋下陷阱。東北防守是邊關絕境的痛腳，如果人馬為獅人作嫁，不消片刻便能殺入城牆內。」

濟遠呼出一大口氣，不敢相信自己居然答出來了。

「不錯。」致武表叔拍了兩下手。「雖然漏了一些地方，但是也夠了。」

「但這有什麼影響？我知道現在發生的事件，但是後續發展會發生什麼事我毫無方向。如果我摸不清後續發展，又要怎麼學習擬訂因應之策？」

「你把自己逼得太緊了。有些事情，甚至連慣戰沙場的老將軍也不一定能馬上理解。你以為將軍們鎮日待在軍機帳中，所為為何？若發生了重大變化，連他們也不敢確定自己能否一手掌握，所以才需集思廣益。」

「發生了什麼事是我不知道的？」

「方才你所說之事。」

「我說了什麼？」

「人馬交出自己的補給線，我們最脆弱的空隙則被他們掐在手中。大將軍認為這也許能視為他們正進一步加深雙方合作關係的證明。詛咒同盟之事，更加強化此一解釋的可能性。但這不表示我們能輕忽待之。只要人馬決定倒戈，北方對他們而言是最有利的位置。」

「他們想要把局勢推向極端。」

「沒錯。」致武表叔舉起筆，在濟遠批到一半的文件上晃了一圈，又把毛筆掛回筆架上。

「我們雙方都踩著對方的弱點，解套之法只剩下建立長遠穩固的同盟關係，或是趁此時刻加速戰局發展。老實說，我不相信這群四腳傭兵會想要和我軍建立長遠的關係。而如果他們真想和我們建立關係，那只表示他們看見了比金鵲和金獅戰團更可怕的威脅。」

「帝國，部落。」濟遠突然覺得腳下一空。樓黔牙帝國和百虎部落。

「如果真是如此，那邊關絕境的戰事便即將告終了。」致武表叔的聲音非常平靜，與他報告壞消息時一模一樣。這是必然，或是已經發生，無可挽回的消息，他能做的只是如實告訴濟遠。

山關戰境，終端之谷又要燃起戰火了嗎？

「帝國已經和我們維持和平多年了，他們還會想再重燃戰火嗎？」

「所有的事都有可能性，身為一個將軍，要能將所有的變數算入掌握。」這是他平時常教導濟遠的一句話。

濟遠知道，也牢牢記住了這句話，但是每當他看見無窮的可能性，只是一次又一次體認到自己的無能為力。他忍住不要嘆氣，他太常在其他人面前表現出軟弱的樣子，至少今天該留一點尊嚴給自己。

「夫人還好嗎？」致武表叔大概覺得今晚考他考夠了，把話題轉到防夫人身上。她自從住進石榴鎮之後，每天都派丫鬟來催促大將軍與她見面，有軍令在身的易書德就算人不在帳前，也能派人給丫鬟們一頓排頭，趕她們離開軍營。

「夫人一切無恙。」濟遠不知道那是否能稱得上無恙。他稍早收到一封措詞強烈的短信，信上用嚴厲的口氣質問他是不是和那些下等軍官們沆瀣一氣，刻意阻撓防夫人與防將軍會面。

「要我去和夫人談談嗎？」

濟遠覺得沒用。教僕在防夫人眼裡，和高等奴隸相去不遠，即使是家中的教僕們對她也是敬而遠之。致武表叔離家太久了，早就忘記防夫人在需要時能變得多陰險刻薄。濟遠必須要親自面對她才行，其他人有各自的責任，至少這件事他還能為表叔們代勞。

「現在幾時了？」

「剛換第二哨。」

濟遠把身上的戰袍拉平整，走出營帳外。戰袍算是甲冑的內裡，平時只有書記和士兵才會直接穿著戰袍四處走動。濟遠知道自己這樣走出營帳，父親一定相當不欣賞。軍官邋遢的行為，對下屬等於是一種變相的鼓勵，可是濟遠今晚實在沒有力氣去承擔更多的重量。他叫來侍從，要侍從替他備馬。

「我想，我還是去鎮上一趟，替父親看看夫人是否一切安好。」順便讓她發洩一下堆積的怒氣，否則勇闖軍機帳這種戲碼再來一次，就算是大將軍也要顏面掃地。

匆匆來回的侍從把韁繩遞到他手上。濟遠抓緊韁繩，他得開始學習不去依賴別人才行。

不知為何，致武表叔嘆了口氣。「你確定要獨自前往？」

「是。」濟遠跳上馬背，感覺馬鞍在屁股下滑了一下，又被皮帶拉住。他深呼吸兩下，才催馬邁步走向離營的關口，把離營的令牌交給哨兵。

朱鳥的銀眼昇上半空，冷冷的銀光照在他身上。夜晚的秋意濃了，白日的悶熱在此時像是一場夢一樣消散無蹤。

抵達時，應該又少不了一頓罵吧？濟遠暗自猜想這次會是什麼原因。未先行遣人通報？擅離職守，耽誤軍機？他對著黑夜苦笑。不錯，他開始會調侃自己了，這是成長的第一步。

漆黑的小路沒有半盞燈火，遠方軍營的光線在轉過一片矮林之後就不見了。矮林裡的樹種，多半是一種矮種的杉樹，和他南方家鄉常見的闊葉樹大不相同。矮杉葉子和枝條上都是短刺，但中看不中用，乾燥的西風吹過便不斷傳來斷枝的剝裂聲。濟遠喜歡這種杉樹的清香，有時候士兵會被派來蒐集柴火，他總是要求他們不許挑易拔的幼苗。或許給它們多長一些時候，也能成為擎天的喬木，但是秋夜的霜氣在月光下蔓延，濟遠不禁為這些倖存的幼苗感到憂心。

冷風吹來，濟遠打了哆嗦。他應該把披風帶在身上。

石榴鎮周邊的治安還算穩定，盜匪知道軍隊駐紮在此多半不敢輕易靠近，是故吸引了不少居民聚集到小鎮四周。據說在承平時期，這裡曾經發展成一個大型的商業鎮，不過經過近年來戰火連天，曾經繁榮一時的石榴鎮如今只剩幾間木屋，支撐著疏落的經濟活動。

戰爭錢可不好賺哪！

濟遠進入小鎮，幾個晚睡的鎮民對他行了個無聲的舉手禮。軍人在小鎮上出入是常有的事，保持禮儀說不定會為自己招來意外之財。在他們身後，煙視媚行的女子聚在一個小亭邊，就著昏暗的燈光對他投來挑逗的眼神。濟遠吞了一下口水，那些女子的衣著全部加起來，也不及桂瀧南紅牌女郎的十分之一。烈酒、妓女、賭博，這大概是石榴鎮可見的破敗之外，剩下的無形資產。

濟遠曾被其他軍官騙進去過一次，那一次結束之後，他幾乎是用逃的逃回軍營。易書德臉上意有所指的笑容，有好幾天他都不敢正視。之後只要有其他軍官提到出遊兩個字，總會讓濟遠頭皮發麻，手腳發冷。

別再想了。他是來這裡見防夫人，而不是回憶被人嘲笑的歷史。

石榴鎮只有兩家客棧，近月客棧和遠來客棧，濟遠剛路過一家，果斷地往第二家前往。這兩家客棧的功能大不相同，使用者也是。

他在遠來客棧前下馬，守門人立刻拉開門上的眼洞。

「都尉大人。」只花了不到一秒的時間，守門人便打開大門，顯然他光從軍袍就能分別軍官的階級，濟遠很好奇這是如何辦到的。

「深夜叨擾，萬分抱歉。敢問防夫人休息了嗎？」

「夫人還沒休息，伙房剛剛才送熱茶上去。」

軍營旁的客棧連用語都不自覺模仿軍營，濟遠不禁莞爾一笑。守門人接過他手上的韁繩。

「需要小的派人去通知夫人嗎？」

「不用，我自己上去。把馬栓在門前，我不刻便要離開。」

鎮頭鎮尾兩家客棧，除了客戶不同之外，其餘的地方相似到不行，甚至連櫃台邊的四福神浮雕，斷齒和缺尾的地方都一模一樣。長著黴斑的木頭散出陳腐的味道，櫃檯後的酒櫃隱約有發酵的味道傳來，黑暗的廚房裡還看得見一點炭火的餘光。濟遠抬頭望了一下岌岌可危的樓梯，不確定當初客棧的主人是怎麼說服防夫人走上樓梯，入住這破舊的小地方。在桂瀧南，她可是連最奢華的孔雀酒樓都要嫌棄。

濟遠對著四福神拉拉衣服，蝙蝠神的玻璃眼睛似乎透出了一絲調皮的閃光。這些朱鳥座下的蝙蝠使者，玩弄著可怕的機運，引得成千上萬的信眾把牠們妝點在家中的各個角落。

他問過防夫人入住的房間位置，踏上樓梯緩步向前，預期會在走廊上看見春䓀或桃葉。他不認為防夫人會讓旅店的女僕替她打理任何事，就算只是端茶端菜也一樣，這和防家貴族的派頭大有關連。

走廊上沒人，整間旅店安靜得像座墳墓，上了樓甚至連守門人的聲音都不見了。濟遠下意識躡住腳步聲，不敢打破這片寧靜。如果防夫人睡了，他可不打算在這個時候捋虎鬚。

有扇門開了，嚇了濟遠一跳。他還來不及細思，便往一間敞開的空房鑽進去。

真詭異，他為什麼要躲？躲在門板後的濟遠突然覺得自己很傻。任何人都能住進這間旅店，濟遠出現在這裡也沒什麼。就算是認識的人，碰面了也不會發生任何事，頂多笑笑打個招呼離開而已。

奇怪的罪惡感。濟遠搖搖頭，門外的腳步聲一前一後過去了。他輕輕揭開門扉，看見綠色裙襬消失在樓梯口。石榴鎮方圓百里，現下只有一個人可能穿這種華貴的裙子。

濟遠不懂，為什麼防夫人要在深夜外出？而且，方才他聽見了兩個腳步聲，是春萼或桃葉嗎？不對，那個走在前方的腳步聲穩健有力，不像女僕拖著腳步的柔軟步伐。

皮靴，他很確定是皮靴敲在木板上的聲音，正好和防夫人輕巧的繡花鞋搭在一起。石榴鎮裡有人會穿這種硬底的皮靴嗎？營中的人？濟遠愈想愈不對，放輕腳步跟著走下樓梯。

走下樓梯之前，他從樓梯的縫隙間確認大廳空無一人，甚至連守夜人也不見蹤影。他現在有兩個方向，穿過大門離開，或是走向屋後的馬廄。

濟遠原想進入心海，試試自己的心術技巧，但是他那蹩腳笨拙的神術意象，只要一闖進心海，大概整個石榴鎮的人都會從夢中驚醒。他想想還是放棄，土法煉鋼搜索兩人行蹤。大門開啟時，要移動擋門棍，勢必要驚動守夜的人，而守夜人絕對不會放過在言語上討好客戶的機會。剛才濟遠沒有聽見這一連串的訊息，所以防夫人和另外一個人必定是走向後方的馬廄了。

他輕巧地跳下樓梯，快步穿越大廳。通往馬廄的門就在櫃檯後方，濟遠可不認為直接打開門衝進馬廄是好主意。不管防夫人在做什麼，被人打斷絕對會非常不開心。

濟遠掃視四周，偷偷摸進櫃檯後方。他知道這裡有扇小暗門，方便櫃檯裡的掌櫃對馬廄裡的馬伕下指令，傳達客人的需求。濟遠在昏暗的燭光中摸索了一陣，找到了暗門。

暗門上摸得出每天使用的油膩手印，推開時連一點雜音都沒有。濟遠不禁暗暗感謝每天推動這扇小門，為它潤滑門樞的掌櫃。暗門不大，大概只夠濟遠露出半張臉，但這樣就夠了。夜還沒深，銀色的月光還夠照亮馬廄外地空地。

濟遠的視線裡兩個人，一個是防夫人，一個是他從來沒見過陌生人，濟遠只看得到他們的背影。

第三個人向後退了一步，退出兩人的陰影，出現在濟遠眼中。他似乎正在抗拒什麼事，或者是對防夫人生氣，否定某個意見。那個果斷有力的手勢，足以讓濟遠認出自己的父親。

濟遠傻住了。

為什麼？為什麼父親要偷偷來見母親？他先是把母親和丫鬟擋在營帳外，卻挑在夜裡前來偷偷相會是為什麼？如果不是他太了解自己的父母了，他會以為這是一齣拙劣的幽會戲碼。但是不可能，這完全沒有道理，他們完全沒有理由，更何況還有第三人在場。

第三人，那個背對著他，戴著兜帽的男人。他的兜帽看起來怪模怪樣的，似乎不是金鶻的服飾，而他的體態也給人一種不協調的怪異感受，就好像他剛習慣站在自己雙腳上一樣。濟遠不知道這種奇怪的感覺從何而來，甚至不確定為什麼自己對這個男人會升起莫名的警戒。

他們看上去像在討論事情，不過幾乎只有陌生男人在說話，防將軍不斷抗拒，防夫人則是縮在一邊，連話都不敢說。又是一件和防夫人日常行為相反的事。她絕對不會錯過任何討論爭辯，展現派頭權威的時刻。可是現在的防夫人，的確像隻小狗一樣跟在陌生男人身後。

不對。

到底發生了什麼事？濟遠愈想愈頭昏，以致於差點錯過陌生人回頭的一剎那。

一個嘴裡長了兩隻大虎牙的男人。

衝擊撞上濟遠的胸膛，剎時間止住他的心跳。他躲回陰影裡，大口大口喘著氣。發生什麼事了？為什麼？巧合嗎？不，世界上有許多的巧合，但是全部湊在一起肯定有古怪。他全身的毛孔突然湧出大量的冷汗，濕氣掐住他的脖子。這到底是怎麼回事？為什麼兩個先後和他談過怪異男子的人，會在此時此地與他們口中的可疑份子見面？如果他們根本就知道對方的身分，為什麼先前又要否認掩飾？這到底是怎麼回事？

濟遠沒有再多看一眼的勇氣，他甚至不敢伸手去把暗門關起來。他摸索著櫃檯的邊緣，撐著木桌走出藏身處。他要怎麼辦？這裡是遠來客棧，所以他應該離開——對，他應該先離開這裡，找個安靜安全的地方思考。他敢把這件事說出去嗎？邊關絕境的指揮官，和他的夫人，還有一個行跡可疑的男人在黑暗的馬廄會面？

他顛顛倒倒走出大門，本來想向他打招呼的守夜人，光看到他的表情就嚇得不敢說半個字。

「都尉大人？」

他能信任嗎？他有看見大將軍進入嗎？或是那個陌生的男人，他是否看過防夫人和那詭異男人走在一起？濟遠不敢問，生怕自己沒辦法接受答案。

「我的馬。」他只吐出三個字，守夜人立刻趕到馬樁旁，替他解下韁繩。

如果不是守夜人好心推了他一把，濟遠絕對爬不上馬背。他的手在發抖，兩隻腳像風中的蘆葦般搖擺，背脊像負傷瀕死的鳥兒一樣拱起。

「有個男人……」好不容易坐在馬背上，濟遠才壓住顫抖的聲音和嘔吐的衝動，說出完整的句子。「最近有沒有見過一個嘴裡……男人。」

該死！他只能用手勢表達他看見的恐怖景象，不知哪來的惡臭薰得他無法思考。守夜人一臉茫然看著他。

「今晚除了我之外，還有誰來過？」濟遠逼自己保持冷靜，換一個較好理解的問題。

守夜人搖頭，困惑的表情不像是裝的，但是濟遠知道有很多方法，可以讓人把謊言當成實話。而不論答案是什麼，對他來說都不會好過一點。濟遠掏出一塊銀角子交到他手上。

「我沒有來過，知道嗎？」

守夜人忙不迭點頭。濟遠策馬離去。他得好好想清楚這一切到底是怎麼一回事。烏雲遮住月光，他的前程一片黑暗。

# 第四章　終端之谷

哈嘉莎大媽的陰暗旅店裡，亞儕學黛琪司雙手抱胸，尖耳朵對著面前年老的漂流之人，許久未曾移動分毫。燭火輕輕搖曳，燃燒著他們珍貴的時間。

「尖牙齒的羔仔，不要一副想打架的狠樣子，腳放下坐好。」黛琪司輕輕踹了一下他的椅子，亞儕把腳掌放到地上。「長薄耳家的山羊怎麼這麼慢哪？」

比之黛琪司的不耐煩，擁有黑色毛皮的五世像抹影子一樣坐在角落，陪著老艾草喝茶。鼠人奇科羅被迫和木栗老爹玩牌，一向健談的兩人此時也是沉默無聲。

沒辦法，他們承受了太多的壞消息。從他們踏出山泉村以來，遭遇到的只有一個又一個的背叛，他們都累了。亞儕抖抖耳朵，聞到熟悉的味道。

「哈耐巴帶他們回來了。楓牙在屋頂上。」

「這倒是好消息。」

亞儕知道黛琪司對楓牙有意見。這是正常的，沒有羊人能夠安心坐在狼人身邊，除非是他們自己養大的，比如亞儕。壯碩的哈耐巴打開小餐廳的門，後面跟著又高又瘦的長薄耳兄妹，槍恩和娜爾妲。

「怎樣？」黛琪司劈頭就問。

「都處裡完了，我要到了好價錢。」娜爾妲拍拍纏腰裙裡的暗袋。「幾隻跑到快死的驢子還能有這個價錢，就算是槍恩也該感謝大士開眼了。」

「如果讓我喊價，肯定能再多一倍。」

「你想害亞儕憋死嗎？」黛琪司對了槍恩啐了一口。「你那小氣又吝嗇的個性可以改一改了。」

「我才不小氣，我只是節儉。」槍恩對她吐舌頭。

「是嗎？」黛琪司挺起胸膛，金色的頭髮在燭火背景中整個澎開。

「不要吵了。」亞儕說：「你們的恩怨可以先放到一邊，先聽聽潮老要說什麼。」

黛琪司和槍恩各退一步，回到座位上。亞儕抿著嘴唇，不敢嘆氣。如果是平時，羊人連吵架聽起來都像在說笑話；但是剛才他們才說了幾句話，就準備拔刀相向了？

他們都很緊張，因為那個噁心病態的預言。

他的兄弟葛笠法會成為豬人用來征服世界的狂魔？這種話要怎樣喪心病狂的人才說得出口？他們為了營救被豬人擄走的兄弟，一路從山泉村出發走到這裡，可不是為了這狗屁倒灶的預言。

亞儕深吸一口氣，下定決心轉向三個漂流之人。

「我不相信，而我相信其他人也和我有一樣的看法。」他說：「葛笠法絕對不是什麼預言中的狂魔。他父親也許是傳說中的血角魔王格鬥士，但他只是一個羊人，和我一樣在山泉村長大的羊人。我絕對不會因為豬人的胡說八道，就拋棄我的兄弟。」

「即使你們毫無血緣？」潮守命挑起眉毛說。他是三人之中的首領，年輕的浪姓兄弟都是他的學生。

「即使我們毫無血緣也一樣。」亞儕點頭。他看見潮守命的目光一一掃視餐廳裡的羊人，羊人們每個都回給他一個不服輸的眼色。亞儕鬆了口氣。

知道他們面對逆境依然團結，這樣就足夠了。

「你的母親是偉大的狼人英雄，對抗樓黔牙的指標人物。我今天看見她的兒子，繼承了驕傲的血脈。」潮守命說。

亞儕知道自己臉紅了。「我只是照著我父親教我的方法過日子。他以前把我帶回山泉村，沒有拋下我在荒野中等死，明知道我和葛笠法帶來的只有麻煩，他還是接納了我們。我學到的不是狼人的勇氣，是羊人的包容。」

槍恩突然露出憋笑的怪表情，娜爾姮踢他一腳，自己把手帕摀在鼻子上。黛琪司歪了歪嘴巴。

「你可以不用學葛笠法講話沒關係。」

「我是認真的。」亞儕眨眨眼睛。「我非常認真。」

「你知道，所以才更好笑。嚴肅一點，你們這些老山羊。」她後面這句是針對不斷哼哼唧唧的老羊們，還有年紀最小的五世。

嚴肅得像顆枯樹的潮守命，也被這股氣氛感染了。

「我想未來的日子裡，我們需要多一點笑聲，才能堅強走完全程。」他說：「我必須向你道歉，奧坎之子。我們的確利用了你們，試圖想追蹤暗殺葛笠法。但如今，我明白我沒有這個權力。夜鴞守望者把陳腐的誓言當作鐵則，為此我感到非常抱歉。」

「馬後砲。」木栗老爹暗罵一聲。潮守命沒有生氣，亞儕幾乎沒看過他情緒激動的樣子，除了看見狂魔留下的幻象時。

他知道不容易。連黛琪司看見的時候，都嚇得放聲大哭，久久不能自已。

「我知道你們會繼續追蹤，即使要追到樓黔牙，也不會放棄任何一絲希望。見識到你們無私的勇氣之後，如果要說漂流之人還有什麼能對你們炫耀，也只剩下我們對世界地圖的了解了。」

他從行囊裡抽出地圖攤在桌上，指著地圖上的塔倫沃驛站說：「我們現在的位置在這裡。如果要繼續往前，你們就必須穿越人虎西邊的地界，或是想辦法通過獅人北方的陣線。」

亞儕一聽就知道這都是不可行的想法。

「但誠如我先前所說，他們絕對不可能讓外人通過。終端之谷的情勢是九黎大陸上最險惡的地方，防線的守備森嚴到你們無法想像。所以，你們剩下的選擇，是進入山關戰境。」

羊人們圍到桌邊，看著他把手指點在金鵲皇朝的地方。

「城牆外是禁區，走這條路你們隨時會被捲入戰爭裡，風險太大。但是如果你們能進入山關戰境，金鵲皇朝的城牆就會成為你們的屏障，保護你們直到這裡。」

潮守命的手指沿著城牆往東北方前進，直到一個寫著邊關絕境的地方。

「到達邊關絕境之後，你們才有萬分之一的機會穿越毒龍口，進入樓黔牙帝國的疆域。」

「聽起來是個找死的好計畫。」槍恩說，立刻招來所有人的白眼。「怎麼，我說的是實話呀？」

「你可以把實話塞回屁眼裡。」木栗老爹說：「好好聽人家把話講完，你這不長眼的羔仔。」

槍恩嘛著嘴，但是沒有再說下去。

「很危險。」亞儕說：「但是我們沒有選擇對嗎？」

潮守命點點頭。「比起山關戰境，你們會發現邊關絕境要安全許多。當然兩邊相較之下，其實就只是一條路走進去一定會死，另一條路是九成會死。不管是哪一邊，你們都是拿生命在賭時間。你們必須要有決心，還有過人的運氣，才有辦法平安進入樓黔牙。而進入樓黔牙之後，還有更多的危險等著你們。」

「就算眼前是地底深淵，我也會一腳踏進去。」

「我喜歡你的決心。但是樓黔牙不是這麼簡單的地方，光是踏入其中都會帶來危險。在豬人的地方，只要有錢有勢你就能買下任何東西。其他的種族對豬人而言，都是可以掠奪販賣的商品。而這幾年，我聽說奴隸商人甚至連自己的族人都開始下手。漂流之人自承接白鱗大士的旨意以來，對抗整個世界的戰爭，從來不曾打得如此辛苦。」

亞儕望著他，第二次看見漂流之人露出動搖的神情。

「樓摩棼的地下格鬥場裡，死去的不只有狼人。當初參與救援行動，見到的景象直到今天我還忘不了。

「那些受盡折磨的戰士以為我們是敵人，拖著露在空氣中的腸子與我們博鬥。即使瞎了眼睛，也不忘用嗅覺尋找敵人。對他們而言，因為戰鬥不力而被處罰，比戰死還來得可怕。我殺了很多人，這我一點也不會否認。但是殺了這些人無法給我們任何光榮，甚至換來任何的名聲。他們的心靈早就徹底腐化，殺掉他們只是給發病的瘋狗一個痛快。」

浪姓兄弟互瞟了一眼，亞儕這才想到他們年紀也很輕，至少不比自己大到哪裡去，沒參與過潮守命口中的戰鬥。

「我們漂流之人的血脈，自小被送入農家當奴隸，直到成年才能選擇自己未來的道路。這樣的經歷，讓我敢自誇我的人生比許多人都來得難熬。但即便如此，和那些舔血維生的鬥士比較之下，我們根本是沐浴在白鱗大士的恩澤中長大成人。

「我不知道你們有多少機會，只能盡我所知，告訴你們有關樓黔牙的情報。我必須警告你們，葛笠法的父親就是在格鬥場中搏得盛名的妖魔。如果不是你的母親和養父，只怕——」

潮守命撥去額上的汗水，枯瘦的手微微顫抖。「讓我這麼說吧，我寧可孤身與豬人軍隊浴血奮戰，也不願再見血角墨路伽發狂一次。他死的時候，我敢發誓整個世界都鬆了一口氣。豬人在格鬥場裡用酷刑和血腥淘洗鹿人的血統，世世代代下來，距離預言中的狂魔比外界所想像的還要接近。」

亞儕不自覺抓緊掛在腰際的短笛，那是葛笠法留給他的禮物。有可能嗎？那個吹著笛子，在草原上跳躍舞動的葛笠法，會成為潮守命害怕的模樣？葛歐客死了，幸運的他有同伴陪他撐過悲傷，被豬女綁走的葛笠法卻什麼都沒有。

「你還是不放棄說服我們放棄吧？」黛琪司說：「漂流之人果然是以堅持出名。」

「我們承接大士的旨意與詛咒，替祂搜索朱鳥轉生，阻止世界毀滅千百年了，我敢說耐性是我們最大的優點。」

「那告訴你一聲，固執也是羊人最大的特點。不管葛笠法是狂魔還是惡魔，老爸要是知道我們放任豬女把他帶進帝國，他爬也會從地底深淵爬出來找我們算帳。你說是嗎，亞儕？」

所有人的視線不約而同集中到他身上。在一瞬間，亞儕幾乎想和以前一樣躲到桌子下，等著葛笠法或父親替他出頭。如今葛笠法需要他堅持下去，其他的羊人也是。

「我們說過了，我們不會放棄。」他說：「沒有羊人會丟下羔仔不顧，這是我們的教養之道。」

潮守命沒有反應，其他羊人則是一副早就猜到結局的得意表情。木栗老爹把手伸過桌子敲了兩下，奇科羅扔給他一枚硬幣。

「我要再重申一次，葛歐客把你們教得很好。」

「他就是心腸太好了，才沒有放你們自生自滅。」黛琪司搶白說。

「我承認。」潮守命兩手一攤。「既然如此，我也只能祝你們一路順風，完成任務了。」

「你們呢？」娜爾妲問：「你們又要去哪裡？我從剛剛聽到現在，還是不知道你們想做什麼。你們先說要殺葛笠法，又說要放過他；先是要帶著我們走，現在又指路給我們看，我都弄糊塗了。你們不跟我們去找葛笠法嗎？」

「羊人的命運，掌握在羊人手上，我們的任務在其他地方。」潮守命話說得輕鬆，但是憂心的味道一點都沒有改變。

「我從人虎的嘴裡聽見了我們不樂見的消息——朱鳥轉生的秘密被人洩漏了。現在我很擔心另外一個同伴的安危，他是第一個發現朱鳥轉生的人，而這件事照理來說只有漂流之人能夠知情。如果有人察覺了這件事，刻意洩漏給有心人，加上預言……」

一說到預言，黛琪司的臉就黑一半，不過潮守命避開了話鋒。

「預言令人不安，但是朱鳥轉生卻是真實發生的事件。你們去樓黔牙阻止豬人，而我們去桂瀧南阻止朱鳥，這任務分配聽起來不錯吧？」

「聽起來是我們占你們便宜了。」黛琪司的笑容看起來像是有人拿刀片硬刻出來的。「意圖侵占世界的邪惡帝國，和準備毀滅世界的瘋狂古神，我們還真會挑對手不是嗎？」

「像這種時候，就套句老話吧。」潮守命舉起左掌，亮出掌中的三葉浮萍烙印。「願朱鳥照耀你的前程。」

望著地圖上的小小的旗幟和符號，總能讓防將軍感到一絲寬慰。這東西他能掌握，不論攻擊還是防守，陷阱還是詐術，通通都在他的掌握之中。

防夫人終於離開了。鬧了這麼多天，防將軍拒不見面的態度才終於打退她。一個女人該知所進退，而非像她一樣四處招搖自己的地位。再這樣下去，總有一天她會像皇族一樣，沒蒙著面紗便不肯走出大門，最後替自己招來殺身之禍。三從四德，聖賢自古以來的教訓，這女人卻沒有半點記在心上。

現在不是擔心她的時候，女人脾氣總是鬧完就忘了，他有更長遠的目標要實現，沒時間為這些瑣事煩心。他的手指一動，百萬兵馬就要隨那一聲清脆的金鐵交擊，衝破任何擋在金鵲皇朝面前的敵人。這是他和邊關絕境存在的原因，他們是皇朝的堤防，必要時也會是無堅不摧的利矛。

「我決定接受人馬的提議。」防將軍大手一揮，將人馬的旗幟記號移到毒龍口北面。「此時戰勢已刻不容緩，山關戰境騷動在即，我朝無法負擔兩面開戰。獅人之變，需在冬季來臨前結束。」

昏暗的軍機帳裡，所有的軍官幾乎都到齊了，圍在攤著地圖的巨大桌子前。三位將軍的書記長站在他們身後，一來等著隨時接受諮詢，二來為全神貫注的軍官們防禦來自心海中的威脅。他們是堅實的團隊，沒有人能擊敗這個上下一心的隊伍。

陣垣的長臉和陶凌的圓臉雖然天差地遠，但是從他們的表情都能看得出來，他們早就猜到防將軍會有如此決定。易書德和對桌的何青互瞥一眼，顯得有些訝異。與人馬結盟，進入決戰是個大膽的決定，邊關絕境的軍力禁不起失敗的代價，但是軍官們也絕非無膽一賭的懦夫。從軍便是如此，賭上性命，換來榮耀。

防將軍不覺得自己會失敗。看看他的手下，聽見這一個大膽的決定，個個穩如泰山，姿態沉靜卻傳出一股迫不及待的氣味。他們早就準備好了，甚至連他們身後的書記，都一副躍躍欲試的模樣。有這些勇猛的軍官站在他身邊，還有金鵲皇朝萬中選一的勁旅等在營帳外，等著他一聲令下出關殺敵。天時地利人和全數在握，他怎麼可能會輸？

「人馬駐守北面，退能協防我軍，進能突破獅人防線，與我方成南北夾攻之勢。苦辣瓦河東北岸河泥淤積，不利騎兵，我方可在此佈置弓箭手與步兵陣，待南北雙方夾擊已成，便在此地截殺獅人。」

「大將軍此計妙哉。步兵陣堅守此地，可防範獅人向中央關口突破，更可為我軍破敵前鋒，妙。」陣垣附和。

「此陣，我屬意由陣將軍旗下易校尉領軍，與我兒濟遠領弓箭手待命。」防將軍說：「易校尉穩重老成，據守此陣，必能調度得宜，與南方陣將軍所領騎兵隊配合無間。」

「末將必不負使命。」陣垣和易書德一同抱拳，朗聲說道。

「很好。陶將軍，雖言我方出陣衝鋒，然後方援軍亦不可不備。我領中軍會同人馬出擊，伺機打擊獅人主力，關口守衛便要有勞了。」

「末將領命。」

「很好。」防將軍拍拍左右兩個將軍的肩膀，有這兩雙鐵臂，獅人潰敗不遠了。「人馬信函所言，待移防事畢，雙方整軍完成，便要一舉——」

「我反對。」

防將軍指點佈局的手指停了下來，抬起頭來看是誰說話。其他原先專注在地圖上的軍官也抬起頭來，軍機帳中突然間除了細微的鐵片敲擊聲之外，連心跳聲都不見了。

所有人面面相覷，不敢確定這是誰的聲音。軍機帳地圖桌邊的位置，是依照階級排序。由防大將軍身居中央主位，左右為陣、陶兩位將軍，再來是其校尉軍官，最後才是其他等級的與會軍官。

這個反對的聲音顯而易見，來自於主桌最末的位置，也就是防大將軍的正前方。

防濟遠低著頭，用沉默對抗軍機帳中的冷眼。

「防都尉此言何意？」防將軍忍下火氣。孩子有孩子的想法，也許他有什麼出人意料的戰略也說不定。

「我軍絕不能隨人馬出擊。」濟遠還是低著頭，好像以為他這種小孩子生悶氣的姿勢，能說服整個邊關絕境的高級軍官聽他說話。「姑且不論人馬之言可信與否，我方軍力抵禦獅人西南攻勢已屬吃力，若是南北開戰更是吃緊。如今若調出大量兵馬出關，一旦情勢生變，回防必有窒礙。大將軍實不該拿萬千將士的生命，與人馬同盟下注豪賭。」

防將軍知道自己的臉色一定非常不好看。

「防都尉此言為免長他人志氣，滅自己威風了？」防將軍說：「我軍如今有人馬之助，得穩固向來脆弱的北方防線，充實攻擊軍力。獅人軍最大優勢，便是行軍迅捷，能迅速變陣。今日我方以三面包夾之勢，斷其變化可能，殲其主力一勞永逸。此戰略曾因兵力不足而擱置，如今得人馬奧援，方可實行。為何防都尉此時又言反對？」

「我……」濟遠猛然抬起頭，眼中露出軟弱的光芒。他在害怕？害怕什麼？他的父親不是已經把最好的位置給他了嗎？只要跟著易書德，在步兵的保護下撐過這場戰役，他就能攀著易書德的戰功向上晉升。這麼好的機會，他還有什麼不滿意，還有什麼好害怕？

啊！是了，沒有父親在身邊，這會是他第一次孤身一人踏上戰場。易書德也許不會讓他死，但也不會像個教僕一樣跟著他噓寒問暖。蜘蛛地母呀，他防將軍的兒子，就只有這點能耐嗎？

「兒子……屬下不是怯戰。」濟遠顫抖的聲音怎麼也掩飾不了他心中的緊張，防將軍知道所有人聽得一清二楚。「屬下只是認為，此戰應當從長計議，不可落入人馬逼戰之局。」

「人馬為何要逼戰？」防將軍問。

「人馬、人馬……人馬居心不良，向來廣為人知——」

「人馬居心不良，但今時今日，與我方開戰者是獅人，而非人馬。況且，人馬送來詛咒盟約，代表我軍接下之人不正是都尉嗎？」

濟遠的嘴巴一張一合，年青蒼白的臉，現在一點血色都沒有了。

「父親……」

「此時此地，我乃金鵲皇朝大將軍。」防將軍打斷濟遠求饒似的呼喚。「如果防都尉再提不出更好的說詞，說服諸將不可開戰，老夫便定你騷擾軍機之罪。」

濟遠倒抽一口氣，更是緊張得說不出話了。

「大將軍，防都尉只是心思細密，行事謹慎，實不必為此責罰。」陶凌連忙緩頰。「人馬異邦之流，不可過份倚賴。或許得依都尉之言，再行安排陣列，避免主軍與人馬同進退，以防往後落人口實，說金鵲還需仰賴人馬才得痛擊獅人。」

他正想辦法找台階給濟遠，只要濟遠現在順著陶凌的話頭，防將軍只要修改幾個微不足道的細節，或是把他換下來給其他人機會上陣，一切就太平了。

濟遠令他失望了一次，光是抓個間諜這種小事，也能用上一堆藉口來推拖搪塞，連續兩次延遲報告。防將軍不知道該怎麼信任他，或是饒過他才好。如果他不會處理軍事問題，至少今天單純的人際關係處理上，他能表現一次給防將軍看看。

「不。」濟遠搖頭。「人馬與太多勢力過從甚密，濟遠認為不可信。盟約一事不可當真，連袂出擊更是萬萬不可。」

陶凌傻住了，其他軍官臉色一凜。

不知進退。防將軍抿著嘴唇，想像自己的視線化成兩把刀，狠狠把他身上傲慢的甲冑割下。這個小子，嬌生慣養，不知羞恥。防將軍的呼吸變得急促，一股焦燥搔刮著他的內心。

「防都尉——」陶凌還想說話。

「防都尉以為人馬不可信，或許今時今日立此帳中，也不適宜了。」

現在視線換投到防將軍身上了。和將軍言語衝突是一回事，若被請出軍機帳，表示往後的戰略決策將要排除此人。濟遠的軍旅生涯留下這一筆，將會是他未來十幾年升遷上的陰影。防將軍非常清楚，但是如果非要如此才能打擊他的傲氣，使他有所成長，身為一個父親不正應該義無反顧嗎？

他還有機會。只要願意道歉，願意自圓其說，就算藉口再拙劣也無妨，其他人會看著同僚的面子上，再幫他一次。沒有人會刻意對防大將軍的兒子落井下石，這點防將軍還有自信。只要他肯道歉，還沒走出軍機帳外，一切都還能挽救。

致逢對濟遠擠眉弄眼，急得滿頭大汗。何青附在陶凌耳邊說話，陣垣和易書德都僵著一張臉。防將軍看著濟遠，兩人的視線在空中交會，卻擦不出半點火花，只有冷冰冰的僵持。

「軍務繁忙，恕濟遠告退。」他猛然一抱拳一行禮，轉身把退路拋在腦後，沒等大將軍允許就跨出軍機帳。防將軍閉上眼睛。

是了，便該如此，他的兒子到頭來也要棄他而去，他只能孤軍奮戰。

「大將軍？」陣垣低聲地問：「是否要把人追回來？」

「由他去。」防將軍拉高聲調，朗聲對所有的軍官說：「防都尉之位，由常營尉補上。右軍三隊，由西南……」

會議繼續，但是斷裂的陣線，卻無法再延續了。防將軍很清楚，在戰場上總有時候必須捨棄一些戰線。這會給有良心的決策者極大的痛苦，但是良心總會麻痺，最後留下的只有勝利者。如果決策者不能奪下勝利，再多的良心也只是道德家的謊言。現在就是那種時刻——不過是現在也好，至少防將軍不必在戰場上丟下兒子。

如果還有任何安慰的效果的話，至少他兒子會活下去，就算是個軟弱的失敗者，但是他會活下去。防將軍很清楚，他一直都知道。

濟遠希望有人能攔住他，或是自己夠軟弱，能回過頭去求饒。可是他不夠軟弱，無法把所有的祕密攤在陽光下；可是他也不夠堅強，敢挺身雄辯對抗自己的父親，將他攻擊得體無完膚。他唯一單薄的抗爭，剛剛結束了，一點效果也沒有。

那個男人，那個臉上長了大虎牙的男人。

他當晚做了惡夢。在夢裡，他的脖子像奴隸一樣被鎖住，甲冑和戰袍被扯爛丟在地上。防夫人帶著無數的牙口扭曲的教僕站在一邊，冰冷的目光凝成針刺在他背上。

這是他的惡夢，糾纏著他日日夜夜的夢魘。他從來不是一個受到認同的角色，他只是站在一個危險的平衡上，賴著父親的名聲向上爬。如今現實又要逼著他往前，踏進另外一個更險峻的境地。

不論那是什麼，他都說不出口。他知道是誰在軍機帳中突然發動神術了；他從他父親身上感應到那股粗暴的防禦，只要有人試圖刺探那個角落，就會有個屏障自動升起，擋住所有窺探的目光。地母呀！他居然用心術刺探自己的父親！

濟遠的臉皺在一起，腳步漫無目地向前。軍營裡的人員來來去去，每句話都被他隔在心防之外。一個人心中為何要有兩層防禦？濟遠從來沒聽過這種事，更遑論想像。唯一合理的解釋，就是父親的心智與某人連繫在一起，而那個某人不希望有人從防將軍身上逆溯找出自己。

原因多到無法一一數清。以防將軍邊關絕境總指揮的身分，想對付他的人多到能從樓黔牙帝國的西海之濱，一路排隊到諸海諸島。但要把兩個心智緊緊相連，還要神不知鬼不覺地瞞過受害者設下第二層神術防禦，根本是癡人說夢。濟遠學習心術的過程中，只知道兩種可能，一種是受害者自願獻身，一種是長時間貼身密集的腐蝕。

濟遠立刻否定第一種可能。如果防將軍是自願獻身，那天晚上，他不可能擺出那股抗拒的姿態。獻身的過程中，只要受害者有任何一絲一毫的反抗，都會讓整個心術寄生的過程前功盡棄。

腐化呢？長時間細心探尋，找出防禦的漏洞，植入小小的心念寄生，然後在未來的日子裡鼓勵寄生茁壯，直到施術者回來收割的那天。

有誰會比一個妻子，更適合腐化一個丈夫？培養腐化的手段千奇百怪，即使是個疏遠丈夫的妻子也辦得到。家書裡的一個對其他人而言毫無意義的小符號、辭彙、用語、暗示，見面時的小動作、口氣、聲調，只要設下條件，這些東西便能一次次累積，直到受害者的防禦徹底卸下，被自己心中的陰影玩弄於股掌之間。

濟遠很清楚，在他的教育裡，其中有一項功課就是如何辨認並遠離這些手段。只是他做夢也沒想到，這些貴族的心術遊戲，如今居然在他的父母身上真實呈現。

他該怎麼辦？他不能公開揭露的自己父親。家族的羞恥會殺了他，更不要說皇朝的律法。如果是承平時期，也許還能以家族糾紛掩蓋內幕，但現在朝中局勢混沌，任何一個行差踏錯，都有可能會變成株連全族的重罪。更別提邊關的士兵們，如果知道自己的主帥和敵人私通會有什麼反應。到時候，比起待在軍營，濟遠說不定會更期待押解犯人的馬車出現在石榴鎮的大道上。

他該怎麼辦？他一點主意也沒有，甚至不敢當面與父親對質，他怕答案比自己想像的更可怕。他想過告訴三位表叔，但是教僕中是否有人也是防夫人的眼線？又或者他們也是幫兇？不行，他不能說，一旦消息走漏，他們父子都別想踏出邊關絕境了。

他在不知不覺中，走到了伙房旁。說是伙房，其實說穿了不過一整排供士兵吃飯烹飪的帳篷。士兵們依序拿著腰牌進進出出，確認領餐的順序，趙廚娘拿著大鍋鏟四處巡邏，確認每個士兵都能填飽肚子。

濟遠鮮少到這裡吃東西，軍官的餐點都有專人送到營帳裡，不需要和成千上百的士兵擠在一起流汗廝殺搶食。士兵們同樣也不喜歡高階軍官出現在這裡，平時在軍營裡畢恭畢敬是一回事，但是吃飯皇帝大，放鬆吃東西的時候還要顧著禮儀也太辛苦了。

「都尉大人。」一看見濟遠走近，伙食帳負責檢查腰牌的哨兵立刻挺起腰桿。伙食帳中不需要行禮，但也沒人阻止士兵們展現一點雄壯威武的樣子給軍官看。

「免禮。」濟遠木然地說。

「都尉要用餐了嗎？我們立刻通知趙大娘，把餐點送過去。」

「不用了。」濟遠舉手打斷他。「我想，我今天……」

他今天怎麼？他敢說致武表叔現在一定等在他的營帳裡了。就算防將軍沒有行動，致逢表叔也一定傳訊給他了。濟遠沒有把握，如果看見致武表叔的臉，他會不會像個還沒綁上髮髻的孩童，一把鼻涕一把眼淚把所有的辛酸抖出來。

他不能，這說不定會害死所有人。

「我今天在這裡用餐。」濟遠說：「我等一下還有任務，沒有時間在營帳裡慢慢吃了。」

「我們立刻吩咐人替都尉備位。」

士兵退下去，大聲吆喝著叫人快過來替都尉準備位子。趙廚娘利眼一瞪，逼退濟遠身邊好奇的眼光，然後換上非常不搭調的溫柔眼神，用壯碩的身軀穿越人海走到他身邊。

「都尉大人，讓我給你帶位。」她挺起比任何士兵都還要寬闊的胸膛，用軍人的驕傲姿態說。

「有勞夫人了。」濟遠說，廚娘卻露出一種受到冒犯的表情。

「大人，這裡沒人叫我夫人。」趙廚娘扁著闊嘴說：「他們都叫我長官。」

如果不是心情太沉重了，濟遠說不定會笑出來。

「長官？」

「是的，長官。」

濟遠還真不知道廚娘也有軍階。他不知道的事情太多，無法掌握的變化太快。

「那你覺得我該如何稱呼你？」他把問題丟回廚娘身上。

「也許……」廚娘掙扎了一下。「不如，大人叫我廚長。」

廚長？這是濟遠聽過最奇怪的稱呼了。「廚長。」

「是的，廚長。」

連一個廚娘都有她的驕傲，以及必須堅守的立場，但濟遠呢？他不禁莞爾，悲慘地莞爾一笑。

「廚長，請你帶路吧！」

趙廚娘用力點了一個頭，像是終於認可濟遠這個人，帶著他走到伙食帳另外一頭的位置。

他們抵達的位置離鍋爐較遠，少了蒸騰的蒸氣和快炒的火焰油煙騷擾用餐的人。濟遠解下頭盔，他附近不知為什麼，自動清出了前後左右各三個人的空間。

今天的餐點是豬肉，還有三樣簡單的蔬菜，粗厚的大碗裡裝著大量的雜糧飯。往常送到濟遠帳中的都是白米飯而非雜糧，不過他沒有抱怨，他早就知道平等這種事並不存在了。他捧起大碗和筷子，夾了青菜放進碗裡，再扒進嘴中。

一點味道都沒有。不管是酸甜苦辣，還是其他文學字眼描述過的味道都沒有，就只是一團濕爛的觸感和著帶薄殼的粗粒。食不知味，濟遠放下碗筷，勉強自己把嘴裡的東西吞下去。

「又是豬菜！」不遠處有士兵突然喊道：「他魚娘娘的，這個月第幾次吃豬菜了？這是給豬吃的！」

「你不吃就給我住嘴，少在長官面前耍威風！」發現騷動的趙廚娘立刻衝上前來。大喊的士兵剛剛才進入伙食帳，沒有看見濟遠坐在後面的位置。

「媽的！廚長你明知我吃豬菜就會鬧肚子，還拚命煮這東西端出來，是擺明了和我過不去是吧？」士兵沒有收斂的意思，看來今天是打定主意力爭到底。「我說，如果事情再這樣下去，我就去告長官，看他們有沒有意見。這東西有毒哇！」

「你這蜘蛛蒙了眼的混帳東西，長官這幾天也是餐餐吃豬菜，也沒見過有人來和我抱怨。你如果真有意見，就儘管去和都尉大人說。」

「你以為我不敢？我告訴你，不要說都尉大人，只要我能不吃這豬菜，要我去和大將軍說話也不怕。」士兵摩拳擦掌，擺出兇狠的樣子。

「是嗎？」趙廚娘挑起眉毛。「那好，都尉大人就在你身後，不如你請他替你引見大將軍？」

「你說啥？」

「都尉大人，我們這整個邊關絕境，也就一個防都尉大人。」

「我呸！那個靠老爹爬上來的傢伙？他給我引見大將軍我還不屑。」

他身邊的士兵趕緊拉著他的衣服，焦急地對他擠眉弄眼。

「唉呀，我說你們這是做什麼？拉衣服擠眼睛的，像個沒出嫁的姑娘。」士兵甩開同伴的手。「廚長，不要說我老秦不給你面子，就算那姓防的都尉在這裡我也沒在怕他啦！」

「你不喜歡吃豬菜嗎？」濟遠走到他身邊，平靜地問。

伙食帳裡談話的聲音突然消失了。

「防……防都尉……大人……」士兵張大嘴巴，弓著腰仰望濟遠。「剛才，我們……」

「你們說話我都聽見了。」

「這……這樣啊……那我……我沒有其他的意思只是……」

「只是覺得我是靠父親爬上來的？」

「沒錯——不對，我是說……」

「你不喜歡吃豬菜？」濟遠沒心情聽他辯解，他的腦子現在只能處理最重要的事。

「沒——沒的事，我愛吃！」

「可是你方才說不能吃，一吃就鬧肚子。」

「我剛才有這樣說嗎？」

「你能吃給我看嗎？」

濟遠端起碟子，士兵臉上的表情立刻塌掉，心海中滲出恐懼的情緒。這就對了！濟遠倒抽一口氣。

看見濟遠反應這麼大，士兵有天大的勇氣也隨苦辣瓦河的滾滾浪花奔馳而去。「不瞞大、大人，小人真的不能吃這東西。小人不是裝高貴拿喬耍派頭，如果剛剛有哪裡冒犯了，那是小的心直口快，只是這東西小的從小吃不得，一吃就要犯病……」

濟遠放下碟子，臉上綻出笑容。所有的士兵張大嘴巴，連趙廚娘也不例外。

「廚長，這兩天換換菜色。士兵們辛苦了，偶爾加點菜，我想書記那邊不會有意見。如果有人說話，就說是我的主意。」

濟遠把話說完，便匆匆走出伙食帳，留下錯愕的眾人。

他還記得那一幕，還有防將軍厭惡的表情，原本每次都要刺傷他的那一幕和表情。

我不要看那個東西，你看過就行了。他把家書丟在濟遠面前的地上。

防禦的手勢，抗拒的姿態。

說我不見她。他揮手，致逢表叔暗示濟遠快退下。

沒錯，就像那個士兵一樣，他的父親也在抗拒對他有害的東西。濟遠知道這聽起來一廂情願，但如果是事實，那表示一切還不到無可挽回的地步。也許，這場戰鬥還沒有他想的那般悲慘，輸到一敗塗地。他需要更多的資訊，他的力量也許不夠，時間也很緊迫了。他知道不能信任防將軍的決定，所以反抗他，這是第一步。只要他能挺身而出，也許……

濟遠不知道也許是什麼，但是他清楚知道，如果他不做，這場戰爭就真的無可挽回了。

# 第五章　布局

漂流之人補充完補給之後，便匆匆離去前往南方。臨走前不忘對出來送行的葛家姊弟叮嚀再三，希望他們見好就收，千萬不要過度深入樓黔牙。

「他們對我們真有信心不是嗎？」黛琪司拍拍裙子，拉拉衣領擺出瀟灑的姿態走回旅店裡，一改先前被人虎嚇哭的柔弱模樣。

除了他們之外，其他的羊人都還躲在房間裡補眠。亞儕自己一夜無眠，偷溜到驛站外閒晃，等天亮濛濛時才回來。他回到房間的時候，兩隻老羊的鼾聲大得能驚醒沉睡的黑寡婦。

他們都得養精蓄銳才行，接下來的路只會更加辛苦。亞儕嘆了一口氣，坐到吧檯旁，不知道自己是不是也應該學老山羊們點杯麥酒試試。雙眼浮腫的鼠人坐在另外一頭，盯著餐盤和空杯子發呆。一早沒有半個客人的哈嘉莎大媽坐在櫃檯邊生悶氣。

鼠人大概是聽見聲音了，突然驚醒過來東張西望。看見是亞儕後，他虛弱地舉起手對亞儕打了個招呼，然後又垂下腦袋對餐盤發愣。亞儕知道長薄耳家的兄妹沒有對他手下留情，不但把他洗劫一空，還強迫他跟著他們來到了塔倫沃。這比落進楓牙手裡要好一些，可是看著原先有可能成為朋友的人變成如今落魄的樣子，亞儕也沒有什麼好開心的。他滑下座位，走到鼠人身邊。

「奇科羅。」

「小少爺。」鼠人哀傷地回應他的招呼。「你們接下來還想去哪裡？」

「我想昨天你也聽說了，我們接下來打算到金鵲皇朝去。」

「那你們應該從南方走才對。」

「我們沒有時間了。」亞儕搖了搖頭。「你已經帶我們來到塔倫沃，如果你想離開的話，我不會阻止你。」

奇科羅的嘴巴微微張開，似乎不確定自己聽見了什麼。

「我不打算追究你任何責任。」這是實話，發生了這麼多事，亞儕發現自己很難再去責怪鼠人為了自保而說謊。

「我得承認，當楓牙抓到你欺騙我們的時候，我想把你殺掉。」

鼠人抓緊手邊的杯子，好像這樣就能阻止亞儕把利牙插進他喉嚨。

「不過，這樣沒有任何意義。你什麼都不知道，責怪你沒有任何幫助。所以你走吧，趁著其他人都還在睡覺，我不會阻止你離開。」

奇科羅看著他，水淋淋的眼睛一眨也不眨。

「有很多人，會為了行程延遲半日威脅要殺掉我。」奇科羅身上散出羞愧的味道。「我很抱歉，如果我知道——不，我不敢保證，如果事情能重來一次，我甚至不確定自己有沒有勇氣抵抗藍貴的命令。我這輩子就是這麼活過來的，靠著耍嘴皮子換三餐，拿別人的責罵和獎賞當調劑。小少爺，你是第一個，第一個放過我的人。」

「我知道槍恩和娜爾妲拿走了你的錢。我可以給你一點路費，讓你回美湮鎮。」

「不了，小少爺。」鼠人哈哈笑了兩聲。「我知道你們的狀況。如果說我還有什麼可以誇耀的地方，那就是我對錢很敏感。你們沒什麼錢，剩下來的連自己的餐費都不夠。不，我不要錢，能保住這條命，我已經謝天謝地了。也許白鱗大士還肯將一點憐憫，放在我這猥瑣的鼠人身上。」

亞儕不知道該說什麼，奇科羅的笑容無奈又淒涼。總是如此，心地善良的人沒有力量，邪惡的人卻能操縱整個世界。他知道奇科羅不是壞人，只是時勢所逼。

「如果你願意……」亞儕舔了一下嘴唇，他接下來說的話，很可能會讓黛琪司和楓牙化成惡夢中的狂魔，一路追殺他到終端之谷。「如果可以，我希望你能以朋友的身分和我們一起上路。」

奇科羅睜大眼睛，有些被嚇到了。

「你要我和你們一起上路？為什麼？」

亞儕不知道該怎麼說才好。他握了一下手上的短笛，想起那個在火焰中獰笑的怪物。

「如果我們找回我的兄弟，我需要有個說故事的高手把我們這一路的故事告訴他。他是個好奇的羔仔，舞蹈、詩歌、故事是他的最愛，他會等不及聽我們這一路的經歷。我一向不會說話，所以我們會需要你。」

奇科羅肩膀拱在半空中，半張著嘴，舌頭下壓著說不出口的字句。

「你有權力自由選擇。」亞儕說。

奇科羅鬆開肩膀，吐出好長一口氣。

「通常有人對我這麼說的時候，我就知道他們又打算強迫我做什麼事了。可是你，葛亞儕——他們怎麼說來著？——奧坎之子。我相信你，就算你滿嘴尖牙我也相信你。為了你這句話，我會留下來，幫你記住旅途上的每個精采片段，留待日後告訴你的兄弟。現在，說說看，我該如何幫助你？」

如果奇科羅知道亞儕也鬆了一口氣，慶幸他沒有拒絕邀請，不知道他會做何感想。亞儕看見他兩隻招風耳微微抽動，好像在試圖找回一點鼠類的狡猾，但是兩隻水汪汪的小眼睛卻已經全神貫注在眼前的狼人身上。亞儕知道他可以信任。

「我想，在開始之前，你還要多知道一點事。」亞儕坐到他身旁的位置。「你知道樓黔牙帝國嗎？事實上，我們的目的地現在改到那裡去了。」

人馬的部落乍看之下雜亂無章，要身在其中才能了解這群四腳傭兵獨特的思維。屠萊自己就看得非常清楚，他的營地有三個帳篷當側翼，背後靠著一棵枝椏蔓生的粗壯樹木。不管是要聯合衝鋒，還是利用樹木掩護射擊，他的帳棚都是最好的位置。他是人馬長風部的弓騎長，並不表示他擁有這些人馬，他們是驕傲的種族，集結在一起是為了發揮更大的戰力，為共同的利益做戰，而不是人類那套愚蠢的上司下屬關係。

今天，他的營區裡出現一個他意料之外的人。

防濟遠騎著馬穿越他們的營地，驚懼的眼睛不時四處張望。他在害怕嗎？他的甲冑鬆散，比人馬身上的皮還要沒用。這種程度的束裝，在戰場上只會害死自己而已。

不過他來了，光他膽敢騎馬闖進人馬的營地這一點，就足以同時頒發勇氣勳章和愚蠢勳章給他了。人馬繞著他的四周，只給他狹窄的空間前進，暗地裡用十字弓瞄準他的後心。如果不是因為他身上的軍階，還有他特殊的身分地位，他早就死了。

「我要見弓騎長。」防濟遠大聲喊道，以為會有人馬自貶身分為他帶路。這不是人馬世界的規則，要不是長風屠萊急著想聽聽看他的來意，不然他樂得讓防濟遠對著空氣白費力氣，給其他同伴來點秋季尾聲的娛樂節目。

「防都尉。」屠萊走出藏身的樹叢，裝出驚訝又好客的笑容。「你怎麼會一個人進入人馬的地方呢？」

防濟遠左右張望，這才認清沒有人想理會他。人馬們忙著保養自己的武器，或是打屁聊天，沒人對他有半點興趣。

「我還以為你們的戒備會比較森嚴。」他說。

「這不是我們做事的方式。」屠萊給他一個寬容的微笑，愚蠢的幼駒總是需要無止境的寬容。「能告訴我你的來意嗎？防大將軍對我們的結盟有任何問題嗎？他接受了同盟之後，一直沒有給我下一步的訊息，我甚至開始懷疑他對結盟的認知了。也許，你今天帶來了好消息？」

「我……」防濟遠舔了一下嘴唇，聲音微微顫抖。他以為自己藏得很好，但是屠萊看得出他正在心中天人交戰。「恐怕我不是帶來大將軍的消息。」

屠萊沉下臉。一點負面情緒的展現，有助於催促對方迅速講出重點，特別當對方可能有求於你時，他們更會急著把底牌秀出來討好你。

果不其然。

「可是我有其他的消息！」防濟遠立刻挺起身體，用迫切的口氣說：「我知道大將軍已經擬好戰略了，再過不了多久，就會派人來和你們協商攻擊路線。」

「是這樣嗎？」比屠萊預期還要晚一點，但結果和他的雇主要的一樣。

「不過，有一件事，我需要你們的幫忙。」

防濟遠抬起頭，口氣多了股堅決的味道。

「就我所知，防將軍的攻擊陣線之中，沒有我的位置。」他深吸一口氣，挺起胸膛說：「我得說這讓我非常失望。」

「喔？」長風屠萊來了興趣。一個叛逆小子？

「因為某些原因，我父親和我有了摩擦，這些摩擦讓他決定要剝奪我在戰場上立功的機會。」防濟遠低下頭，眼睛快速眨了兩下，然後看著屠萊說：「我不能讓這件事發生。如果我要脫離他的陰影，我會需要擊敗獅人的戰功，來妝點我的長劍和盔甲。」

「所以，你希望我怎麼配合？我會有什麼好處？」屠萊就知道，人類偏愛自相殘殺這一套。但是邊關絕境統帥父子？這會成為人馬的好故事，在跳馬關裡流傳十個世代以上。

人馬的直接，似乎嚇到防濟遠了。「你不問我為什麼嗎？」

「都尉願意告訴我們嗎？」

「當然可以。」防濟遠突然咬住下唇。衝突的動作和用詞，他心裡藏著什麼？如果不是怕對方查覺，屠萊真想馬上潛進心海一探究竟。不過沒關係，他有更多的手段能夠刺探出來。

「你不說原因，我也不追究。」屠萊決定先安撫他一下，把人逼得太急對談話沒有幫助。「過去與都尉接觸的經驗，告訴我你是個守信的人。我希望你了解人馬是傭兵，是能談生意的對象，而不是動不動把忠誠掛在嘴巴上宣傳的做作小人。」

「你說的沒錯。」防濟遠嘆了口氣。「我會催促我父親做出攻擊決定，確認你們的補給線，也有辦法讓你們的酬勞往上提高。這是我能做的最大限度，你們要先接受我的條件，我們才有談下去的可能。」

把自己的底牌亮光了，還真是個談判高手。屠萊忍不住在心裡大笑三聲。看看魚仙娘娘有多厚愛他呀！

「我能否接受，端看你提出的條件。說吧，你希望人馬怎麼幫你。」

「就我所知，我父親規劃的攻擊路線中，人馬將負責北方陣線。照理而言，會由陶將軍負責這條路線，和你們共同出擊。我需要立功的機會，其他路線我沒有發揮的可能性。你們要在大將軍送來戰略之後提出要求，希望由我領軍與你們共同出擊，而且不許其他軍官和我並列爭功——這就是我的要求。」

這麼簡單的條件？屠萊愣了一下，有些不敢置信。這個小子想立功想瘋了嗎？為了這麼一個機會闖進人馬的營地，他若不是極端大膽，就是極端愚蠢。屠萊還真沒看錯人；一個沒有能力，又走投無路，急著想要出人頭地的貴族子弟。天底下還有比控制這種人簡單的事嗎？

看來連編織命運的黑寡婦都是站在人馬這邊。

「我答應你，我的決定代表整個長風部。」屠萊舉起左拳，輕敲胸口兩下，以示立盟。防濟遠也學他的動作，敲了胸口兩下。

「希望我們合作愉快。」防濟遠遲疑了幾秒，又抬起頭說：「你知道未來，我是最有可能接任我父親位置的人選。如果這次交易順利，我相信皇朝與貴部關係，將會更加長久。告辭了，弓騎長。」

防濟遠把馬匹掉頭離去，沒看見屠萊臉上的笑。

與屠萊帳篷相鄰的約薔跨步來到他身邊。「你相信他的話？」

「沒有什麼好不信的。我現在反倒想看看，他在這手黑吃黑裡能玩到第幾局。通知黑智者，魚已經上鉤了。」

「我還以為你已經把黑智者的人丟出去當餌了。你說了什麼來著？長了大虎牙的人類？」

「他的確出現在我們營地裡不是嗎？」屠萊擦去脖子上的汗水，興奮令他身體代謝激昂，等不及要上戰場衝鋒了。「只可惜，餌釣不到大魚，倒是自我膨脹的田雞上鉤了。這一次，不妨換換口味，看看防大將軍養的田雞，有沒有辦法成為好餌，釣上我們想要的人。」

直到確定走出人馬的聽力範圍外，濟遠才敢策馬狂奔，一路衝下小山直奔苦辣瓦河邊。

他沒有帶任何隨從，留給營區的行蹤也是假的。不過無所謂，他現在被所有的軍官仇視排擠，根本不會有人關切他的行蹤。致武表叔沒有對他發脾氣，只是極度失望地看著他離開，然後又轉頭回到宗卷上。他有他的任務，濟遠也有濟遠的。

即使如此，再多的覺悟和決心，都改變不了上戰場時心跳加速的恐怖感覺。他始終不是那塊料，也因此才能扮演好一個失敗者的角色。屠萊根本想都沒想，就答應了他的請求，甚至把陶將軍當成餌吞下去了。等他們知道內幕之後，大概會後悔莫及吧。

無論如何，不管他們打算做什麼，當務之急是讓父親遠離戰場。如果這樣意味著要濟遠親上火線的話，那他也沒有別的選擇。

濟遠跳下馬跪在河邊，兩隻手抖到捧不起一把水。他把頭盔丟在一邊，整個頭泡進水中，用灰色的河水把臉上的冷汗沖掉。苦辣瓦河的水辛辣又刺鼻，滿是鐵鏽和腐木的味道，聞起來像是淚水。這也難怪了，這條河幾乎把整個九黎大陸的辛酸都看盡了。

他把頭甩出水面，水花濺了他一身。

濟遠研究過苦辣瓦河的流域，據信是從終端之谷附近的山脈發源，再一路穿過山關戰境、邊關絕境，最後流入東方諸海。這河水無奈地向東奔流，默默接受所有注入水中的髒污。

但他不一樣，他還有最後一條路，而他已經踏出了第一步。想來也悲哀，他唯一一次能選擇的機會，就是代人去死。

他戴上頭盔跳上馬背，不急不徐騎回關口，抬頭挺胸的樣子幾乎像個軍人了。

對他們的目標是樓黔牙這件事，奇科羅的反應反而出乎亞儕意料之外平靜，他說他過去跟著豬人行商穿越國境很多次。

「近年來就沒有了。」奇科羅告訴他說：「這一兩年不知道為什麼，原本開放的國境又變緊張了，所以我才會回美澐鎮賺那些人類的小錢。不要小看豬人，如果你知道怎麼討好他們，賞金絕對不會少。」

至於怎麼討好，奇科羅說他寧願不談。

「不是什麼光榮的事。」他只說了這麼一句，又把話題兜回地圖上。

他帶著亞儕和槍恩在山關戰境附近偵查，想找出人類關口的隙縫。山關戰境到處都有士兵嚴密巡邏駐守，而且對外來客非常排斥，沒有特殊的通關文書，根本沒有辦法進入。他們躲在通關口附近的樹叢裡，觀察士兵如何檢查來往的人車。

「打仗，一切是打仗惹的禍。」他指著士兵說：「你們看，這些人的盔甲上面都有傷痕。他們不是閒著沒事養在官府的軟腳蝦，而是真的上場廝殺過的狠角色。」

「如果我們偽裝成歌舞團，像黛琪司說的那樣呢？」亞儕問。

彷彿回答他的問題一樣，一隊人牛行商被擋在門外，士兵當著憤怒人牛的面，把他的證明文件撕個粉碎。人牛帶著保鑣大聲抗議，但是亞儕聽得出來他只是虛張聲勢。如果連有文件，被查出可疑的地方都是這種下場，更何況是沒有文件的他們？娜爾妲趁著白天到塔倫沃驛站的辦公處問了兩次，兩次都是一樣的答案，進入山關戰境的文件審查一來一往之間至少要一個月。聽見這個數字，所有人的臉色都難看得像狗大便。

「這還是多付錢之後的速度。」娜爾妲拉長臉說。

同時為了解決錢的事，羊女們去找過哈嘉莎大媽一次。

「沒錢？」聽到這句話的時候，哈嘉莎大媽的眼睛幾乎要噴出火了。但是由三隻母羊組成的陣線也不遑多讓。

「不需要這麼驚訝，羊人本來就不帶錢在身上的。」聽黛琪司說這句話的口氣，你會以為出門不帶錢是天經地義，由黑寡婦本人寫下的世界法則。「不瞞你說，其實我們是羊人歌舞團。只要你能騰出空間，我們住在這裡的每個晚上都會幫你提供歌舞表演抵食宿，還附贈你一個羊人保鑣。」

只怕賀力達皇后親臨此地，也只講得出這麼傲慢的話了。黛琪司把頭髮塞在耳後，搖搖她美麗的螺旋角。

「不然我也可以去告訴鎮長或是哪個大人物，說你們和漂流之人勾結。我想他應該會給我不少賞金吧！」

哈嘉莎大媽的臉活像生吞了整桶的檸檬。她鼓著腮幫子，一言不發和黛琪司握手成交。

「只要她逮到機會，一定會把我們塞進湯鍋裡煮了。」老艾草聽完成交過程後，告訴木栗老爹說：「我想我們這輩子不用想回山泉村了。」

「胡說八道！不要理他亂說話，葛家的小母羊，我老早就想教訓那個狗屎臉八婆了。如果我早十年學會你這招，亞儕他媽就不用混了。」現在木栗老爹三句不離亞儕他媽，聽得他是又難過又好笑。

晚上的表演節目落到了長薄耳家的兄妹肩上，還有髒手指五世負責配樂。這三隻羔仔一聽到可以合法唱歌跳舞，根本不用人逼就擠著上舞台，每天都在爭論誰的時數多一點少一點。黛琪司則負責露出冷笑，站在吧台邊數客人的賞錢。負責當保鑣的哈耐巴，只能握著木棍，忌妒地看著台上載歌載舞的三人。

亞儕本來很好奇他們如何招攬顧客，有天偵查路徑的工作提早結束，他特意到場觀摩，卻差點沒被羊女們嚇昏。

「你們居然用心術操弄客人！」他等晚上休息時對著黛琪司吼道：「你拿我的毛皮當藉口不讓我上去，卻和其他人一起亂搞。要是被人發現了，我們會通通被吊死的！」

「你小聲一點，又不是什麼大不了的事。」黛琪司把他拖進房間，把門拉上。「娜爾妲說得沒錯，有備無患總是沒錯。而且老艾草也說我們應該想辦法找機會練習心術，以免將來要用的時候出問題。」

「他可沒有叫你用心術操縱往來的商人掏錢。」

「我說了放心，我們有分工合作。五世會帶著槍恩和娜爾妲迷惑他們，哈耐巴跟老艾草會替我們注意四周。」

「老艾草也有份？」

「你以為他和木栗老爹喝的酒不用錢嗎？」

「我該把你們丟在山泉村，才不會害你們千里迢迢跑來塔倫沃自殺。」

「也許有人該負起一點責任，快點找到路通過山關戰境，我就不用在這裡學豬人做壞事，又要被道德楷模指責我犯法。第一個用食物當藉口，張開嘴巴把牛肉吃下肚的人可不是我。」

亞儕沒有回嘴。

「喔，該死，你不要擺那張臉，你明知道我不是那個意思。」黛琪司伸手想拉住他，可是亞儕已經走出門外了。

第二天一大早，他懷著沉重的心情離開哈嘉莎大媽的旅店，踏上通往驛站外的道路。

驛站小鎮天未亮就開始有人進出，形形色色的人準備通往各個不同的方向，彷彿發生在葛法身上的悲劇不曾上演。他們什麼都不知道，人牛拉緊絲綢長袍，仔細檢查每輛車每個袋子的數量。人類帶著昨天的宿醉踽踽而行，不時對著彼此怒目而視，彰顯一下男子氣概。這個小鎮裡幾乎看不見陰柔的色彩，就連女性也都充滿著陽剛味，而為了應付這一面的需求，亞儕知道有個地方藏在小鎮的另一頭。那個地方光是聞味道就使他頭昏噁心。

亞儕走出小鎮，一路走向傳說中朱鳥的葬身之地。

仔細觀察，就能看出終端之谷是因何得名了。從荒涼山崑崙海一路延伸過來的世界之脊在此中斷，立下一堵高聳突兀的牆。不只是世界之脊，谷地四周的高山都像是從地底被炸出來的一樣，山壁沒有半點和緩的角度可言，垂直刺入赭紅的天空之中，構成一個不甘心的巨爪。

彷彿嫌這還不夠，各方勢力在巨爪間的空隙建立起高聳的堡壘，用鋼鐵和岩石堆起一層層的防禦，撕裂谷地的疆界，部屬無數的長劍尖矛保衛國家。不知道是陰沉的環境使然，還是原本便是如此，終端之谷谷地裡的花草樹木岩石水流，都帶著一種黑色調，像揹著惡火焚燒過的痕跡。

這樣一個地方，似乎天生就有一股重力盤旋在山谷之間，能把所有的希望通通吸走。焦黑的土地，無論何時都帶著暗紅色調的天空，讓亞儕想到半結痂的傷口。這大地和歷史的傷口，從來不曾真正癒合。

亞儕不敢隨意深入山林裡，他可不想在無意間挑起四方戰火。他坐在河邊，取出短笛放進嘴唇之間。

他有一段時間沒吹，吹起來有些生疏，好不容易抓到的技巧幾乎要忘光了。葛笠法才是真正精擅此道的人，他只是跟著他學了一些毛皮。

如果是其他人在這，他們一定能想出更好的方法。那些偉大的英雄，總是能想出方法化險為夷，在每個國家之間自由來去，彷彿四福神就是他們的隨身僕役。他們不會被可悲的現實困住腳步，夾在國家與國家之間愚蠢的遊戲裡不得動彈，連自己被擄走的兄弟都追不回來。

一定有辦法，一定要有辦法。

短笛岔出一聲刺耳的噪音，曲調徹底亂了套。亞儕垂下手腕，不知道該如何吹奏下去。他能靠著食物和鍛鍊把自己變一個樣子，但是他的內心還是山泉村那長不大的小崽子，仰望著大人物們來來去去，無所適從地在草原上左右徘徊。

楓牙的味道在她人出現之前先到了。「真不錯，還記得要警戒四周，我還以為你連怎麼當隻狼都忘了。」

「你想說什麼？」亞儕問。

「我想知道為什麼你要拖這麼久，你不是急著翻過山關戰境嗎？」

亞儕注意到她使用的人稱是你。

「你想說什麼？」他問第二次。

「你明明可以直接越過那些關口，可是你卻選擇在這裡浪費時間，被一群蠢羊拖著腳步。」楓牙亮出牙齒。「跟著我走，我們能直接越過那些人類，直奔樓黔牙救回你的兄弟。」

「不行。這是不可能的事。我對他們負有責任，他們和我是一體的，我不可能丟下他們，自己追著目標往前衝。」

「這是什麼天殺黑寡婦的鬼藉口？」楓牙連吠了三聲，才緩下口氣。「你有能力，你有力量，卻要為一群羊忍著不用？你真的被養成一隻沒骨頭的傻狗了嗎？」

「我沒有辦法像你一樣對敵人痛下殺手，也沒有辦法把叛徒吊到樹上放血。但是我知道自己在做什麼，有時候，我必須要選擇大多數。」

「大多數？你的大多數是一群沒用的山羊。」楓牙啐了一聲。「隨便你，擁有悲哀仁慈的傢伙。莎羅媽媽要是知道汗奧坎之子淪落到這副模樣，一定會痛徹心扉。給你一個良心的建議，出門在外不要宣傳自己是汗奧坎之子，部族領袖的汗名，不是你這種軟骨頭的狗能承擔的。」

楓牙把話說完，刷地一聲鑽進樹林裡，示威般趴啦趴啦狂奔，絕塵而去。她總是這樣，像陣風闖進亞儕眼裡，又從他心上溜走。她把真心話說完了，傷了亞儕後又離去。

總是如此。

亞儕解下纏腰布和腰包，躍入河水中。深秋冰冷的河水滲進他的毛皮裡，冷冽的尖刺刺得他呼吸困難。他用力抱住自己，讓自己往水底沉，直到水流的速度與重量壓得他無法呼吸為止。

這幾天他想了很多方法，但是沒有一樣可行。他們沒有錢沒有權，只有一群第一次出門的羔羊，和兩隻退休的老羊，以及一隻說話沒人聽的鼠人。他甚至考慮過使用心術騙過關口的士兵，但是奇科羅曾警告他，像這種重要關口，都會有專人使用神術守望，確認不會有人使用心術蒙混過關。

所以，他還有什麼選擇？

亞儕衝出水面，寒風立刻取代水流包裹他全身，吹來的霜氣凍得他四肢發麻。河水並不深，只要亞儕稍微伸長腳就能碰到底了。他往回游，抱住一塊凸出河岸的石頭，胸口為了維持生命不斷用力擴張擠壓，試圖吸回錯過的氧氣。

如果葛笠法在場，這一幕想必又要逗得他哈哈大笑。

亞儕垂著雙耳，閉著眼睛，無助的感覺和寒冷滲進他骨髓深處，像惡疾一樣纏著他不放。他在發抖，也許抖得夠厲害，就能把全身軟弱的毛病抖掉也說不定。河水滔滔滾動，寒冷麻木他的思維。

他是怎麼了，明明是最弱的一環，什麼時候開始自以為是，扛下了這麼多的責任？他們還有退路，只要現在回頭，靠著羊人們走唱賣藝，要回到山泉村根本不是問題。他說不定已經死了，或是和豬女同流合汙了，現在追上去有什麼意義？但如果亞儕不繼續往前，那這一趟路又有什麼意義？也許像楓牙說的一樣，拋下為了他離鄉背井的家人，才是最明智的抉擇，否則除此之外，他還有哪條路能走？

一段浮木猛然擊中他的腰側，然後又隨著水流遠去。亞儕身體一縮，乖乖吃下這一記。他怎麼會有這麼可怕的想法？丟下為了他離鄉背井的羊人？這群羊人陪著他走過大半個世界，全心相信他救回兄弟的目標。如果他敢在這時候說出要丟下他們自己上路，黛琪司絕對會把他殺了，把皮賣給汗魯魄當過路費。

他要走下去，和羊人們一起，這是唯一且正確的選擇。

「你是狼人嗎？」

一個細軟的聲音從河岸邊傳來，沉思被打斷的亞儕立刻跳上河岸，在一秒間低下頭亮出尖牙低吼，擺出防禦姿勢。

對方一點也沒有嚇到。在河的另外一邊，說話的是個女人類，臉蛋看起來年紀不大——亞儕看不大準，不過沒有皺紋應該就是所謂的年輕人類——身上穿著東方樣式的淡紫衣裙，髮型也像金鵲女人一樣纏成髻插著釵，而不像哈嘉莎大媽用網帽罩著。她看著齜牙裂嘴的亞儕一點都沒有害怕的意思，反倒期待地向前邁開腳步。

「你是狼人嗎？你聽得懂我說的話嗎？我太會說賀力達話，所以有冒犯要原諒我。」

亞儕猜想她的意思應該是自己不太會說賀力達話，有冒犯請他原諒的意思。

「你是誰？」亞儕半吼半吠地問：「你想做什麼？」

「我想……」女孩喃喃念了幾次他說的話，才露出理解的開心表情。「我的名字是像水，我是個畫師。」

像水？亞儕從來沒聽過這麼奇怪的名字。

「你想做什麼？」他又問。

「我是個畫師。我和我的——我的表哥正在畫一張圖，可是上面有一種顏色我們一直調不好，你的毛——我是說你的皮，看起來很適合當範本，我可以請你當我們的飯粒嗎？」

亞儕聽不懂的部分只能猜了。

「你想畫我？」

「沒錯。太好了，你懂我的意思。」像水吐出一大口氣，接著連珠炮似地說：「我們從桂瀧南一路跑到這裡來，蒐集描繪各地的顏色，就是找不到像你這麼漂亮的毛。如果益鳥看見你的毛，他一定會高興死了！魚娘娘呀，你一定不知道我們跑了多少地方，從南到北卻沒有一個地方找得到適合的藍色。」

女孩說了一大堆話，亞儕卻只聽見了一個關鍵的字眼。

「你剛剛說你們從哪裡來到這裡？」

「桂瀧南，你去過嗎？」

「沒有。」亞儕緩緩地說，想著接下來要怎麼套她話。「你們現在也落腳在塔倫沃嗎？」

「那是什麼地方？」像水眨眨大眼睛。「客店的名字嗎？不是，我和益鳥住在常悅客棧，就在山關軍營後面的巷子。那裡治安好一點，不像其他地方亂糟糟的，雖然說有點髒就是了。我說呀，北邊這裡的人都瘋了你說是不是？」

「我想也是。」亞儕想著他第一個問題解決了一半。但接下來，他要怎樣才能毫無異狀站起身來，拿回纏腰布和腰包？

大概是直覺吧，濟遠這幾天戰戰競競待在營帳裡，公事處理得漫不經心，屢屢引來致武表叔的譴責視線。他知道如果不是因為大將軍之子的身分，他早就被綁在馬尾巴上，一路拖回桂瀧南了。

讓他們去吧！濟遠自暴自棄地想，等人馬的回信來了，這些人會從討厭他，變成對他深惡痛絕。

他期待這一天的來臨。

「防濟遠！」

來了，是易書德的聲音，算算每個人的脾氣，也該是他會第一個到沒錯。他一把拉開營帳前的掛簾，後面的隨從架著濟遠的守衛，何青臉色鐵青，跟在他後面走進來。濟遠瞥了一眼自己的守衛，發現他根本沒有認真掙扎的意思。

兩個分屬不同陣營的軍官，這表示全軍都知道他的壞名聲了。

「你他天殺妖鳥的在玩什麼花樣！」易書德破口大罵，方正的下巴彷彿巴不得直接割斷濟遠的喉嚨。

「校尉！」致武表叔從座位上跳起來。「此地乃都尉帳中，請校尉自重。」

「自重個屁！何青，你拿給他看。」

何青把一張紙塞到致武表叔面前。教僕先是嚇了一跳，接著才緩過呼吸，拿過紙張。

幾秒後，他的眼睛睜得像茶碗一樣大。

「這是真的嗎？」他瞪著濟遠。「人馬要求由你共同出擊，並以此為結盟條件？」

「知道了吧？」易書德冷哼一聲。「我想不用什麼特殊的聰明才智，也知道這是什麼回事。我本來還以為你是膽小的傢伙，沒想到你的野心這麼大。你那下流卑鄙，利益薰心的腦子打的如意算盤可真響哪！先和人馬打好關係，假裝不願配合大將軍出擊，再用人馬對我們施加壓力好把所有便宜撿走。不錯、不錯，好一招吃裡扒外大小通殺，連自己的父親和教僕都被你騙過了是吧？我想，哪家邑姓大戶已經幫你備好了朝中的位置，等著爬上皇族的大腿，替他們舔卵蛋了吧？」

「我不知道你在說什麼。」濟遠努力裝出冷靜的面孔。他現在是勝利者，不能露出害怕驚慌，不知道自己在做什麼的表情。冷靜、鄙夷、無動於衷。

「我只是照著大將軍的計畫走而已，人馬會有什麼反應，都不是我能左右。」這句話只有一半是事實，另外一半則是胡扯。易書德知道，濟遠也知道。

「把責任推得一乾二淨，真像你的作風。不過你最好用蜘蛛地母的記性記清楚了，你這孬種、只敢放冷箭的娘炮，你得先過我這一關，才到得了諸位將軍面前求饒！」

易書德嘩的一聲甩過披風，布料邊緣狠狠打在濟遠臉上。何青把軍令從嚇呆的致武表叔手上抽走，拋給濟遠一個鄙視的眼神。

「我還以為防大將軍的兒子會稍微有骨氣一點。」

何青離開了。這也是他經典的作風；話不多，卻知道哪一句刺得最深。濟遠看過他剛剛那種眼神，通常都是高高在上的貴族，拋給低三下四，以為能僭越本分的奴隸。

如果不是致武表叔站在原地看著他，濟遠說不定已經跪倒在地，抱著自己發抖流淚了。

「你做了什麼？」致武表叔的聲音在顫抖。「你他媽做了什麼？」

「我做了該做的事。」濟遠說。

「該做的事？操他讓妖鳥燒了你！你到底知不知道你自己在做什麼？先是違抗大將軍的軍令，再去和人馬暗通款曲？你不如直接跪到母獅的裙子裡算了。這是叛國呀！你想死嗎？想毀了整個家族嗎？防家上下幾百人的性命，就因為你一句話要全送掉了你知道嗎？」

「我的父親是邊關絕境的大將軍，他自然知道怎麼避開這種下場。」濟遠昂起頭說：「這些功勞由我來拿，只有好處沒有壞處。我不會由著其他人上戰場奪取戰功，我卻只能守著一個步兵陣沾光。」

「你到底怎麼了？」致武表叔氣到連話都說不清楚了。「你以前不是這個樣子，你真的像易校尉說的，利益薰心了嗎？濟遠，你看清楚，這不是邑姓貴族餵給我們的飼料，是血淋淋的戰爭！」

「我知道。」知道，濟遠當然都知道。他也知道自己只能守著秘密，甚至保持沉默一路到墳墓裡。娘娘保佑，也許在死後，皇族還會給他一個因功殉國，讓他的父親平安卸下職務，回到桂瀧南頤養天年。他還有繼玖這個小兒子，可是濟遠卻只有他一個父親。

「等我贏了這場血淋淋的戰爭，所有人就會知道，防家厲害的人可不只是大將軍。表叔你只管等著看。」

「我只希望，你知道自己在做什麼，而且事後最好不要由我替你收屍。」他轉頭走出營帳，毛筆扔在公文上，沾染了一大片墨漬。

不能回頭了，那張紙已經沒救了。濟遠沒有像自己預料的軟掉膝蓋，跪倒在地痛哭。相反的，他站得直挺挺的，脊椎像鐵鑄的一樣剛硬，撐著他虛浮的血肉站在原地。他能聽見帳外的竊竊私語，能感覺到不斷有異樣、充滿敵意的眼光，穿過帳篷的布料刺到他身上。他還沒輸，現在還不是終局，他還有好幾手要走完才能認輸。

一個小兵在一場棋局裡有多少功用，濟遠並不清楚。和所有需要競爭的遊戲一樣，濟遠在下棋這件事上沒有半點天份。他只希望自己這招出其不意，能替主帥換到一點空間全身而退，就算因此粉身碎骨，他只能黯然接受。

棋盤上沒有他的位置，不論是線的哪一邊，他都沒有立足之地。這一點他非常清楚，正如防夫人二十多年來不斷耳提面命的教誨。

鄜幼趨過庭。鄜父問：「學詩乎？」對曰：「未也。」「不學詩，無以言。」鄜退而學詩。他日又獨立，鄜復趨過庭。父問：「學禮乎？」對曰：「未也。」「不學禮，無以立。」鄜退而學禮。聞斯二者，遂記。

「大將軍。」

防將軍揮揮手，示意聽見了。書卷上的字句滑過他的腦海，在此時的感觸意外的深。致逢站在他案前，燭火在他臉上跳動。他一向知道怎麼用沉默來吸引主人注意。

「如何？」防將軍收攏書頁，他近來愈發討厭教僕用這種方式吸引他的注意。

「未知將軍是否以為，委都尉重任乃明智之舉？」

他來說關於濟遠的事。也是，近來整個軍營裡，流言談論的對象也只有他這個不成材，卻又狠狠甩了每個軍官一巴掌的兒子。

「人馬之意再清楚不過。」

「但致逢難以心安。」

他的書記長不能心安，那他又能心安嗎？他先把濟遠趕出軍機帳，卻又隨即被自己的盟友拿著刀，逼迫自己承認這個兒子是他們結盟的最大功臣。所有的軍士官巴不得殺了濟遠，把他的人頭送到人馬的營地宣戰。

但是他們不能這麼做，而致逢的憂心自然有他的原因。有人開始在猜這是他們父子倆串通好的一場戲，好讓濟遠能順利接下邊關絕境的軍權，防大將軍則回到朝中為父子兩人開闢更大的政治戰場。

很棒的劇碼，如果防將軍沒有身在其中，他說不定會很享受這場戲。

「你認為我該如何？」防將軍抬起銳利的視線。「奪了他的軍階，以平眾怒？砍了造謠者的頭，以弭流言？」

致逢的臉皺了起來，這些都不是解決辦法。殺了濟遠會惹怒人馬，濫殺士兵只會進一步激起流言蜚語，他們被困在一個進退兩難的死局裡。

「孩子大了。」防將軍說：「讓他去闖一下，我倒想看看他能在這局裡替自己贏回幾手。如果他真贏了，我這做父親的也沒什麼理由不為他鼓掌。」

反之，如果輸了，他多的是藉口把他送回桂瀧南，讓他終生與軍旅政治無緣。

防家的榮光，到了他這一代就要結束了。防將軍心中突然湧上一陣酸楚。不管他怎麼給他兒子機會，他似乎就是能找到機會錯放，或是扭曲成利刃往自己身上招呼。地母啊！這是怎樣的孽種？防家究竟種下了怎樣的孽緣？

「要致才修書，送上山關戰境。我想，濟遠如能在此立功，想必身處山關戰境亦能大顯身手。山關戰境戰情日漸告急，待獅人之患平靖，便遣其前往。」

這個兒子，他是教不了了。古聖先賢能教孩子知書達禮，能教孩子用優雅的詩句應對進退，但是如今的父親能教孩子些什麼？背叛？謀殺？權謀？

致逢點頭承諾會吩咐下去，和致才一同修書給山關戰境的指揮官，信末附上防大將軍的印信。帳外報時的鼓響了，防將軍起身出帳。

今日不需操練，全營都為了即將到來的戰事緊張戒備，準備各項雜務。防將軍沒有替自己排下出戰的行程，他決定讓濟遠去衝衝看，讓他知道戰場不是他想得那般簡單。但即便如此，他還是忍不住想去兵奴的帳營看看，確認所有的兵奴完好如初，能夠隨時應他呼喚衝上戰場。

他希望不需要用上這最後一步，才能救回他兒子。

# 第六章　孔雀與畫家

像水其實叫作若水，曲若水。益鳥也不是益鳥，而是益禽。若水弄錯了一些音節和詞彙，才造成了亞儕的誤會。她花了好一番功夫，才說服黛琪司神體畫不是什麼人類國家的變態嗜好，也和賀力達相當流行的神女畫大異其趣。

「我只是看過他脫光光，不是說畫的時候要脫光光啦。」若水好不容易才澄清這層關係，不過黛琪司在意的是其他事。

「所以，你的意思是說，你能帶我們進山關戰境？」

「沒錯，而且我還能幫你們出食宿，對不對呀哲多？」

光這句話就夠了。長薄耳家的兩隻山羊張大眼睛，以為魚仙娘娘派了一個散播幸福的使者降臨了。

除了畫作的性質之外，其他的事情若水可是一件也沒有弄錯。瘦小的益禽一看見亞儕，立刻用極大的熱情，想盡辦法擠出他會的每一點賀力達話，拜託亞儕給他作畫，不論是要去天涯海角，他都會跟著亞儕直到畫作完成。若水說這是極大的進步。

「他已經陰鬱好久了，都是那幅畫害的。」若水對黛琪司說：「他為那幅畫真的到了嘔心瀝血的地步，我都開始懷疑豬人出的錢夠不夠他這麼費心了。」

「豬人？」

「是啊，我們的畫是豬人要的。豬人很喜歡神體畫。金鵲以前也流行過，不過現在大家都只畫四福神了。神體難畫多了，畫不好會很醜。這也是為什麼益禽這麼傷神的原因，他每一分顏色都要要求到最好，所以我們才走遍各地想找出最適合的色彩。唉！如果他能稍微不敬業一點就好了。」

她揮揮手，似乎覺得多說也沒意思。

所謂的神體畫，說穿了其實就是孔雀配上四福神的掛軸畫，金鵲和樓黔牙流行的祈福玩意兒。若水拿了好幾幅益禽畫壞的樣品給他們看，黛琪司得說光這些樣品，都足以叫賀力達最好的畫匠們通通封筆收山。就連若水用毛筆隨手塗鴉的麻雀，看起來都好像隨時要跳出紙張對娜爾妲撒嬌。

「好可愛！」娜爾妲發出令人不舒服的尖銳嗓音。

難怪益禽的雇主肯花這麼多錢讓他們遊走四方找材料，甚至還派了兩個車伕和一個僕人——也就是她嘴裡的哲多——給他們使喚。

不是黛琪司心眼刻薄，但那個哲多還真是醜到家了。他一口四處亂插的大爛牙，連亞儕的狼牙都比他整齊好看。他的亂髮勉強地用髮帶綁成金鵲的男人常用的球形髻，不合身的僕人裝束穿在他身上非常不搭調。黛琪司瞥了他一眼，就決定接下來的旅程通通忽略他的長相，或是直接忽略他整個人。

亞儕一提出請求，若水立刻要車伕駕著馬車直奔塔倫沃，和羊人們會和。若水很喜歡羊人，她熱情地和羊女們打招呼，甚至還鼓起勇氣摸了一下哈耐巴的大角。槍恩在旁邊團團轉，希望她也像稱讚娜爾妲一樣稱讚他的蹄。

「你們的毛色——我這樣說對嗎？——真的很漂亮。我喜歡你這種淡淡的赭紅色澤，五世的毛也有一點這種光澤，不過稍微帶點藏青。我也在金鵲看過一些羊人，但是他們身上的顏色都沒有你們這麼好，感覺上色調不夠純，染上雜色了。就像你弟弟的脖子，如果他肩膀旁灰褐色的漸層再柔和一點，就會好看很多——我說錯了什麼嗎？」

槍恩吥了好大一聲，轉頭跑去幫亞儕搬東西。

比起熱情的若水，益禽和他的僕人個性簡直如出一轍。他只掃視了羊人一圈，確定除了亞儕之外剩下的人通通看不上眼後就鑽回馬車裡，不管若水怎麼叫他都不理。若水這麼急著討好他們，想多帶幾個旅伴上路，關鍵不言而喻。

「他還在生病，所以心情不好。」若水對黛琪司說：「他平常其實人很好，甚至還救過我一命。」

「你知道嗎，我是個巫婆，巫婆最厲害的就是配藥。你信不信我能配藥幫助他的病情，順便改善他的情緒？」黛琪司拍拍她的手，給她一個鼓勵的微笑。

「真的嗎？」

「當然。」

「你一定要幫我這個忙！不管要多少錢都沒關係，反正哲多會向豬人要錢——是不是呀，哲多？」

哲多的臉硬擠了一個笑出來，沒人會懷疑他真正的老闆是誰，但是若水顯然一點都不在意。若水似乎把亂花錢當成豬人折磨益禽的報復，她腳才踏進哈嘉莎大媽的旅店，已經答應了五項羊人隨口亂說的要求，還要車伕去拉了兩條驢子回來。

「你們不能讓老人家走這麼遠的路。」若水一見到木栗老爹的手杖和老艾草的鬍鬚，斷然向黛琪司表示。她本想為每個人都配一隻驢子或馬，但是亞儕和黛琪司堅持羊人們走路會更自在，才讓她打消了這個念頭。想想她的慷慨，為了回報她，黛琪司決定配給益禽一帖藥到病除的猛藥，順道附帶一些特別的口味。憑他對若水那態度口氣，把他拉上圍場接受公審都不為過。

不過，老艾草的憂心還是沒錯。

「她能信任嗎？」老艾草偷偷問黛琪司。「我的意思是，她的老闆是豬人。」

「我知道。」黛琪司嘆了口氣。「不過她有辦法帶我們進山關戰境，光這一點，我們就該先忽略她的老闆。況且五世檢查過了，他們兩個都很乾淨，沒有被汙染的痕跡。」

羊人的包裹現在都堆在益禽的馬車裡，和畫具以及樣品待在一起。黛琪司聽見亞儕偷偷對奇科羅和哈耐巴交代，說等等接近關口的時候睜大眼睛，隨時準備應付任何狀況。五世和娜爾妲抱怨說跳舞跳到腳痛，擠到馬車上，纏著若水講金鵲裡的趣事。黛琪司自己跟在哲多旁邊，和老艾草一搭一唱試著多套他一點話。

只可惜哲多寧可對著黛琪司比手畫腳，也不肯開口說賀力達話，驢背上的老艾草偷偷對黛琪司比了一個放棄的手勢。真是頑固的傢伙。木栗老爹騎在最後，由槍恩陪著。

果不其然，他們一大群人一接近山關戰境的關口，立刻引起守關士兵的注意。厚重的灰色城牆壓在羊人眼前，好像隨時要把這群違法亂紀的山羊生吞下肚。帶頭的隊長吼著要他們停下馬車，亞儕伸直耳朵，握緊手上的木棍，對面的士兵開始集結。氣氛變得緊張又詭異，士兵的長槍閃過一抹銀光。

然後，坐在馬車上的若水漫不經心伸出左手，亮出手上的黑牙手鍊。九枚黑牙和金鍊串成的手鍊。金鵲的士兵們驚訝得退開一步。

「哲多。」若水偏了一下頭，滿口暴牙的僕人立刻迎上去，對著士兵低聲說了幾句話。說完後，小隊長對自己人大吼，士兵們退開一條路給他們通行。

「在金鵲，有一條手鍊比你有一份天賦還重要。」馬車上的若水對黛琪司說：「想我們以前沒收到這條鍊子的時候，還差點餓死在大街上呢！現在有了這條手鍊和哲多，金鵲裡看是金庫還是官府，通通任我們來去自如。」

「你一定要教我們講塔意拉。」黛琪司裝出一派輕鬆的樣子對若水說，他們現在經過小隊長眼前，拿著長槍的士兵正用滿懷敵意的眼神看著他們這群人，好像黛琪司的角剛剛汙辱了他們的職責。

「你的口音聽起來很優雅。」黛琪司對這些目光視而不見，繼續用賀力達話和若水交談。

「你是第一個這麼說的人。其他人都覺得我的口音模糊不清，講話很土。」

「會嗎？」其實黛琪司也不懂什麼口音不口音，她只是不想在其他人說話時處在狀況外而已。她轉移話題。「你的老闆到底是誰呀？」

「我念不出他的名字。豬人的名字我連音節都抓不準，反正都是些什麼軋哭炸庫之類的怪話，我一點也不想記在心上。」

如果不是她那條手鍊，黛琪司說不定就要相信她貶低的口氣，以為她的老闆只是普通的富商而已。可是一個豬人富商給的手鍊，能讓他們自由進出金鵲皇朝中通關最嚴密的關口？這怎麼想，都不會是錢就能打通的關竅。黛琪司雖然納悶，但是若水不肯明說，也只能摸摸鼻子放棄追問。

她自我安慰豬人中也有普通人，不是每個都像亞儕口中的呂翁夫人一樣，心黑得像腐爛的羊肚菌。

照黛琪司來看，金鵲這邊顯然比賀力達要好多了，至少大街看起來乾淨多了。一進到城牆的另外一邊，羊人馬上接受了自己居然如此幸運的事實，換下膽戰心驚的步伐，好奇地東張西望。

金鵲的房子看起來和賀力達大不相同——雖然說黛琪司只有美澐鎮和塔倫沃的建築可供參考——他們的房屋喜歡把邊角弄得尖尖的，兩邊的山牆各自漆著四福神的圖樣，說是象徵朱鳥的幸運火焰。

「你們的屋瓦是波浪型的耶，真特別。」娜爾妲說。
「那是魚仙娘娘的波浪，據說能防火招財。」
把魚仙和朱鳥放在同一個地方？黛琪司想，這就像把水倒進木柴裡，希望能沖出好喝的熱茶一樣不切實際。相較之下，當她發現有些人家在正門上掛著一塊八角型的黑盤子，上面用金線畫出蛛網時，也就沒這麼驚訝了。
「黑寡婦的地母紋，能捕抓壞運氣。」若水告訴好奇的五世。這個國家還真是充斥著各種運氣。除了地母紋之外，路上的小販和婦女，都穿著和若水差不多樣式的各色衣服，大聲叫賣著各種商品。
「你們的男人和女人都穿裙子嗎？」槍恩疑惑地看著一個外貌高貴的老人走過眼前。他穿著藍色長裙，頭上的髮髻高得令人難以忽視。
「不是，當然不是。那不叫裙子，是袍子，有錢一點的人都這麼穿。」若水向他們解釋。「你看他們的袍子，女人的裙子有腰身，會纏上大條的纏腰，但是男人不會這麼做。」
若水教母羊們怎麼用塔意拉念裙子和袍子，還告訴他們北瀨竹和桂瀧南的貴族仕女們，有多渴望拿到一條手工精緻，由名家製作的高級纏腰。
「你們該看看我沒綁纏腰，在桂瀧南大街上乞討的樣子。居然還有人罵我一個男孩子好手好腳不工作，扮女裝乞討厚顏無恥哩！」若水繪聲繪影地告訴他們，母羊們哈哈大笑。用一條纏腰來區分公母？連灰頭鐵匠都不會做這麼蠢的事，這些人類也太可愛了一點。

槍恩抓著頭盯著一尊造型突梯的母羊人木雕，路邊的小販大力向他推薦關於這個雕像的神奇功用，殊不知眼前的草包聽不懂塔意拉。黛琪司先分神揪著他的耳朵，把他拉回隊伍裡，繼續與若水的對話，人類小販在她背後大聲叫罵。

「你打擾到他的生意。」若水竊笑。

「你們這裡很糟糕，市集和人走的地方都混在一起。」

「這是正常的，沒有金鵲人不想多賺一點錢。只要官差不抓，他們甚至能在茅房旁賣煎餅給你。」

「茅房？」

「就是廁所的意思。」

「喔。」

「放心，我還沒看過啦！」

黛琪司衷心希望她只是開玩笑。令人驚訝的是，以一個戒備森嚴的關口來說，山關戰境裡的普通人多得令黛琪司印象深刻，他們好像一點都沒有感覺到戰爭的壓力。

「這裡已經好幾年沒打仗了。」若水回應她這一問。「山關戰境的戰爭都在城牆外。聽說是所有的國家都達成共識，戰爭只能發生在終端之谷裡，出了終端之谷到了各國國境之內，不論是哪方都不能隨便動刀動槍。」

「我從來沒聽說過有這種打仗的方式。打仗還談和平主張？這是哪個天才想出來的好點子？」黛琪司說。

若水聳聳肩。「我也不知道，他們大概只是拉不下臉承認自己輸了，只好玩這套保住顏面吧！別看這裡昇平和樂的樣子，我們第一次去終端之谷時，不小心闖進獅人的地方，差點真的被殺了。要不是靠著這條手鍊，我們就不可能遇上對方了。」

益禽在馬車裡不知道喊了什麼，若水大聲喊了回去。

「他要吃藥了。鬧脾氣。從來沒見過他這麼主動說要吃藥。」

黛琪司露出微笑。「我看到藥鋪了——那是藥鋪沒錯吧？——先停下來一下，我能幫你的藥單做一點調整。」

「真是太好了！」

過了藥鋪之後，穿著軍裝的士兵明顯增加了，他們四處進出不同的商家，和小販討價還價。黛琪司在大街上走這麼一遭，大致上已經學了不少塔意拉中的慣用語，特別是用來強調語氣的那些。亞儕豎著耳朵東張西望，黛琪司真希望他能冷靜一點，不要像隻受到驚嚇的小羊一樣毛毛躁躁的，連槍恩遞畫冊給他看都跳得半天高。

「有這麼嚇人嗎？」娜爾妲從馬車上探出頭，槍恩立刻把畫冊塞進背袋裡。木栗老爹掩嘴偷笑。

他們抵達客棧的時候，現在儼然以亞儕的隨從自居的奇科羅，拉著哲多和車伕還有客棧的小廝，流利地用塔意拉指示他們羊人們的需求。黛琪司不知道亞儕是怎麼把他收服得服服貼貼，不過趁著空擋，她更想知道另外一件事。

「你是怎麼了？」她趁若水帶益禽回房間的時候抓著亞儕問。

「我也不知道為什麼。」亞儕說：「我愈走，愈覺得有哪裡不對勁。」

「把話說清楚，說要跟著若水的人可是你。」黛琪司板起面孔。「你能不能把優柔寡斷的個性改一改呀？」

「不是若水。是這裡。這間客棧，還有這整個地方，有什麼東西被改變了。」

「真的？」

「你可以問問看五世。」黛琪司臉一沉，把他推到門外，以免他擋著羊女整理房間。

五世也同意他的話。

「這裡……」五世嘟著嘴巴說：「變得很薄。」

「很薄？」

「我可一點都不覺得，這裡的味道夠厚了。」娜爾妲跟在他們身邊，三隻母羊努力把房間布置得稍微像羊住的地方一點。自從離開山泉村之後住了這麼多旅店，黛琪司只能假設這些旅店的工會，規定要把房間弄得像酸味和霉味的奇妙組合，不然會觸犯什麼人類還是人牛訂的詭異法條。

娜爾妲繼續抱怨。「而且這裡熱死了。」

「你學學我和五世不就得了。」黛琪司挺起胸部說：「像我們這樣只包著布條清爽多了。我都不知道若水是怎麼想的，身上披披掛掛這麼多東西，是我早就煩死了。」

「或是熱死。」五世補了一句。

「你們該看看路上那些人類盯著你們看的眼光。」娜爾妲沒好氣地說。她還堅持穿著她的外套，就算內裡都汗濕了也一樣。

「我可是以我自己為榮。」黛琪司說。娜爾妲翻了個白眼，下死勁扯掉發霉的枕頭套。

被黛琪司擋在門外的亞儕不耐煩地問他們到底好了沒有。

「該死的羊崽，好像巴不得宣傳給全世界聽一樣。」

黛琪司給了母羊們一個眼色，娜爾妲還了一個同情的眼神。

「毛躁。」她搖頭說。

「你先去吧，這邊我們會整理好。」五世壓低聲音說：「我和娜爾妲會到心海裡檢查一下，說不定問題是出在更裡面的地方。」

如果牽扯到心海，黛琪司又幫不上忙了。她硬生生把不爭氣的話吞回肚子裡，背上她的袋子走出房間。

亞儕立刻對她說：「你好慢。若水說不定都等到睡著了。」

「幫你們清理房間的可是我們。」黛琪司雙手插腰。「如果再抱怨你就睡馬廄。人呢？」

「在廚房燒水，等著你的藥。我確認過了，其他人現在沒辦法打擾我們。」

「一起來吧。」

若水可能是好人，但是殺了黛琪司她都不相信領豬人薪水辦事的哲多和車伕們，更別提那個怪裡怪氣的益禽了。她約了若水到廚房後面，準備來和她好好談一談這趟行程路線的規劃。亞儕跟在他們身邊，同時替他們警戒心海與現實。

他們靠著比手畫腳，向人類小廝問到了廚房的位置。小廝一副生怕亞儕會吃了他的怪樣子，話講得飛快，弄得黛琪司和亞儕一頭霧水。

「他到底在說什麼？」小廝匆匆說完話，立刻溜得不見人影。黛琪司懊惱地吐了一口氣，她本來還想試試若水教的那幾句問路用語的。

「我想，還是我來好了。」

「如果你想趴在地上像狗一樣到處跑，我也沒有意見。小心尾巴不要又被踩到了。」

亞儕旋即打消這個念頭。幸好廚房並不難找，只要往油煙和蒸氣的方向去就對了。煮完飯的廚工們不斷大聲叫嚷，好像把整條大街的喧鬧都搬進來了。亞儕迅速張望了四周兩次，其中一次微微皺起眉頭。

「沒人偷看，若水在最後面。」

他們側著身擠過人群，若水正站在灶台旁，盯著沸騰的燉鍋發呆。

「若水？」

她嚇了一跳，猛然轉過頭，發現是他們的時候露出了心安的微笑。

「是你們。」

「你的水滾了。」

「真的——唉喲！」

她急著伸手要去掀蓋子，亞儕及時抓住她的手腕阻止她。黛琪司抄起一條濕抹布覆在火熱的蓋子上，再抓著打開灑一把藥草進去。

「這樣小火煮到剩半鍋水，給益禽趁熱喝下去，他晚上會睡得好一點。」黛琪司蓋上蓋子，俐落地替若水抽掉一些柴火。

「謝謝。」

「他失眠多久了？」黛琪司問。

「自從他開始畫畫之後——你是怎麼知道的？」

「我是個巫婆，這種半夜睡不著的症狀我看多了。」黛琪司揮揮手說。

「我不知道巫婆也是一種職業，我以為那是罵人的話。」

「你們金鵲人偏見還滿多的。」

「是這樣嗎？」若水用袖子的邊角擦了一下眼睛，亞儕別過頭去給她一點空間。

「你還好嗎？」黛琪司覺得就巫婆的角度來看，若水並不會病得比較輕。

「我只是有點累了，你們也知道，益禽很依賴我照顧。有時候我真希望他沒有答應那些豬人的要求，畫那張恐怖的畫，還要跑到離家鄉這麼遠的地方。」

「你們的家鄉在哪裡？」亞儕問。
「在很南方的地方。」若水說：「我們家鄉只要翻過一座山，就能到海關危境了。」
「這麼遠？」
「沒辦法，出門在外討生活都是這樣的。我們沒錢，又沒親戚朋友，只能到處接一些粗重的工作賺錢餬口。但是我們兩個人根本做不來，到處被趕來趕去。好不容易，有人知道他會畫圖，替他介紹——總而言之，益禽會堅持要接這份工，不是沒有原因，更別說這份工的報酬很棒。」
「但是你們遇上問題了？」
若水點頭。「一來是益禽生病了，二來是我們沒辦法拿到酬勞。」
「為什麼？」
「你們知道錦紅花嗎？」
「那是什麼？」黛琪司從來沒聽過這種東西。
「那是一種花，只長在豬人的地方。」若水說：「錦紅花能調出世界上最美的金紅色，豬人答應給我們的報酬中要送我們一瓶。那一瓶的天價，光說我都說不出口，而且益禽的畫也需要這種顏色才能完成。」
「但是？」
「但是我們和豬人分開了。我們會到山關戰境，其實是和豬人約好了，要由他們接我們到樓黔牙去。但是因為益禽的病，我們在南方耽誤了一點時間，結果到這裡的時候和豬人錯過了。我告訴過你們，我們沒辦法越過獅人的地方，所以我需要有人能護送我們過去。」

「所以你看上了亞儕？」黛琪司問：「可是這裡有這麼多來來去去的行商保鑣，為什麼偏偏是我們？」

「一來是因為益禽需要亞儕的毛皮當顏色範本。二來是自從二皇子到達這裡的消息傳出之後，所有的國家就封鎖了國境，再也沒人能穿過終端之谷了。」

「二皇子？什麼是二皇子？」

「就是金鶻皇朝的王子。我們晚他幾天到了山關戰境，結果國境就封鎖了。」

這下黛琪司總算知道害他們困在塔倫沃的人是誰了。

「他來這裡做什麼？」

「我也不知道。我的手鍊能讓我自由進出金鶻的關口，但卻過不了獅人那關，更別說是人虎了。」

「所以你以為我們會有辦法穿過國境？」

若水點點頭，天真的臉上露出期待的光芒。「我聽說狼人都是潛行高手，我想你們要越過獅人的關口一定輕而易舉。」

黛琪司偷偷踢了亞儕一腳，要他快把一臉傻樣收起來。這下可好了，鰲三遇上大頭四，瞎眼狼纏上跛腳羊。他們根本是同樣的蠢蛋，只是被困在不同的地方而已。她忍住用力拍額頭的衝動，思考著該怎麼戳破她的幻想，又不至於傷她傷得太重。

黛琪司思索著該怎麼開口才好。「我們沒辦法帶你們穿越國境，封鎖太嚴了。」

「但是我們知道另外一條路。」亞儕趕在若水變臉前接口。「我們知道另外一條可能的路。」

「哪一條？」

「邊關絕境。」黛琪司說，現在他們也只能孤注一擲了。「我們知道邊關絕境有和樓黔牙接壤的地方，我們能從那裡直接進到豬人的地方。」

「真的嗎？」

「沒錯。」亞儕用力點頭。「這是我們好不容易才得到的情報，情報來源非常可靠。」

黛琪司得說亞儕那雙水汪汪的狗眼睛，在這種時候特別有用。若水看著亞儕，又看看黛琪司，似乎正在猶豫該不該相信他們。這和在哲多和益禽面前要叛逆，帶一群羊人穿過關口可不一樣。一旦答應了羊人的提議，就等於他們必須前往另一個完全不同的方向，嘗試另外一個她根本不熟悉的可能性。燉鍋潑魯潑魯直響，催著她做決定。

「好吧。」若水最後說：「我會說服益禽，讓他接受這條路線。但是如果我們不能及時到達，我會把你們交給豬人，說一切都是你們的錯。」

黛琪司能聽見亞儕吞口水的聲音。他們也一樣沒得選了，只能到時候各憑本事了。

「一言為定。」亞儕用力點頭。黛琪司在蒸氣中閉上眼睛，葛笠法這臭小子最好值得他們這麼做——欺騙這個女孩，利用她的天真。

楓牙看見了，奧坎之子亞儕跟著一隊人馬走進山關戰境。可是那條手鍊？楓牙對那條手鍊有印象。黑色的獠牙，黑智者的象徵。這是陷阱嗎？楓牙不敢確定。

莎羅媽媽的叮嚀言猶在耳，她不能讓奧坎之子受到傷害。即便奧坎之子傷了她的心，把她的好意當成無謂的東風，任其從耳邊飄走，楓牙也不能放棄任務。她每天都如實回報奧坎之子的動態，隨著時間過去，她發現奧坎之子愈來愈喜歡皺眉頭，遙望著遠方。

莎羅媽媽說一隻狼會凝望遠方，是因為他聽見了來自未來的波動，聞到了心海中未明的危機。一隻即將成為領袖，承受汗名責任的狼，才會凝望著遠方思索未來，而不是鎮日在打鬧玩耍中度過。

但是奧坎之子正一步步走入黑智者的陷阱裡，楓牙能聞到那扭曲的味道，從他們投宿的客棧裡傳出來。

不行！汗奧坎的毛皮與爪牙必須由他傳承下去，就算楓牙要為此獻身也是一樣。

她一咬牙，趁夜越過了人類鬆散的關口，做了莎羅媽媽不許她做的事——進入金鵲皇朝，跨越了界線。

# 第七章　染血的手

范達希古會破例去見賈突範，這件事怎麼想怎麼怪。所有的母獅人都知道這兩位師長討厭對方，巴不得對方七孔流血，死在悲慘的病床上，被嗜血的蝙蝠拖入地底深淵。

但有些編織，即使是八腳織女親手寫下的規則，都有可能在冥冥之中，被另外一股力量改變。

為了和賈突師長見面，范達希古特別換上他行囊裡最耀眼的紫色長袍，他知道這件衣服一定能使受不了排場的賈突範倒足胃口。母獅人替他把鬃毛用銀鍊繫成一束，在他頸間掛上一條粗大的金胸飾，並把一小塊香脂藏在頭頂上。隨著時間過去，香脂融化，范達希古會走在一片香氛雲霧之中，讓他身邊的人感到如沐春風。

或噁心到頭昏眼花。

賈突範的戰地營井然有序，這個一板一眼的傢伙從來不知道什麼是享受。范達希古沒有帶自己的母獅人，這是進入別人師團時基本的禮儀，但是他的對手卻沒有遵守禮儀，派人替他引路。一個失禮的傢伙，范達希古很好奇他能爬到多高的地位。

他認出了賈突米娜，她正站在賈突範的營帳前，略顯焦躁地看著范達希古接近。他不怪她，自從押解那對奴隸歸隊之後，那一小群母獅人把八卦謠言傳得沸沸揚揚的，好像他們押解的是青炎之子本人，噩夢的現實化身，而不是一隊半瘋癲的骯髒奴隸。

但是的確有什麼不對勁，這點范達希古也知道。只是那群人類奴隸會短命一點也不值得驚訝，他們受盡了折磨，如果不是早死，范達希古說不定會叫母獅慈悲一點快些結束他們的生命。

不過現在怪物是賈突範的問題，而他特別來提供解決問題的方法。

「范達師長。」賈突米娜低下頭，張開雙手表示她的禮儀與善意。至少，賈突範的手下還懂得這一點東西。

「賈突師長在裡面嗎？」

「師長已經恭候多時了。」

「他是該如此。」賈突米娜替他拉開帳簾，范達希古走進營帳之中。

從外表來看，就能分得出來他們兩個是完全不同的人物。賈突範渾身肌肉，只穿著一條深紅色的褲子，裸露的腳掌不斷伸縮著爪子，大貓的優雅都丟進戰壕裡了。他的臉上到處都是傷，甚至連寶貴的鬃毛都禿了一邊。那是在一次火攻中丟掉的，不過這個滿腦子戰鬥的蠢貨，居然大方到把它當戰功炫耀。

范達希古完全不能苟同。

「希古，老傢伙，怎麼有空到我的戰地營來？」範用力吸了兩下鼻子。「我聞到很不好的味道，你用了香脂？還是這是陰謀的味道？」

「就看你怎麼想了。」范達希古露出微笑。

「你的笑容真噁心，就和那個奴隸一樣。他妖鳥的！自從看過牠的尊容之後，我每天晚上都會做惡夢。」

「牠是噩夢。」說到那個怪物，范達希古的背冷不防湧起一股寒顫。知道牠很可怕是一回事，聽見賈突範承認又是另外一回事。不對，他不是來這裡像隻母貓一樣幻想些不著邊際的噩夢。他有更重要的事。

「讓他上戰場。」范達希古意外發現自己必須鼓起勇氣才說得出這句話。他說：「牠是個惡夢，我們就讓牠上戰場成為其他人的噩夢。」

「什麼意思？」賈突範皺起眉頭。他一向不信任奴隸兵，奴隸兵對他來說只是上戰場送死的垃圾。范達希古有時候真恨師團不能侵奪彼此戰場的愚蠢規定，如果由他的師團接手，邊關絕境不用半個月就能拿下了。連使用奴隸兵這種點子，都是總團長親自下令使用，賈突範這個腦筋轉不過來的次貨才勉強接受。如果獅人可以殺入金鵲，把羽人趕盡殺絕，把所有的人類變成奴隸，那有一半以上都是他的功勞，而不是賈突範的。

「你想聽聽看嗎？」范達希古第二次露出微笑。現在是他擅長的領域，他能把賈突範的劣勢，轉成自己的優勢，當獅人衝破邊關絕境的時候，一切將會如他計算的一樣順利。

時間無聲流逝，朱鳥兩隻眼睛輪流照看他們，卻從來不曾流露出一絲憐憫。

獅人把他們帶到一條寬闊的河邊，僅存的奴隸車行路變得顛簸。他們來到一個石洞前，石洞上有一道扭曲的鐵閘，獅人拿長槍和繩索逼著葛笠法和垷絲拉走進去。

垷絲拉不斷哭喊著葛笠法聽不懂的話，聽起來像頭母豬硬學貓叫一樣煩人。他們應該先殺了她。

葛笠法抱著小奴隸，走進黑暗寬闊的石洞裡，找了一塊不會滴到水的大石頭把他放上去。負責他的獅人非常緊張，兩眼渙散，雙手顫抖。他們的夢裡，也有一個握著火焰在黑暗裡舞蹈，發出獰笑的惡魔嗎？

葛笠法垂下眼睛，尖叫的豬女被丟在他腳邊。石洞很大，豬女一恢復行動能力，立刻飛也似地爬到離他們最遠的角落。

「你該把他們都殺了。」不解輕蔑地看著垷絲拉尖叫著撲向關閉的鐵閘。「別忘了她也是害死你老爸的幫兇。如果不是你打跑了呂翁夫人，她現在還翹著鼻子凌遲我們呢。」

葛笠法隨手撿起一塊石頭，開始舔上面的青苔。豬女又開始尖叫了，也許葛笠法該殺了她。他考慮了一下。

等石頭上的青苔都吃完的時候，豬女已經不叫了。她的獠牙被葛笠法丟在地上。也許這樣起了一點作用，或者又像發燒一樣，只要病到某種程度之後就好了。

葛笠法試著餵小奴隸喝水，不解持續為他叼來火種延續他的命火，但是成效都不大。獅人送來的食物，能塞的幾乎都進了他的胃裡，葛笠法常常得用青苔充飢。幾個晝夜過去，狀況愈來愈糟。

然後，幾天之後，獅人又回來了。

這次來的兩個獅人不同，他們一個穿著暗紅色的袍子，像團風暴一樣急躁。另外一個他曾經見過的傢伙穿著深藍色的衣服，樹瘤般的老臉和聲音，都讓葛笠法想起山泉村附近的一種毒蛇。他們帶著大隊人馬，圍在鐵閘外。風暴對他吼了幾聲，但是他聽不懂。

「讓我來吧！」毒蛇說話了。葛笠法很訝異自己居然聽懂了。

「我知道你不會說其他語言，所以我用賀力達話說。聽得懂，你就點頭。」

葛笠法假裝沒聽到，不解忙著梳理自己的羽毛。

「我要說的話，和你關係不大，但是和你身後的人類有關。」

葛笠法耳朵豎了起來，不解對他嘎了一聲。

「我知道你聽得懂。」毒蛇油膩地說：「所以你認真聽。我甚至能打開這道鐵閘，讓你知道我信任你。」

風暴想說話，但是毒蛇制止了他。沙色的毒蛇打了一個手勢，兩名沒有鬃毛的獅人打開閘門，四五個獅人陪他走進石洞裡。接著，像要證實自己的勇氣一樣，風暴也走進石洞之中。

洞裡幽暗的光線使他們每個人的臉都糊成一片，彷彿一列沒臉的幽魂行走在在葛笠法眼裡。

他們看見扔在地上的獠牙，但是不予置評。豬女窩在角落，連大氣也不敢喘一聲。

「你的人類快死了。我想就算是你也看得出來。」

葛笠法沒有說話。

「我們能夠救他。師團裡有醫生，還有最好的藥，甚至要讓他像個王公貴族一樣大吃大喝都沒有問題。重點是，我們能救他的命，而你不能。」

葛笠法低下頭，把角對準他的心窩。

「我們要的不多。」毒蛇繼續說：「只要你幫我們殺幾個人，什麼都好談。」

「他們要利用我們，不要聽！」不解說，但是葛笠法沒有移動。

「想想我們能做到的事，還有你能做到的事。你能殺人，而我們能救他。你想想這一路上，我們是否虧待過你們？我們大可以把你們都殺了，為什麼不這麼做？

「只要幾個人，你殺得愈多，我們就有更多空間能談。」

毒蛇從懷中掏出一疊紙，上面隱約有些人類的圖像。「看看這些臉孔，這些臉孔都是人類，迫害你我的人類。我們被迫與他們打仗，而你則被迫屈服在他們的淫威之下，如此看來我們應該是同一陣線。等人類敗亡了，下一個要付出代價的就是豬人。

「你的報酬可以是任何東西。財富、權勢、女人，我們甚至能找回你的家人，讓你重新領導你的種族。」

羊人。山泉村。

「自由。」毒蛇舔了一下嘴唇。「你們能建立自由的國度，不再受豬人迫害。更重要的是，你能救回你手邊的生命。」

亞儕。

「我們明天早上有一場攻擊，如果你能配合，到溪流的另外一邊。我會在那裡等你。」毒蛇把畫像放在一塊乾燥的石頭上，帶著所有人離去。石洞裡的滴水聲持續敲擊，發出點點回聲。

「我不懂為什麼你要考慮他們的話。他們和那些豬一樣，只是想利用我們。」

葛笠法沒有回話。

「這些人真醜。」不解飛到畫像旁，在心海裡翻揀著毒蛇留下的畫像，對著其中兩幅吐口水。我們救不了他。

「誰也救不了他。」

我們得試試看毒蛇的提議。

「你開心的話就隨便你，反正我也不喜歡人類。」

葛笠法不知道是什麼讓他改變了心意。

「這些人類，一個個看起來都不是好東西。」

不解拍著翅膀飛走了。葛笠法知道他會回來，他一向都會回來，就像太陽每天都會升起一樣。但是小奴隸不一樣，錯過這次機會，誰知道小奴隸還能撐到什麼時候？

他伸出去的手在發抖，手指擦過畫紙上有些變形的臉孔。這些人類手上拿著武器，穿著扭曲的甲冑，一個一個都是。他們和豬人在一起，靠著欺壓弱者來站上高位。葛笠法伸出手，從心海中拖出半成形的黑戟。反正他們到最後都得死，也許他們的死能有些價值。葛笠法得承認他開始期待報復，期待心想事成。

濟遠的胃揪成一團，他一夜沒有睡，緊張得連早飯都沒吃，就揮手要侍從端出去。不過至少爬上馬的時候，他的膝蓋沒有發抖。冷靜，要冷靜，今天會非常順利。

被他一攪局，今天的戰略變得異常呆板，就和過去十幾次大小戰局一樣，變得無足輕重。這正是他期待的。斥候傳回來的消息指出，獅人又補充了一批奴隸兵，準備再次進攻西南鹿砦。陣將軍和常博會固守此地，濟遠則和易書德領軍，伺機衝撞獅人主力，打擊他們的主要軍力。

穩紮穩打的戰法。人馬守在北方，父親和陶將軍會鎮守在關內，有任何變故隨時支援。沒有決定性的一戰，只能算是衝突，金鶺用這一點當藉口讓人馬在戰略上妥協。人馬沒有堅持，濟遠也沒有反對。一來一往之間，所有人更加確定他們兩造早有預謀。

只要這樣就好了，濟遠現在只能做到如此。他一定會找出解套的方法，現在只希望父親能等到那一天。對於濟遠模稜兩可的問題，神術師們沒有任何確切的回應，他也不敢透露太多細節，以防被人查覺異狀。不過他確信只要繼續搜尋，一定能找到解套的方法，他需要的只有時間。

號角響起，然後是出關的戰鼓。他騎上馬，穿過營地趕上隊伍，易書德端坐在馬背上，身上的甲冑閃閃發光，一派從容的樣子彷彿是要參加遊行，而不是衝鋒陷陣。

「防都尉昨晚睡得好嗎？」易書德說，濟遠知道自己的黑眼圈一定很嚴重。

「尚可。」今天他是指揮官，濟遠只能忍氣吞聲。

「如果我們在戰場上遇險了，還請都尉不吝調派人馬相救呀！」他身邊的士官發出促狹的笑聲。

「濟遠定赴湯蹈火，在所不辭。」濟遠故意說道。易書德冷哼一聲，開始大聲分撥今日的任務細節。士官們領命而去，達達馬蹄四處分散，騎兵隊列隊行進，分批跨出關口。關口的士兵目送他們的行腳，濟遠分不清楚他們空白的表情，是羨慕他們能上場建功，還是慶幸自己今天逃過一劫。

晨光中的天空依然晦暗，朱鳥的火眼才剛睜開而已，太陽的光芒還沒融去鐵甲上的霜氣。北方的黑暗中有人馬，他們面前則是蓄勢待發的獅人，手上都握著致命的槍矛與弓箭。

列隊完畢之後，易書德打了一個手勢，皺起眉頭。濟遠跟著他進入心海。

父親的巨犬和陶將軍的獵鷹都在城樓上觀察，西南方的一雙獵犬是陣將軍和常博，濟遠的鯉魚旁有隻驕傲的山貓，所有人都蓄勢待發。濟遠深吸一口氣，出擊的號角響起。

他們不急著衝鋒，濟遠一直到從軍之後才知道，戰爭不是雙方人馬像瘋子一樣互相衝撞。戰爭更多的時候是在等待，等待能一擊將對手斃命的時機。他們要先讓獅人的奴隸兵陷入鹿砦的防線，吸收部分主力的攻勢之後，再從後方切斷他們的陣線。簡單卻有效的戰略，也是金鵲軍操作過無數次的戰略，士兵們騎在馬上，雖然有些浮躁，但沒有人輕舉妄動。四周一片寧靜，遠方傳來廝殺的聲音，現在他能做的只有等待。

然後，常博的信號傳來，他們遭遇上獅人軍隊了。

易書德刷的一聲拔出長劍，收到信號的騎兵們紛紛握緊手上的兵器。

「進攻！」他指著前方發出怒吼，心海中湧起戰意的鼓動。

濟遠深吸一口氣，隨著他衝出陣線。騎兵的鐵蹄比什麼鼓聲都還更能震撼人心。悶雷般的巨響動搖大地，彷彿要將沉睡的蜘蛛地母喚醒，一睹這驚世軍容。山貓在心海中發出嘶吼，越過木橋敵人就在眼前了，苦辣瓦河的水染上血色，憤怒的火焰自持劍者的心中燃起。

濟遠努力穩定心神，隨著易書德的節奏向前衝。他的白鯉努力跟上山貓矯健的步伐，將一波波自信與高昂的戰意送到四周。察覺騎兵隊攻擊的獅人發出嘶吼警告同袍，一小隊獅人轉移目標往他們的方向攻來，山貓針對獅人發出咆哮。

騎兵衝入獅人陣中，來不及做好準備的獅人立被被砍倒在地，馬蹄踐碎甲胄，摧折槍矛。濟遠奮力揮劍，努力記起訓練的內容。一擊不中，便不得戀棧，騎兵的優勢在衝撞與威嚇，砍殺是步兵的責任。步兵陣由易書德的兩位准尉領軍，正通過木橋進入戰線。山貓發出一波慌亂，攻擊試圖圍到河邊的獅人。

濟遠也應該幫忙，心海中的戰爭是軍官的戰場，他要擔起責任。他揮劍，砍倒想刺他的獅人，獅人似乎沒有意識到會遭到反擊，訝異地向後連退三步。鯉魚在心海中用恐慌擊倒她最後的防線，長劍立刻刺穿牠的肚子。濟遠感到一陣反胃。

所有人張大嘴巴，吶喊聽不見的字句，舞動兵器殺向敵人。濟遠努力跟上戰鬥的節奏，但是愈是用力，愈是覺得四周的一切像是失控的馬車衝向懸崖。鯉魚不斷游動，從內心深處生出的驚惶不斷感染身邊的敵人。他不知道戰鬥持續了多久，只知道自己的手揮劍揮到麻痺，直到一陣突然的解脫感傳來，才發現自己失去了右肩甲。他的戰馬盡到職責，帶領他不斷穿梭敵陣，隨著易書德的坐騎步步進逼。牠記得自己訓練的內容，那是濟遠在慌亂血腥中根本記不清的細節。

獅人在咆嘯，在威嚇，他們自己的心術師也發動了攻擊，但是易書德技高一籌，不需要濟遠的幫忙也能有效擋下這些憋腳的攻勢。

「去鼓勵那些士兵，至少你能做到這一點。」山貓一個鵠躍，把僵在心海裡的鯉魚踢到一邊。「快去！」

他話還沒說完，已經又乘著氣流衝向敵陣。濟遠拉著馬連退兩步，因為快速切換視線，而感到頭昏眼花。心海與現實的界線是這麼薄弱，有時候他幾乎會忘記自己身在何方。他穩定心神回到心海裡，在戰鬥結束之前隨意放掉神術防禦可不是好主意。

但是這場戰鬥已經用不到他了。結束了，獅人的軍隊向後退，退進林中的守備工事。今天金鵲軍還沒準備好足夠的軍力和戰略突破這些工事，戰鬥即將結束了。步兵陣不再前進，據守原地等待下一步的命令。

來不及逃走的獅人屍體躺在地上，血盆大口裡還流淌著血液和口沫。戰鬥的興奮退去，濟遠感到一陣暈眩。他剛剛殺了多少人？他有仔細算過嗎？他的馬蹄是否擊碎了某人的頭顱？他有沒有感覺？

他不知道。

意氣風發的山貓回到陣線前，今天是輕鬆的一戰，他們大獲全勝。

「獅人退兵了，就等陣將軍的消息了。」易書德雖然討厭濟遠，但是能在敵人面前炫耀戰功的機會，每個男人都不會錯過。濟遠懂他的心思，但是不願隨他起舞。

他要的不是戰功。人馬沒有動靜，也許他們真的和陰謀沒有關係。陣將軍和常博……

陣將軍和常博？

常博的意象消失了。

陣將軍的獵犬正與一團火焰搏鬥。

士兵的屍體從河岸一路鋪到城牆邊。

「西南方！」濟遠尖叫。

「騎兵隊！」易書德舉劍大吼：「回防西南！」

他們策馬向前狂奔，直奔西南鹿砦。鯉魚和山貓比肩向前急馳，越過現實的距離直奔獵犬身旁！

火焰突然消失，山貓、獵犬、鯉魚不由一愣。接著一道黑色的身影從虛空中炸出，長著犄角的惡魔揮舞著黑戟撲向獵犬。熾烈的火焰隨著他的腳步散佈，留下一個個燃燒的蹄印。蹄印滲出噩夢與驚怖，誤觸的生靈立即陷入絕望的高溫之中。

「圍住他！」獵犬大喊，山貓與鯉魚隨即繞起圈子，試圖限制惡魔的腳步。

今天第一次，濟遠認為自己會死在這裡。兩聲鷹嘯從心海的空中撲來，陶將軍和何青也來了；看不清面相的臉，在火光中露出瘋狂的笑容。

見獵心喜——這個字句不知怎麼閃過濟遠的腦海。人馬的蹄聲在他們身後響起，獅人的吼聲再次揚起。

「你什麼時候動手？」

毒蛇說等敵人的騎兵隊出發，我們就能上場了。

「只殺該殺的？」

嗯。

「我們可不能讓他們撿便宜是吧？」不解殘酷地說，葛笠法點頭，握緊手上的黑戟。號角響起，不知屬於固體還是液體的鐵鏽味，瀰漫在空氣中，期待旋轉跳躍的衝動正搔著他的蹄尖。

「你去吧，我會幫你看著臭皮囊。」

葛笠法點點頭，踏進空無的心海之中。他不用裝備，等在溪邊的毒蛇一點用也沒有。要不是需要他救治小奴隸，否則葛笠法會聽不解的建議，先殺了他再殺人類。

心海裡好安靜。現實中明明殺聲震天了，但是這裡還是一片恬靜。葛笠法專注在步伐上，他能感覺到血液正在沸騰，那些聽不見的喊殺聲正激起他藏在血液深處的衝動，斬擊的誘惑像蠕蟲鑽進他的手心裡，黑色的炫風夾帶著火焰衝破心海與現實的藩籬。

他踏出一步，人在河上。再踏一步，身在彼岸。他的腳步超前所有先行者，手上的黑戟揮出不分敵我，蹄下的火焰舔食每分戰場上僅存的希望。不解應該來的，他會喜歡這瘋狂的場面。

他很快就找到畫紙上的目標，一隻長臉的雜毛狗，一個自甘墮落的人類。他在他面前顯現，黑戟刺穿長臉人類的胸口，烈火吞食他的心智。

他發出尖叫，葛笠法也是。

「防線破了！」有人大喊：「常營尉陣亡了！」

葛笠法聽不懂他們喊些什麼，但是能從心海中聽出他們溝通的內容，知道他們的聲音裡滲出崩潰的情緒。這場仗還沒打，他們便先輸了一半。他睜開眼睛，現實中的他身處重重包圍，士兵們拿著利刃、長槍圍向他；在心海中，那隻老獵犬是孤獨的。

你該死了！

士兵蜂擁圍上，長槍對準他的腰腿刺出。獵犬消失，又突然出現在他身後，一口咬住他的後腿！

喔，是了，他們也會這些技巧。

葛笠法甩出棍花撥開長槍，腿上濺出的血在心海中化成更多的黑霧。士兵的陣列歪掉，老獵犬匆忙躲避。葛笠法一槍貫穿帶頭的士兵，惡毒的火從他身上爆出延燒整片草原，舔食觸目所及的受害者。

這火只能用人心做燃料。

葛笠法狂笑。他開始起舞，在心海與現實中。現實中的舞蹈由血肉組成，節拍是武器與骨頭的敲擊聲響；心海裡，火焰與黑戟是他的舞伴，恐慌與絕望是他的伴奏，他的歌聲是來自屠殺的讚頌。

死！死！

葛立法口中的歌詞只有這麼一句，隨著破風聲不斷重複。火焰隨他的指揮盤旋纏繞，劇毒的霧瀰漫在整個空間裡。一隻鯉魚和山貓衝了出來，編出一波波水流試圖壓制他的火焰，兩隻獵鷹從空中攻擊，想分散他的注意力。他的足印旁堆滿屍體，一個消失一次現身，便是一圈人命斷絕。士兵愈來愈少，他愈來愈靠近他的目標。

「圍住他！」老獵犬大喊：「他的火焰會吞食心念，不能靠近。士兵們快被他擊垮了！」

士兵？對，士兵，那些在現實中哀嚎逃竄的人類。

他揮戟，砍下一顆腦袋，一記回馬槍刺穿意圖從遠處偷襲的弓箭手。他在心海與現實中來去自如，沒有任何阻礙，化身成翱翔的火鳥領著死神送走一個又一個靈魂。不！他就是死神，是迫害者從地底深淵召喚出來的魔鬼。

亞儕？父親？你們看見了嗎？他要報仇了，這些人都要死了。

火勢暫緩，他的面前還剩誰？一個老鬼，兩個騎在馬上的小鬼。

他的勝算高到連四福神都望塵莫及。黑戟散成霧氣，隨他進入現實中，剩下的士兵尖叫奔逃。他再轉身踏入心海，直奔高空，兩隻自不量力的獵鷹立刻遭到重擊。

為什麼他們這麼愚蠢，以為在心海中的高度與距離能保住他們的命？獵鷹狼狽地退出心海，凝滯空間的犬嚎救了他們。葛笠法降落在地上，甩開了獵犬的束縛，火焰衝向獵犬，老獵犬發出痛苦的哀嚎。山貓和鯉魚想幫忙，卻被獵犬身上湧出的毒霧嗆得失去方向。

突然，一抹閃光躍入眼中，葛笠法頭一偏躲過射向眼睛的匕首。他利眼掃向暗處的人影。骯髒汙穢的人類，以為能躲在暗處偷襲，而不付出任何代價嗎？

他側身躍起，擲戟刺向黑影。牙口醜惡的人影大吃一驚，急忙退出心海，千鈞一髮之際躲過慘死的命運。黑戟散成霧氣飄回葛笠法手上。他逃了，葛笠法也沒時間追了，老獵犬的實體就在眼前。

「怪物！」

有人大吼著什麼。他踏回現實中，遭受火焰紋身的老獵犬在現實中奄奄一息，那兩個遠在天邊的身影根本擋不了葛笠法。老獵犬蹲在地上劇烈喘息，他的馬斃命倒地，先一步去了地底深淵。

老獵犬一咬牙，舉起劍想要攻擊。葛笠法揮戟，聽見一聲清脆，還有一聲鈍響。黑戟不夠利，沒有砍下他的人頭，心海中的老獵犬消失了。葛笠法心中意外平靜，興奮開始消退了，疲憊回溯到身體裡。

他的身體好虛弱，才戰鬥一下就沒力氣了。

「將軍！」

山貓的聲音好哀傷，悲苦、自責、傷痛，葛笠法聽不懂他的話，卻能看見他的眼淚。

「納命來！」

葛笠法累了，劇增的負擔壓得他氣喘吁吁。山貓在心海裡撲向他，就算被黑霧嗆得腳步踉蹌，眼中的怒火卻沒有熄滅的意思。葛笠法深吸一口氣，邁步向前。他的體力不夠躲回心海，但是他的肉體還在，黑戟瞄準馬匹。

他奮力一擲，重兵器貫穿馬匹，馬兒慘叫倒地。孤立無援的山貓被壓倒在瀕死的馬下。葛笠法向前，人類的援兵還沒到，殘餘的軍隊潰散敗逃。他伸手拔回黑戟，山貓對著空氣揮劍，對自己的生命無能為力。

「你這怪物。」山貓眼睛裡滿滿的不甘心。葛笠法看見他的援軍被獅人擋住，河岸旁又開始廝殺了。關口開啟，牆內的援軍慢了。

他舉起黑戟，毒蛇想必會很滿意吧？

「不！」又有人大吼，是鯉魚。一隻軟弱，連牙齒和爪子都沒有的鯉魚策馬衝向葛笠法。葛笠法戟桿一偏，不費吹灰之力就把他撞下馬匹，摔到地上和山貓作伴。失去主人的戰馬向前急奔，在硝煙中失去蹤影。

「你不能殺他。」鯉魚掙扎著站起來，兩隻手笨拙地握著劍擋在山貓面前。「你要殺他，就得先殺我。」

他在做什麼？他明明怕得要死，卻還握著劍，咬著嘴唇逼自己站在山貓面前。

「不要傻了，快跑！」山貓在吼。

「我……」鯉魚根本跑不動了。連山貓與獵犬都失敗了，他是這群中最弱的一隻，又還能做些什麼？

葛笠法踏步向前，鯉魚縮著肩膀，挺劍站著，兩隻眼睛裡幾乎要冒出淚水了。最弱的一隻。

亞儕。

殺了他。

小奴隸。

他從鯉魚的大眼中看見倒影。一隻頭上長著枝狀犄角的怪物，拿著一柄黑戟步步向他進逼。

他先是一愣，接著辛辣的眼淚奪眶而出。他的手一鬆開黑戟，黑戟立刻化成一團霧將他吞沒，惡毒的火回頭吞食他的四肢百骸，黑霧掐住他的喉嚨。

他在做什麼？像那些人類一樣屠宰弱者？像豬人一樣把人命當遊戲？他放眼望去，現實裡滿滿都是屍體，黑戟造成的傷口散出惡臭。

都是他殺的，就像毒蛇的吩咐一樣。鯉魚還站在他面前，驚惶的眼睛看著他致命的手。他想說話，卻沒辦法發出半點聲音。他到底做了什麼？疲憊擊倒他的心，痛苦從骨髓裡透出，殺戮的快感消失了。

「不！」不解穿過戰場趕到他身邊。「你在做什麼？」

我殺不了他……我做不到……

「那臭皮囊呢？」

我沒辦法……

「你要放過他？」

烏鴉的臉看不出表情，不解的黑眼睛看著鯉魚，似乎巴不得自己撲上去把他碎屍萬段。

「我從來不懂，為什麼你們會有這麼多的好運。運氣不是應該站在我身邊嗎？」

不解？

「沒關係，我們把他留到下一次，好和毒蛇討價還價。有人要來了，你還走得動嗎？」

可以。葛笠法勉力抓住黑霧，逼它化成實體。

「我替你打開通道，跟好了。」

一眨眼，他又身在心海模糊的色調之中。葛笠法拖著沉重的腳步，從亞儕責備的視線前逃開。他是誰？他做了什麼？這個世界到底怎麼了？疑問迴盪在空無的世界裡，唯一聽見的烏鴉沒有回答葛笠法，他似乎也有自己的心事。

# 第八章　潛伏的危機

「我們遭到攻擊了！」陶淩喊道。他從心海裡退出來，整個人異常虛弱。他身邊的何青昏過去了，書記們急忙傳喚軍醫。

「發生什麼事了？」防將軍趕到他身邊問：「為什麼西南陣線會突然失控？陣垣呢？究竟發生何事？」

「常博陣亡。陣垣獨木難支，西南鹿砦要失守了。神術師們都在做些什麼？那怪物在心海裡大開殺戒，沒半個人出面阻止也太荒唐了！」

「神術師已經捐軀了。」

「捐軀？」陶淩張大嘴巴。

「全數捐軀。」防將軍鐵著臉說：「這是剛剛營中傳來的消息。」

「怎麼可能？」

防將軍也很想知道怎麼可能。他們引為傲的神術師們，在緊要關頭居然不堪一擊。如果獅人以前都是在保存實力，防將軍很好奇他們怎麼能忍這麼久。

看來不只金鶻軍有底牌，獅人也暗藏了一手；現在該是動用王牌的時候了。

「陶將軍，接管指揮。」防將軍揮手大吼，要城樓上的所有人就戰鬥位置。「擊鼓，兵奴預備出陣。」

「兵奴？」陶凌瞪大眼睛，顧不得禮節，急抓住防將軍的手臂。

「沒錯。」防將軍咬著牙。如果可以，他也不想用上這一步。

「可是將軍，您只有一個人——」

「我會自己操縱兵奴，百人便足以扭轉戰局。」

但即便如此，對操縱者來說，一百個心智的重量還是很大的負擔。心術的力量愈多人連結在一起，代價與力量都會倍增，在心海的規則裡沒有不勞而獲的可能。一個人承受百倍的代價，任何心智正常的人都不會去想。

但是現在的防將軍不是正常人，他有一個兒子，現在身陷戰火之中不得脫身。

濟遠。

如果不是他，現在身陷其中的人就是他。防將軍不知道該說什麼，只知道感覺上他似乎錯過了什麼重要的時刻，被人重重甩了一巴掌，神術意象恍若欲碎。他努力維持住心神，一股黑煙在他眼前散去。

「如果我有三長兩短，由陶將軍代理軍務。」他宣佈道，四周的軍官和書記的臉都嚇白了。陶凌鬆開手向後退，他的書記從背後挺住主人。防家三位書記面如死灰，高聲要防大將軍三思。

他們不懂一個父親的心思。

防將軍閉上眼睛，進入心海啟動連結的編織。他把心念連上兵奴的編織，解開他設下的束縛，然後……

黑煙從心海裡爆出，呼的一聲奪走他握住的編織，擊碎他的神術意象。在他意識到發生什麼事之前，現實中的他已經倒臥在地。牙口混亂的醜惡人影，帶著冷笑從心海中拖走成串的連結編織。

防夫人將收到她不曾想像的美好獎賞。

「這裡的空氣真糟。」一進入張家村的時候，槍恩斷然表示。事實上，黛琪司還沒到過哪個地方，空氣品質能比得上山泉村。但是拿常悅客棧和塔倫沃的標準來說，張家村簡直是魚仙娘娘親賜的福地了。

魚仙娘娘。這個詞總是惹她發笑。他們現在都在學塔意拉，也許槍恩剛剛大聲說話，只是為了炫耀他發音功夫上的突破。但是他沒注意到自己嘹亮的宣言，已經讓整個小村莊的人類，用極度不友善的眼光歡迎他們。娜爾妲和若水湊在一起偷笑，五世和兩隻老山羊翻了一個白眼。

「這樣讓他亂說話好嗎？」哈耐巴湊在黛琪司耳邊輕聲問。

「放心，亞儕會處理。」黛琪司最近樂得讓亞儕處理他們一行人的大小事。她覺得自己這個小弟，要從他自己的憂慮中分心一下，才不會被自己的情緒活活掐死。

亞儕狠狠瞪了槍恩一眼，嚇得羊人縮著腦袋，不敢再亂說話。

「客棧在東邊。」他對著空氣吸吸鼻子後說：「我聞到馬糞的味道，應該有馬廄可以安置馬車。」

「太好了！」若水說：「我覺得我的屁股都快被震到裂開了。」

奇科羅眨眨眼。「震到裂開了？」

「娜爾妲昨天教我的賀力達話，她說是非常痛苦的意思。」

長薄耳家的母羊躲到馬車後方，避開亞儕的視線。也許黛琪司最好在亞儕抓狂之前，修正一下他們每天晚上語言學習的內容。亞儕隨手挑出一小片紅褐色的肉片塞進嘴裡，黛琪司皺起眉頭。

「怎麼了？」他問。

「沒事。」黛琪司口是心非，亞儕顯然也知道。

「你永遠不會原諒我開始吃肉對吧？」

「我沒有說。」

「但是你這麼想？」

黛琪司隱隱覺得好笑。「你有沒有發現一件事？」

「什麼事？」

「現在每隻羊人大小瑣事都會跑來問你，甚至連若水對我們的路線或速度不滿意的時候，也會直接跑來和你商量？」

「有嗎？」亞儕皺起眉頭開始思考。這狼崽真的對自己一點自覺也沒有。

「有。」黛琪司點頭。「你成了這群羊的領頭羊，不管喜不喜歡，我都要尊重你的決議。我們不喜歡楓牙跟在我們後面，不喜歡奇科羅，也不喜歡益禽和哲多，一點也不想跨越山關戰境。但是因為相信你知道什麼才是最重要的，所以在你發瘋之前我們會義無反顧跟著你。」

亞儕半晌無語，只是盯著黛琪司看。

「怎麼了？」

「不知道，只是你說的話聽起來很不黛琪司。」

「你說什麼？聽起來很不黛琪司是什麼意思？難道你在暗示我以前講話很粗魯，很沒有淑女氣質嗎？你們這些羔仔，一個個都該好好洗洗嘴，學學怎麼說話。」

「現在聽起來就像多了。」亞儕竊笑，黛琪司把頭扭過去不理他。

「其實我想了很多，特別是看見那幅幻象之後。」黛琪司等亞儕笑完了才說。一提到幻象，殘餘的笑容立刻從亞儕臉上退去。「不管那東西是什麼，他絕對不是開開心心，飛揚愉快地投身火焰之中。我很好奇下手的人是用了多少功夫，才把一個正常人逼成這副德行。」

亞儕沒有說話，黛琪司知道他一直對那景象耿耿於懷。

「你覺得那是葛笠法嗎？」

「不是。那絕對不是葛笠法。光看那大得可笑的角，就知道絕對不是他了。」

「那對角可一點都不可笑。只要他肯，那雙角會比世界上所有的兵器來得致命。」

「我以為我們要對抗的不是他，是來自帝國的邪惡豬人。」

「沒錯。」亞儕嘆了口氣。「但也許，我們不知不覺中挑到了更大的敵人也說不定了。」

「什麼意思？」

「我這一路上也想了很多，始終沒辦法理出一個頭緒。好像我們正努力推著什麼東西前進，卻始終看不見它移動分毫。」

黛琪司不確定自己有沒有聽懂亞儕的話。

「我也不會說啦！」亞儕揮揮手，像要把心煩的問題撥開。「比起這些東西，葛笠法才是我們的目標。我想目前我只要知道這樣就夠了。等找到他，我就不需要繼續像你說的一樣，假裝自己是領頭羊了。」

黛琪司很好奇，亞儕知不知道他們到底走了多遠？他們老早就超過當初出發時給自己設下的界線，但是即便是他們困在塔倫沃時，也沒有半個羊人想到該打道回府。這一切就只因為亞儕的堅持。不是因為血統，或是古老的英雄號召，就只是因為亞儕不肯放棄。

也許他是對的，他只要專注找回葛笠法就行了。黛琪司很好奇自己什麼時候開始這麼信任這隻羔仔，撇掉吃肉這一點，他現在還是矮姊姊半顆頭呢！

客棧到了，若水走下馬車，告訴亞儕，益禽說今天能做畫。他們這幾天下來經過了無數城鎮，無數的鄉間野地，但偏偏是這個小村子才激起他繪畫的衝動。藝術家果然都是些瘋子。

黛琪司一邊咕噥，一邊走到哈耐巴身邊。哈耐巴給了她一個輕巧的擁抱，輕聲在她耳邊說希望這次房間不要再有霉味了。黛琪司想，如果有的話，也許睡在田野上也是一種選擇。

等所有羊人都安頓好了，亞儕才依約前往益禽和若水的房間。

哲多站在門外，滿臉苦瓜歡迎他。亞儕有時候還真搞不懂這主僕三人是怎麼回事，有時候若水看起來像個嬌生慣養的大小姐，但是更多時候，她看起來戰戰兢兢的，像個誤闖叢林的軟弱女孩。至於益禽，他眼裡看見的只有亞儕，雙手碰觸的只有他那幅神秘到了極點的神體畫。

益禽已經把房間都佈置好了。為了討到這個房間，若水甚至不惜花大錢把上一個客人趕出去，還要客棧老闆把封了十幾年的窗子打開，好讓益禽能夠捕抓到所謂的光線。

亞儕是不懂什麼光線，對他來說只要一盞油燈，甚至一點星光就能看得很清楚了。但益禽的堅持想必有他的理由，他為了這個理由纏著若水和整間客棧的小廝，把整個下午拿來重新擺設房間，又在接近黃昏時把所有人趕出去，嚷嚷著說他需要安靜的空間。

如果不是若水小費給得大方，旅店老闆說不定在被夜壺打中鼻子的時候就抓狂趕人了。

「快進來！」益禽大喊：「月光只有一下子，我們要快！」

如果願意，其實他也會說一點賀力達話，亞儕只能假設他先前裝聾作啞，是為了某種藝術家的堅持。那個若水口中病弱的益禽，現在正整個房間亂轉，捧著像是畫架的東西找位置坐下。整理過的房間明明空曠得很，但是他的動作好像在擁擠的大街上與人潮奮戰一樣彆扭。

「不對……應該是這邊……你站到那邊好嗎？不對——我是說這邊！對，再靠近窗戶一點。」

益禽一邊移動自己，一邊給亞儕下指令，路過房門的時候順手把門甩在哲多臉上鎖起來。他狂熱的樣子和葛笠法發現新樂器的玩法時一模一樣，眼睛散發出光芒，咧嘴笑得像個瘋子。

「不對！」他突然吼道，衝到亞儕身邊把他拉到窗前。

「就是這樣！」

「怎麼？」

「先別管了，你站在那裡不要動。」他衝回房間另一邊的畫架前，小心翼翼攤開一幅卷軸擺上去。亞儕沒有看見卷軸上的圖樣，但是他很確定自己在卷軸攤開的時候，看見一抹綠光閃過益禽的臉，四周的光線似乎因為卷軸而微微扭曲。

「請你抬高脖子——對，就是這樣！——我想看到一點下巴的地方，那裡的毛色比較優雅，然後是肩膀……站左邊一點好嗎？這樣初昇的月光才能照在你的身上……這就對了。」

亞儕維持奇怪的姿勢站著，益禽入迷地看了他好一陣子，才抽出早已準備好的畫筆，輕輕沾了一點藍染顏料，開始在卷軸上勾勒。

他一下筆，亞儕就立刻知道這幅畫非比尋常。他絕對不只在作畫而已。亞儕感到全身一陣顫慄，隨之潛入心海。

果不其然，心海中一隻活躍的小麻雀化出千萬個分身，叼著編織的碎片從四面八方集合。五顏六色的編織層層疊疊，直到灰暗的色調逐漸被豔麗的顏色蓋過，亮眼到難以直視為止。

他的作品是一隻孔雀，美麗嬌豔的翠綠孔雀，化身成凡人想像不到的美。尾羽上的假眼正活靈活現看著亞儕，像是有千百個祕密藏在心中。透著金屬光芒的雙翼和絲綢般的體態完美調和，脖子像花莖一樣伸展，最後以一簇美麗的冠羽作結。

這幅畫遠不只如此，她還沒有到達巔峰，她能登峰造極，亞儕的毛皮只是她不朽路上的一塊磚。麻雀帶著譴責意味瞇了他一眼，亞儕急忙把脖子抬高。現實中的益禽走上前來，在他前臂上畫了一筆。

他的筆尖沾了一絲閃閃發光的毛髮。亞儕眨眨眼睛，看著心海中的麻雀叼起他身上的毛，像變魔術一樣將毫末般的藍，擴大成寬闊的灰藍色大海。益禽筆鋒挑起大海，把漂浮在空中的藍帶上畫布，來回揮灑出層層疊疊的鱗羽。心海裡的麻雀也沒有閒著，仔細調整每個可能的瑕疵，把編織牢牢固定在心海之中。

時間涓滴流逝，亞儕連大氣都不敢喘一下，看著毛皮的顏色匯入孔雀畫中。

「好了。」最後益禽終於說：「今天先到這裡，月光開始缺漏了。」

亞儕吐出長長一口氣，回頭望了望窗外的月亮。月亮缺了一小角，微微偏向西方一些。在他看起來似乎沒什麼差別，不過益禽挑剔的專業眼光似乎受不了這種差異。從缺漏的程度來看，做畫的時間並不長，但是亞儕滿身大汗，好像奔跑了好幾十里路一樣。益禽也好不到哪裡去，光看他發白的臉色，你會以為他是用放血來作畫，而不是用顏料調色。

「我能看一下你的畫嗎？」

「有什麼不可以？」益禽大方攤開手。

畫在現實中稍微遜色了一些。孔雀的眼睛還沒點亮，羽毛看起來還有些稀薄，亞儕能辨認出自己的毛色和原先的金綠色線混在一起，交織成栩栩如生的羽毛。眼睛的部分還是一片空白，只有大略的輪廓勾出形體的位置。

「很棒的畫。」亞儕不知道要用哪個形容詞才能匹配這幅未完成的傑作。

「說不上很棒。」益禽揮揮手，像隻驕傲的孔雀一樣接受他的讚美。「我還沒有完成，等完成的那一天，豬人就會知道即使拿整個國家來換，也換不到這麼棒的傑作。」

想到這麼美的東西最後要送到豬人手上，亞儕忍不住生出一股強烈的妒意，想出手把畫撕毀以防他們得逞。但是他不能這麼做，沒有人能這麼做，就算是朱鳥帶著末日降臨，也不該毀掉這樣的藝術品。

「總有一天，我會把整個世界畫到我的紙上。」益禽坐在椅子上，看著畫說：「我會做給他們看，在我們家鄉那些老骨頭，以為打斷我的腿就能阻止我的野心。等我帶著全世界的尊寵回到故鄉時，他們會知道什麼才叫真正的藝術家。」

「你的畫很特別。」亞儕小心翼翼地說，他想知道另外一件事。「你在心海裡編織嗎？」

「沒錯。」益禽大方承認。「這是我們家鄉流傳的擬真妙筆。要不是我太累了，不然現在便能露一手給你看。」

「擬真妙筆？」亞儕咀嚼著陌生的塔意拉用語，他從來沒聽過這個詞。

「我已經迫不及待看見這隻孔雀從畫中走出來，迎風展翅的時候了。」益禽還陶醉在自己的世界裡。「想想看火紅的太陽照在她的翅膀上，一千隻靈動的眼睛在羽毛上含情脈脈看著你——啊！光想就讓我醉了！」

「所以，等你的畫完成了，這隻鳥就會活過來？」亞儕問：「這算是創造生命的方法嗎？」

「當然不是。」對於自己的畫得不到賞識，反而要一直回答奇怪的問題，似乎讓益禽非常焦躁。「我的確會讓她活過來，不過那需要靈氣注入其中。這幅圖太大了，我還在想要注入多少的靈氣才足夠她活過來。不對，這絕對不是創造生命。我創作的是藝術，才不會像妄想無中生有的蠢術士，自以為能用逆術模仿蜘蛛地母的神能。」

亞儕苦笑一下，好掩飾他混亂的思緒。益禽也知道逆術，但是他似乎對自己做的事一點自覺也沒有。他現在開始一連串的藝術理論陳述，交雜著賀力達話和塔意拉，亞儕有沒有聽懂顯然不是他在意的重點。

益禽知道逆術，但是他一點也不在意，也不覺得自己哪裡做錯了。好在——如果還稱得上好的話——益禽的畫非常柔順。亞儕不知道怎麼形容這種感覺比較正確。他們撿到的斷刀像是把心海裡的編織硬抽出來，扭曲摧殘之後，混著痛苦與折磨編織出來的。可是他眼前的孔雀圖沒有使用這種汙穢的手法，益禽的手筆非常輕柔，每個筆觸對應到的編織都精細得令人讚嘆，彷彿渾然天成一般。亞儕不知道看著這幅畫，心中除了讚美之外，還能有哪一種情緒。他不懂藝術，但是眼前絕對是一幅藝術品無誤。

也許，這就像潮守命說的，逆術、正法本身沒有好壞之分，是使用者造就所謂的善惡。

「你有在聽我講話嗎？」益禽突然問。

「當然有。」亞儕眨眨眼睛。

「那我說，我們到底什麼時候才能到邊關絕境呀？」

「快了。」

剛剛的藝術家消失了，只剩一個不安的少年。亞儕不知道是什麼造成他這兩種身分之間落差。益禽急，他也很急。他每天晚上都會把地圖再拿出來複習一次，趁著練棍術和心術的空檔，和老艾草及奇科羅一起更新地圖上的細節。他們需要能握在手上的每一分資訊，誰也不知道何時會用上。他的武術的確大幅精進，同時和槍恩、哈耐巴對打都輕而易舉，但是他需要的遠不只如此。他還要更強壯，才能和謀殺葛歐客的兇手一戰。

「我們快到了。」亞儕又說了一次。「等我們通過邊關絕境，奇科羅就會帶我們進樓黔牙帝國。」

「我們還要走多久？」

「最多三天。」這是昨天奇科羅得出來的結論。

「那我得快一點了。」益禽皺著眉頭說：「我得快點畫好你毛皮的部分，否則等你和我們分開，我又不知道要去哪裡找這種藍色了。」

他們的確得快一點了。亞儕心中暗自揣想，不知道葛笠法還能等他們多久？

濟遠站在原地，傻傻看著怪物憑空消失。怪物的蹄印散布在戰場上，悶燒著驚懼的火焰，焦臭瀰漫四周。戰聲平息之後，苦辣瓦河的奔流聲才又傳回他耳中。他腳步一虛，整個人跪倒在地。剛才他似乎聽見了一個聲音，在心海裡憎惡地念著他的名姓。那個聲音……

「你這瘋子。」易書德咕噥道：「不介意的話，幫個忙好嗎？」

濟遠擠出力氣從地上爬起來，拉住易書德的手，然後兩人一起撲倒在死馬上。他們根本一點力氣都拿不出來了。

易書德痛到臉部扭曲，他的腿可能斷了，或是受了更重的傷。他鬆開濟遠的手，向後倒在地上。「如果我們從那怪物手上逃過一劫，結果卻死在這匹馬屁股下，未免也太冤了。」

濟遠想把劍收回鞘中，卻發現劍鞘不知道什麼時候不見了，只好將劍往地上一插，騰出手試圖搬動死馬。他搬到滿頭大汗，卻一點效果也沒有。關口城門打開，一隊人馬匆匆奔出關口。

濟遠鬆開手——易書德悶呼一聲——看清領隊是何青的準尉張之軍。

「校尉大人、都尉大人！」張之軍跳下馬衝到兩人面前，頭盔歪了一邊。他沒有蓄鬍，滿臉汗水臉色蒼白的樣子，讓他看起來像個剛束起髮髻的少年。

「步兵陣怎樣了？」易書德躺在地上問。

「已平安撤回關內。」興奮過度的張之軍講起話來還有點喘。「騎兵隊雖有損傷，但也順利撤回了。」

「太好了。如果他們沒事，快把這蜘蛛生的死馬給我搬走！」

張之軍的手下圍到他們身邊，在他的指揮下開始搬動馬屍。一如濟遠所料，易書德斷了一條腿，被士兵抬上擔架的時候臉色白得發青。所有人都平安了，今天總算是結束了。

「都尉大人。」張之軍牽著馬走向他。「如不棄，請騎在下的馬速回關中。」

濟遠注意到他用詞怪怪的。「速回？你是什麼意思？」

「陶將軍說不能驚動下面的人，要您盡速到大將軍帳中。」

濟遠搶過韁繩，跳上馬直奔關口大門。

他的心跳加速，從不知道自己居然有這麼敏捷大膽，一路急馳衝過軍營，至少打破了五十條他父親的軍規。得知碧玟死亡時那股椎心刺痛悄悄爬回他心裡。他咬牙把可憎的恐懼趕出心中，全心投入在腳下奔馳的速度。

何青守在帳外，看起來一副大病初癒的恐怖樣子。心海中發生的事濟遠都看在眼裡，如果不是陣將軍及時救援，他和陶凌將軍絕對沒辦法全身而退。

「防都尉。」何青露出虛弱的笑臉。「這一仗真慘不是嗎？」

「是。」他還不知道常博和陣垣將軍的死訊。濟遠的胃中一陣扭轉。

「快進去吧，大將軍正等著你。」何青替他喊聲通報，致武表叔拉開簾幕。

「快進來。」他低聲說。

濟遠跟著他進入帳中，帳中的光線昏暗，簾幕一放下幾乎看不到半點東西了。濟遠連眨了好幾次眼睛，才就著燭火看清陶凌將軍、致逢表叔、致才表叔還有三名軍醫都圍在他父親床邊。

「叔叔。」

「濟遠快過來，你父親沒有大礙，只是昏過去而已。」濟遠聽得出來他聲音裡有強持的鎮定。

「大夫要診斷了，一同過來聽。」

濟遠和致武站定後，軍醫才對著陶凌開口說：「大將軍應是一時心力交瘁，才會突然昏厥。屬下會開上一帖安神養氣的藥，助大將軍調氣安神，想近日內便能康復如昔。」

「兩位也是同樣看法？」

軍醫們忙不迭點頭。

「那好。」陶凌盯著他們不放。「所以大將軍只是操勞過度，不日便能親理軍務，三位應該清楚吧？」

三名軍醫點頭如搗蒜。

「三位先請。致才書記，送三位大夫。」

致才表叔送軍醫離開營帳。簾幕後的光線出現又消失，致才表叔匆匆回到他們的行列。

「叔叔，究竟怎麼一回事？」

「陶凌。」防將軍睜開眼睛，輕聲喚了一聲。

「大將軍。」三名教僕立刻單膝跪下，陶凌和濟遠迎上前去。

「戰況如何？」防將軍問。

「戰鬥結束了。西南戰線損傷慘重，鹿砦全毀。易書德重傷，陣垣和常博……」

「陣垣和常博怎麼了？」

「陣將軍和常營尉捐軀了。」

防將軍緊緊閉上眼睛，幽幽燭火在他臉上跳動，濟遠這才看出自己的父親變得多蒼老。他已經不再是那個意氣風發的大將軍，威震邊關的金鵲保衛者。體認到這一點，不知怎麼讓濟遠全身無力，腦中一片空白。

「騎兵隊呢？」防將軍又問：「我記得我昏過去之前，步兵陣也尚未撤退。這兩軍損傷如何？」

「兩軍損傷不大。」陶凌答道：「獅人雖回頭突襲，但人馬及時支援，殺退了大半部隊。」

防將軍望著帳篷頂端沉思偌久。

「人馬？」

「沒錯，此次多虧他們了。」陶凌的口氣聽得出酸溜溜的味道。

「西南鹿砦的戰況又是如何？有誰能給我說個清楚？」

「據士兵回報，早先西南攻勢與往常無異，獅人派出奴隸兵為前鋒，攻擊我方鹿砦。陣將軍佈陣以待，抵禦攻擊並防範獅人主力，待騎兵隊衝鋒結束，再合併雙方攻勢。然獅人主力卻未如往常攻擊鹿砦，反而壓住軍力等待伏擊時機。發現異狀的陣將軍原欲出陣援助騎兵隊，但此時——

「殺出了不速之客。」

防將軍的記憶顯然是回來了。濟遠知道陶凌沒說出口的不速之客是誰，現在全軍之中，除了易書德之外，唯一近距離接觸過那個怪物的人只剩下他了。

「都尉？」防將軍問：「把你所見所聞說來。」

濟遠嚥下一口恐慌，方才交戰的恐怖景象，如今想來還是膽戰心驚。他一五一十，努力把交戰的細節交待清楚，包括怪物的特徵，還有特殊的作戰方法，以及他握在手上的黑戟。說到黑戟時，陶凌打了一個冷顫；他也差一點死在黑戟下。

「一個怪物，能自由穿越心海與現實。」防將軍說：「莫非是逆術？」

沒有人能回答這個問題。使用逆術在金鵲皇朝中是重罪，一般人別說使用了，連聽都不可能聽過。一個使用逆術，自由來去戰場的恐怖敵人？或許朱鳥降世，也比這針對他們而來的恐怖怪物來得宜人可親。

「致逢，你怎麼看？」防將軍問。
致逢表叔從地上站起來發言。「我想，從獅人撤下主力部隊，放任怪物孤軍奮戰這一點，便能看出獅人亦是忌憚此人。屬下大膽推測，此人大有可能為獅人借將而得，而非出身金獅戰團。」
「怎麼說？」
「若是此人出身金獅戰團，又有足以以一人扭轉戰局的能力，獅人斷不可能遲至今日才遣其出陣，又放任敵軍圍攻。」致逢分析道：「開戰之初，獅人曾揚言要殺入關中，討回公道。一年來更不斷積極進攻，試圖突破關口。屬下看不出獅人有任何理由，扣住如此戰力直到今日。」
「所以，我們現在不清楚的是，為何是此時？此人又來自何方？」防將軍問。
「正是。」
「大將軍稍待。」陶凌打岔說：「書記長之言尚有漏洞；如果此人真是獅人借將而來，難道不怕此人折損，無法對幕後黑手交代嗎？」
「將軍言之有理。」致逢說：「這正是屬下最怕之處。」
「怎麼說？」
「此人若是緊要，獅人必定重視，無任其孤軍深入之理。除非此人，獅人意欲除之而後快。」
「書記長的意思是，獅人不希望此人回歸？」
「正是。如果連獅人都不願此人平安回轉，那借將之論便又得證據。更甚者，亦能推出此人背後的勢力。」

「豬人。」

「致逢不敢妄自揣測。」話雖如此，但說出口的話不可能收回了。看看這些大男人，他們在戰場上殺敵了一輩子，面臨千軍萬馬連眼皮都不會眨一下，說起豬人卻個個臉色大變。濟遠不知道自己究竟是為終於有人注意到幕後黑手開心多一點，還是見到這群叔伯的反應心寒多一點。

「豬人與我朝交好多年，怎會在此時背離？樓黔牙與我朝簽訂合約，誓言商旅往來，永不侵犯已有十多年。」陶凌顫聲說：「如果豬人真暗中插手戰局，莫非樓黔牙意欲重啟戰端？」

「唯今之計，速戰速決。」防將軍從床上爬起，推開致逢的手，獨力挺起肩背。「不論今日怪物來自何方，都必須盡速誅殺，以絕後患。在易校尉復原之前，由防都尉暫代左軍事務。陶將軍嚴守北方塔樓不得有誤。致逢，代我修書人馬，我要親自與弓騎長會面。」

「大將軍大病初癒，是否——」

「不，此事非我不可。況且，士兵得看到我平安無事，人馬亦然。」

他停了一秒，在這一秒之內，濟遠看清楚了父親臉上的皺紋。昏暗的油燈光線在他臉上跳動，不知名的暗影彷彿等在暗處，伺機要將他吞沒。他沒有失去警覺，只是在他察覺到之前，暗影早就從他意想不到的地方侵入。濟遠揪著一顆心，聽他指派任務。

「加強東北防守，人馬的動向會成為左右戰局的關鍵，陶將軍務必謹慎。左軍損傷太過，將軍隊撤回牆內，以守為上，避免再與獅人對戰。西南水源加強巡邏，慎防突襲。書記長修書求援，請求渤州、霖州兩地守軍襄助。軍士兵節制出入，各書記速速統計全營損傷回報。

「另外。易校尉勇戰有功，官晉一級，以為嘉勉。防都尉並肩奮戰，亦有功勞，當擢為校尉，與易校尉共理左軍。頒令，即行。」

濟遠愣住了，直到致武偷偷推他一把，才想起來該跪下謝恩。

他晉級了？憑著他自己的努力，終於得到了肯定。但是他心中有個遙遠的角落，知道這次晉級是四福神站在他身邊才得來的好運。怪物沒有殺他，反而是淚眼汪汪望著他，怕得躲入心海之中。他在害怕什麼？

陶凌叔叔現在正與父親和三位教僕商討殺敵之法，話題多半集中在怎麼殺掉那個怪物。怪物才出現了一天，就成為了整個邊關絕境的目光焦點。如果致逢表叔的話沒有錯，獅人現在也在商討該怎麼擺脫這個燙手山芋。

矛盾的情緒在濟遠心中交戰。

濟遠很清楚他聽見了什麼。在心海中，怪物放開武器抗拒那股強大的意志，意圖放過濟遠。他用憐憫的眼睛看著濟遠，嘴裡念著聽不懂的囈語。

他是誰？來自何方？如果當時濟遠拿劍衝向怪物，自己有沒有這份運氣活到今天？

這些事情也許永遠沒有答案。第二天起，原先該送到陣垣和常博營帳的公文，通通轉送到他桌上了。

致武表叔努力幫他處理千頭萬緒的宗卷，陣將軍留下的書記和幕僚全力配合，但是濟遠看得出來他們臉上心不在焉的跡象。懷疑、徬徨、無所適從，他們的主人死了，未來失去了方向，隨時有可能被本家召回。教僕們清楚這一點，個個急著卸下一身重擔。濟遠很謝謝他們的好意，只是連續幾天下來他還是有些吃不消，也延遲了他去探望易書德的時間。

等到濟遠總算鼓起勇氣帶著公文到他帳篷時，出乎意料之外，易書德沒有因為常博和陣垣將軍的死變得沮喪，反而鬥志高昂，讓濟遠想到受傷的野獸。

「我不怪你，這是實話。」易書德坐在他的床上，身上只穿著輕便的戰袍，從不離身的甲冑在軍醫的堅持下移到架子上。他讓侍從搬來座椅，硬要濟遠坐在他床前。

「別再管那些要命的禮法，你和我現在都是校尉，沒道理我坐著你站著。」

其實官加一級的他現在已經具備准將的實權，只是還沒正式掛上稱號而已。濟遠坐到他面前，把該批註的公文交給他。

「先放到一邊。」易書德把公文交給侍從。濟遠不知道他為什麼這麼做，營帳裡的氣氛非常奇怪。他們從來就不是什麼知心好友，只是湊巧遇上對方，有了同樣的戰場而已。

「我得謝謝你救了我一命。」侍從退下後，易書德對他說：「如果不是你，我現在可能也玩完了。」

「我只是做我該做的。」

「你大可以逃跑，但是你沒有這麼做。光這一點，就讓你不一樣了。」易書德動了一下手臂，嘆了口氣。「在床上躺久了，不只是兩條腿，連兩隻手都萎掉了。」

「你一定很快就能回戰場上殺敵了。」濟遠安慰他。

「回戰場？這我倒不敢想，我只希望不用被派去山關戰境，抱那些羽人的大腿就好了。」易書德做了一個鬼臉。

「派去？你是什麼意思？」

「我要被調走了。不用那副表情，這是正常的。陣將軍死了，我沒了上司和依靠，不可能繼續長待下去。大將軍為我備好了退路，只要有機會，我便能到海關危境去，跟隨另外一位將軍。我不像你，今天的位置已經是我的極限了。」

他的話意有所指，聽得濟遠好不難過。

「你是比我更好的人！」他脫口而出。「你的能力、你的經驗、你的勇氣，人的未來不該用出身決定。」

「別、別、別！」易書德伸出一隻手指。「只有那種身在福中不知福的傢伙，才會說什麼出身不代表一切的蠢話。你好不容易救了我一命，替自己掙了一點分數，不要因為一句話又丟光了。」

「可是——」

「沒什麼可是不可是的。你救了我一命，不是朋友也是恩人。」易書德看著他，從來沒有這麼認真過。「你有勇氣，這是第一步，但還遠遠不夠。我有預感，未來會有很多人需要你，當我們這些人都被歷史吞沒的時候，你會留下不朽的名聲。說清楚，我可不是為了感謝你，才故意這麼說的。對我來說，你永遠都是嬌生慣養的小少爺。」

濟遠只能苦笑。

「當個軍人，就要習慣身邊的人來來去去，少來生離死別的婆媽玩意兒。」易書德揮揮手。「聽我一句勸，下次遇上那怪物，離他遠一點。他妖鳥的！我現在做噩夢還會夢見他追著我跑。」

濟遠可以想像。軍營裡流傳著謠言，在火焰中狂奔的惡魔，吞吐著黑霧的怪物，擁有邪眼的妖鳥。濟遠不知道這些夢代表著什麼，他們的神術師都死光了，在京城派人來補滿空缺之前，沒有人能解答這些問題。

「姓防的小子，以後就看你啦！」侍從捧著一大捆繃帶和藥膏，軍醫隨後進入營帳中。濟遠向易書德告別，讓軍醫替他換藥，自己帶著沉重的心情走出營帳。

營帳外還是一如以往忙碌的樣子，士兵四處奔走。每個人臉上都帶著凝重的表情，手上拿著來自四面八方的東西，準備送到目的地。決戰要來了，當北風掃來冬雪時，這裡還有多少人有命目睹？

濟遠不知道。

# 第九章　分歧與聯結

一回到石洞之中，葛笠法立刻陷入致命的高燒。不解在心海中來回奔走，努力為他維繫生命。毒蛇承諾的醫生來了，但是他們把大多數的心力花在葛笠法身上，還有應付豬女沒完沒了的逃亡。小奴隸沒病卻日漸虛弱的狀況，他們一點辦法也拿不出來。

葛笠法對此一無所知，他正與他的夢魘奮戰。

獅人還是把垊絲拉和葛笠法關在一起，因為他們也想不到好方法對付他們。葛笠法不只把人類嚇壞了，也震驚了所有獅人。如果不是因為戰場上的他太過嚇人，說不定母獅人早就衝進來了結他的生命了。但事實上，消耗過度的葛笠法只能躺在石洞裡，和無止境的噩夢拔河，試著將助他上場殺敵的黑戟從心中抽出，以防自己被反噬而亡。

只有他自己知道噩夢裡有什麼，那些人在他眼前死去一次又一次，鯉魚眼睛裡的倒影一天比一天清晰。

不解在心海中為他守望。如果有人打算從心海中刺探，只會看見他做出來的狂魔亂舞幻象，笑著把手上的生靈活活燒死。這些心懷鬼胎的人，不管看見什麼荒謬可笑的場景都會相信。

葛笠法會說夢話，被火焰與毒霧追著四處奔逃，心海因他而失衡扭曲。不解將一切藏在幻象之下，只要他們走錯一步，獅人絕對不會手下留情。這是他偷聽到的消息。

不知道又過了幾天，日月交替又幾輪之後，葛笠法才勉強能睜開雙眼，活動他的雙蹄。

不解？

「我在這裡。」

不解停到他肩膀上，想把蒐集到的命火塞進他嘴中。葛笠法拒絕了。

「幹什麼？你想死嗎？」

我想先知道一些事情。

「什麼事？有什麼事比你的命還要重要？」

葛笠法沒有說話。他走到豬女身邊，空洞的雙眼望著豬女。

我是誰？

豬女害怕地向後退，但她的背後是一大片堅實的石壁。

「他在問你話！」不解替他在心海中發言，硬把心念塞進豬女的腦袋。

我是誰？我是什麼人？沒有羊人會像我一樣。回答我，我是什麼東西？

「回答。」不解大喊，壓得豬女四肢發顫。

「我不知道——」

「說謊！還記得你的牙齒吧？我能叫他從別的地方開始，一點一點逼到你說出來為止。」

葛笠法低下頭，手指不經意撫過掛在脖子上的繩索，還有斷成兩截的竹笛。黑暗，他心中的黑暗壓得他要崩潰了。他得知道，他必須知道。

不知道是因為葛笠法的凝視，還是不解威嚇的聲音，豬女慢慢打開嘴巴，說出她知道的事。

「你是鹿人。你的父親叫作墨路伽，是帝國養出來的殺手，是最優秀的一個，狂魔預言中指出他將會是……」

她不斷地說，愈說愈急，好像如此一來就能拯救自己的性命一樣。她從墨路伽開始，還有葛笠法的身世，到呂翁夫人和黑智者是怎麼抓到一群漂民，對他們嚴刑拷打，直到終於被攻破心防，逼他們說出所知的一切。然後，他們一行三人事先做好安排，包括獅人、瓦棘禮、藍貴鎮長、稻草榔頭，最後來到山泉村，又殺了一個擋路的漂民，還有叛逃的鐵蹄歐客。

葛笠法什麼都沒說，石洞裡除了豬女說話的聲音之外，什麼聲音都沒有。

「我知道的只有這些，求你了。獅人什麼都不知道，我什麼都沒說，你的身分很安全……」

葛笠法沒有說話。他輕輕拉過豬女的手，然後折斷。接著，是第二隻手，不過他只弄斷了手指。然後是兩個膝蓋，一個腳踝。他留著豬女的聲音，她才有故事對別人說。留著耳朵，才聽得見她自己的尖叫。至於眼睛——她該照鏡子看看，她現在美多了，葛笠法用黑戟在她臉上畫了一道，迅速腐爛的傷口整體來說頗有畫龍點睛之效。

只要她有鏡子，她就能看看自己的美貌。鏡子……對，鏡子……

皎潔的月光從石縫中洩下，朱鳥的銀眼不知何時升起了，照得一片水塘澄清得如鏡子一樣。

葛笠法走到水邊，帶著最後一絲希望望進水中。

一個怪物。那是一個長臉，毛色斑雜的怪物。

歪七扭八的烙印把臉全毀了，嘴巴被嚼子留下的疤痕割裂，永遠停滯在一個似笑非笑的角度。怪物的手腳很長，一點也看不出羊人溫良的脾性，反倒更像山中野蠻的猿猴。渾圓的灰色雙眼充滿了獸性，脹滿鮮血的枝狀犄角從頭顱中指天竄出。

他舉起手，怪物也舉起手。他笑了一下，怪物也笑了。怪物摸摸自己的角，感覺就像在摸葛笠法的頭一樣。

這就是了，這才是事實的真相。分歧的角，從來不曾存在的血緣。他和亞儕，他和黛琪司，葛歐客。他早該知道，早該認清了。

不解飛到他身邊。

你知道？

「我知道。」

但是你沒有告訴我？

「我怕你承受不了事實。」

會嗎？葛笠法舉起一塊石頭。我承受不起嗎？

「葛笠法你不要這樣。」

那不是我的名字，那是羊人的名字，不是我的。他舉起石頭，開始用力敲自己的角。

「你在做什麼？快住手，你會弄傷自己的！」

我不是羊人，羊人才有角，我不配。

他一次又一次地敲，沒有形體的不解根本無能為力，只能不斷嘎嘎尖叫，要他冷靜一點。當他敲斷了右邊的角，石頭也碎了。

「看你做的好事，你的角！」

沒什麼，我還有另外一支。

但很快的，另外一支也沒了。他這次做得有技巧多了，挑了一片有銳利邊緣的石片，又磨又割，沒有花多少功夫就解決了。斷角的殘根不斷滲出鮮血，鮮血掩上他的臉，他臉上帶著微笑。

你看，這樣我不是更像了嗎？預言中的狂魔？

「你瘋了。」

對！我瘋了，而你只不過是一隻活在瘋子心中的烏鴉！

是我！一切都是我！如果不是我，他們都不會死。是我養出了你，讓你有能力胡作非為，你——不對，都是我，都是我殺的，所有的人命都要算到我的頭上。

我可以為自己殺掉所有擋路的人，沒錯，現在我做得到。我能做得心安理得，我早就叫全世界唾棄。我從出生就帶著罪惡的血脈，所有人都要因我而死。我根本不應該活著，就連你——連你也是我為了替自己開脫，想像出來的幻影。沒錯，一切都是我，我不會再相信你了。你走吧，帶著我的不解消失吧！這世上不該有你，也不該有我。

「你不是認真的。」

你不存在……我否定你……你不存在……

「我在，我一直都在，是世人否認了我。」不解說：「你的反應我也不是沒見過，你們的眼睛只想看見夢幻又美好的未來。但是你看清楚了，我才是未來，等到最後所有人都得面對我。」

你不存在……我否定你……你不存在……你不存在……我否定你……你不存在……

當烏鴉振翅飛走的時候，葛笠法還在自言自語。字句糊在他的嘴巴裡，根本聽不出半點分明。聲音從心海糾纏到現實之中，在他的頌念裡，黑戟的形象逐漸穩固成形。

然後，他露出笑容，伸手握住黑戟。他瘋了，至少這一點毋庸置疑，他只是稍微晚一點接受事實而已。他一直都是孤單一人，沒有不解，沒有疑問，一切都是他的心在作祟。他雙手沾滿了鮮血，走出的每一步都是哀嚎鋪成的。

黑霧在四周蔓延。像本能一樣，葛笠法又唱起了那首歌。他忘了歌詞，但是旋律在他腦海中根深蒂固，腐臭的血勾起他的回憶。他能想像自己在孤單的石頭地牢中哼唱這首歌，牆上的投影和他對唱，回音傳了出去。

他搖擺著身體，抱著黑戟，淚水和膿瘡滲入戟身。清淺的水中，他看見屍體的倒影圍繞在他身邊，他記得的人、他愛的人、他殺的人……一張張變得陌生的臉孔。天空中消瘦的月光失去了魔力，再也無法洗淨他的傷痛。

預言？是了，他會讓所有人知道預言成真要付出多大的代價。

這才是狂魔的預言。

防大將軍端坐在座位上，防濟遠——現在該稱他防校尉了——站在他左側，陶凌將軍不見人影，至於另外一個嘛……

長風屠萊已經知道他的下場了。這是他們計畫的一環，一點一滴逼得金鵲軍無路可退，直到他們只能使出殺手鐧為止。原先的計畫是在戰場上逼殺防大將軍，但是現在這樣反而更好。一點一滴削減他的防禦，除去他身邊的人，直到他孤立無援。他的兒子無意間幫了人馬大忙，想到這點屠萊就覺得非常好笑。看看這對父子，一個身陷在泥淖而不自知，一個自以為是救援者，殊不知其實是落井下石的幫兇。

他們以為坐在大位上，坐擁著整片軍營，擺出嚇人的陣仗就是厲害的軍隊領袖。錯了，長風屠萊知道什麼才叫作軍事家，那些人躲在黑幕後，只用十隻手指就能操縱整個奧特蘭提斯。

「弓騎長。」防將軍舉手擊胸行禮。

「大將軍。」屠萊也沒有失禮。「聽聞你們蒙受了慘重的損失，人馬在此致上哀悼之意。」

「我們的損失，因人馬的救援而得到遏止。我相信這對我們長遠的關係非常有幫助。」

「自然。」屠萊露出笑容。「掌風酋長與我，向來都認為金鵲皇朝是不可多得的盟友。我們曾因為戰略布置而有過分歧，但是我相信如今這些分歧都不是問題了。我們的情誼，要比這些分歧來得更有分量。」

提起分歧，防將軍的眉頭輕蹙了一秒，視線往一無所知的防濟遠臉上瞟了一秒。很好，懷疑的種子丟下去了，如果一個人連自己的兒子都不信任，那他還能信任誰？順著這個方向，屠萊可以用語言輕易地斬去他的左右手。

「我們已經沒有分歧了。」防將軍朗聲說：「今天約見弓騎長，是想傳達一件事。我們的戰略目標沒有更改，與獅人的決戰勢在必行。」

「人馬等的就是這一刻。」屠萊挺起胸膛，提高音量說：「見到盟友能迅速重組戰力，總是令人心安。不會輕易被打倒，這才是我知道的金鵲軍。」

「過獎了。但是這一次，我們不會再像上次一樣等著獅人進攻。這次我們要主動出擊，打擊對方的主要防線，將獅人逼出毒龍口。我仔細衡量過了，如果不能剷除他們在苦辣瓦河流域的立足點，就無法終結獅人的野心。過去我們太過被動，只知原地防守，才會落得被人不斷追打的下場。該是放下保守作風，向前推進的時候了。我相信人馬移往北方的動機，和我現在心中所想的目標是一致的。」

的確一致，只可惜不是和你。屠萊心想。

「那是當然的。我想，防將軍也聽說過，人馬沒什麼耐性。不瞞將軍，其實人馬是士兵，也是商人。我們擅長的是閃電戰，而不是圍城防守的心理遊戲。我不諱言，部分人馬已經開始對這場戰爭不耐煩了。跳馬關中出現反對聲浪，要長風部終結契約回到家鄉。我們先前提出的結盟，就是拖延這些反對聲浪的一步棋。」

「人馬認為我們在等什麼呢？你們開始覺得我們怕事了？」

「當然不是。見到那穿梭在火焰中的怪物，誰還會質疑將軍的小心謹慎？面對那種怪物，若不是手上握有壓倒性的武力，人馬也不敢貿然出擊。獅人就像毒蛇，若是一擊不死，反噬只會更強。」

「我們已經體驗過了。」防將軍說。他就像他兒子一樣容易操弄。

「我們必須迅速出擊，才能給彼此帶來最多的利益。」屠萊高聲說：「獅人雖然殺傷了你們，但是我們聯手的戰線也教他們損失慘重。現在是比速度、比經驗、比戰力的時間。哪方能先一步重整軍力，誰就能先一步殺入對方陣營，贏得最後的勝利。人馬已經準備好了，皇朝呢？」

「你們不會等太久。我能向你擔保。金鵲的兵奴將會在這一戰擊垮獅人。」

雖然是意料中的事，但聽見防將軍要出動這批險惡的兇器，屠萊的呼吸還是忍不住亂了一拍。防濟遠沒有說話，站在原地看著長風屠萊，好像不認識他一樣。他在想什麼？屠萊突然覺得不安。他查覺到異狀了嗎？

「我與父親討論過了。」他開口說：「由於這一次攻擊，正如弓騎長所說，必須畢其功於一役。所以，我們大多數的軍力都會投入這次攻擊，西南防護會因此變得單薄。」

屠萊不懂他為什麼會提到這一點。

「我目前規畫的路線，是由我軍由東方進發，與從北方出發出陣的人馬於河岸邊交會，一鼓作氣衝入獅人西北防線。」防濟遠說話時，士兵搬來一幅寬闊的掛軸，上面清楚標示著毒龍口各路人馬的布署。至少，是他們所有已知的布署。

他在展示給屠萊看。

一旦他們這次攻擊失敗，將沒有軍隊可以回防西南，到時候不只金鵲軍再也無力主動出擊，甚至連人馬都會被切斷撤退和補給的後路，落得進退維谷的下場。不錯的一招，可惜他找錯對手了。

這場戰爭從來就不是獅人與金鵲的戰爭，這些蠢貨直到今天還是沒辦法認清這一點。你不得不佩服豬人的手段，光靠幾個外交官還有商人的花言巧語，就能把所謂不共戴天的血債消弭於無。人馬是投機者，投機者自有投機者的眼光，知道怎麼為自己先佔到最好的位置，拿走應得的一份。

「大將軍只管吩咐，人馬必定全力配合。」屠萊對著防將軍擊胸行禮，這個禮他可是真心真意。

離開金鵲營地時，屠萊忍不住露出得意洋洋的笑容。這場戰爭就要結束了，邊關絕境乃至於整個金鵲皇朝，都將成為豬人的囊中物，人馬將會得到他們垂涎已久的西南五州。

今天還有一個客人，和他約在不遠的樹林中，得快一點趕去才行。

現實中的長風屠萊慢步返回人馬的營地，心海中的他撒開四蹄，一路向南直奔，輕易穿過金鵲軍的地界，走入一片無人的密林之中。

他的客人已經在裡面等他了。一個一口虎牙，醜陋無比的人類。

「弓騎長。」他擊胸行禮，屠萊同樣回禮，只是這次回得漫不經心，甚至可以說有些不屑。一個僕人打扮，體態臃腫，腳步虛浮的傢伙實在很難令他心生尊敬。虧屠萊還特意把他的情報洩漏給防濟遠，但那貴族小少爺卻一點也不知道把握機會。

「你叫什麼名字？黑智者呢？」屠萊問。

「弓騎長聽過小人的名字了。小人連順，上次才在營地與您會面。」

「我不想知道過去的事，我只想知道黑智者又說了什麼。」

「智者非常滿意計畫進行的成果，雖然與預期有所出入，但是不脫智者盤算。智者說只要依著這個步調，把獅人與金鵲推上決戰就可以了。」

這個連順黏滑的聲音聽了令人非常不舒服。人類無法用自己的形象出現在心海中，所以這個傢伙想必在捏造外貌時，連聲音也一併偽裝了。如果可以，屠萊真想現在就殺了他以絕後患。

「我總覺得，這次交易都是我們在出力。」屠萊故意抱怨：「黑智者未免太會占人便宜了。」

「智者絕不會讓貴部孤軍奮戰。」連順用討厭的笑臉說：「他不就殺掉了金鵲那一批自以為是的神術師，展現手段給您看了嗎？」

「金鵲的神術防禦者？」屠萊倒抽一口氣，及時阻止自己露出吃驚的表情。「你是說那十三名神術師全死了？」

「是的，這正是智者展現決心的保證。帝國絕不會讓人馬孤軍奮戰。」

屠萊真不知道自己該高興還是難過。那十三個神術師都不是什麼高明的傢伙，金鵲裡到處都是這種有名無實的蠢貨。但是十三個庸手連結在一起依然不能小覷，如果黑智者真能在戰爭中無聲無息殺了他們，人馬可要重新評估黑智者的實力了。

「所以，火焰中的怪物也是黑智者的手筆囉？」

屠萊沒看漏提到怪物時，連順眼睛裡一閃而逝的光芒。

「不，那應是獅人的暗樁。」

他在猶豫？為什麼？屠萊不知道為什麼如果火焰怪物真是獅人的手下，那連順回答時因何會猶豫。他不清楚怪物的來歷嗎？還是他想為獅人隱瞞什麼，或者對人馬隱瞞什麼？

他們對談這麼多次，他還是第一次看見連順那張滑溜的胖臉上，出現這麼多複雜的情緒。真好玩，他還以為人類都是沒有思考能力的低等生物呢！

「全力調查。」屠萊對他說：「把這加入我們的合作條件裡。如果人馬需要在戰場上和牠做戰，就會需要有關這怪物的情報。如果牠真的是獅人的王牌，那一起除掉也不是壞事。」

「連順知道了。」

「如果沒別的事，你可以退下了。」連順點點頭，鞠躬後漸漸消失，退出心海之外。屠萊回到現實中，專注在行進的腳步上，營地就在不遠處了。

不論骯髒黑心的豬人打什麼鬼主意，人馬一點虧也不會吞進肚子裡。這是他們的戰場，鐵蹄因朱鳥揚起烽火，等末日降臨時他們會向前奔馳，作為將朱鳥打入地底深淵的前鋒。他們會贏得最後的戰爭，大地重回光明圓滿的境地，光明的國度將會降臨。

這是八足神女託付給他們的重責大任，人馬世世代代未曾忘卻。

范達希古從噩夢中驚醒，一時間想不起來為什麼自己會醒得這麼突然，接著恐怖的回憶從腦海深處爬出，強迫他記起所有的細節。

一個火燄中的怪物。

自從三天前結束戰鬥之後，整個毒龍口戰營便陷入水深火熱之中。傷兵迅速死亡，母獅因為細小的傷口高燒不退，身體健康的士兵噩夢連連。不安躁動的情緒像毒素一樣橫流整個戰營，所有人晚上寧可睜大眼睛也不敢入睡，生怕夢中的怪物會在熟睡時爬出夢境。

獅人對心術的研究不多，戰團裡也鮮少聽聞具有特殊天賦的母獅。但是即便如此，一股天生的本能告訴范達希古，這些事都與心術有關，和他帶回來的怪物有關。

所有人都只敢猜，不敢把心中的答案說出來，好像怕有人監聽他們的思想。賈突範昨天派人偷偷在怪物的藥水裡加料，但一到晚上，動手的母獅立刻全身抽搐，不斷掙扎怪叫，嚇得所有人趕緊從她身邊退開。他們看著她毫無原因死在回營房的路上。

被指派去診斷怪物的醫生回報怪物完好無缺，另外一個更倒楣的醫生則回報母獅除了死亡之外，身體非常健康。醫生和照護員是唯一沒有作惡夢的人；噩夢似乎知道該攻擊哪些人，哪些人又該得到保護。

范達希古非常不安。他讓母獅人統計所有人的夢境，得到了幾千幾百個相同的答案。

禿鷹，佔據一整片森林的禿鷹。禿鷲、黑鷲、王鷲、白領鷲、紅羽鷲、假靈鷲……無數食腐的鳥類。深色的羽毛掛在無光的密林中，由高處俯瞰著不知所措的受害者，等待撕扯肉體的時間來臨。許多母獅手上、背上、耳朵都留著爪痕，或是遭到鳥喙啃咬的痕跡。那是他們在夢中試圖衝出黑暗的密林，抵擋巨鳥攻擊時留下的。

不該是如此，噩夢應該像是風或是雨一樣不受控制，不論身份貴賤才對。幾百個相同的夢給范達希古一個可怕的暗示——有人在操縱這一切。也許，該是拉下臉，轉向人虎求救的時候了。

人虎從一開始便表態絕對不會支援獅人發起的戰爭。他們質疑朱鳥轉生的訊息來得太快又太怪，認為一切都是豬人在背後操弄。

當然，范達希古不能否認消息來源的確是他們大鼻子的盟友，但是因為一個人的鼻子而拒絕他們的錢和好處，未免也不智了。范達希古不是任人操弄的傻瓜，進攻金鶺能為他帶來的政治好處，更勝賈突範在戰場上衝鋒陷陣的辛勞。獅人與羽人終須一戰，指控羽人拒絕交出朱鳥，違背當初在終端之谷立下的誓言，只是一個幌子。未來金獅戰團要與樓黔牙一爭高下，必須擁有更強大的盟友，或是更寬闊的腹地。比起前者，范達希古會更信任後者。

帝國終將一統天下，至於是哪個，范達希古認為還在未定之天。

他撥開浸滿冷汗的被褥，沙色的鬃毛閃閃發光。一場午間的小睡，居然也能招來驚恐的夢境，這是他始料未及的。他聞聞空氣中的熱度，燥熱中有一絲寒意滲入，火眼的熱度正在消退，黃昏近了，他的客人也該到了。

范達希古進入心海，一襲紫金色的華袍隨著他的想像披上肩膀。他的客人出現在不遠處，一個牙口醜陋，自稱連順的胖人類。

「范達師長。」連順向他鞠躬，看起來一副刁鑽的噁心樣子。他意象的偽裝非常完美，范達希古幾乎看不出破綻。

「你可終於出現了。」范達希古為自己在身後布置了一張巨大的躺椅，躺在上頭，鞭子般的尾巴來回輕掃。在心海中會客的好處之一，心想事成。「我們獅人在戰場上衝鋒陷陣，結果黑智者做了什麼？」

「智者絕對與獅人站在同一陣線。」連順鞠躬哈腰說：「智者不是為你們調來人馬這個暗樁了嗎？我們也提供貴方珍貴的情報，減少貴方因急於收成戰功而造成的損失。如今邊關絕境元氣大傷，將不再有反撲的實力了。」

「實力？如果你對他們的了解只有這麼一點，那根本不配來此和我談判。」范達希古冷哼一聲。「全九黎大陸都知道，金鵲軍最強悍的部隊是一群毫無人性的殺人魔。防威伯也許老了，但他手上掌握的兵奴還足以逆轉所有劣勢，甚至反制獅人。而我有什麼？一隊忠誠大有瑕疵的人馬？」

「關於這點，師長大可放心。」連順說：「智者要小人傳達，他們已經將金鵲皇朝中的注意力拉到山關戰境，絕對不會有人在此時派兵援助防威伯。只要金獅戰團把握時機，在入冬之前攻入邊關絕境，智者便能保證師長前途一片康莊大道。至於兵奴，智者會在心海中嚴加把關，確保金鵲軍無法輕舉妄動。」

范達希古非常懷疑。如果金鵲皇朝的兵奴有這麼好打發，獅人與人虎也不會因為忌憚羽人的實力，放棄十七年前的大好時機，錯過殺入金鵲的黃金時刻。如今，獅人與人虎已經不可能再像過去一樣攜手同心了。黑智者有辦法解決連人虎都束手無策的兵奴？范達希古暗自衡量這句話的可信度。

「智者也沒想到貴方還有一張秘密王牌。」連順摸了一下肩膀上的汙漬。范達希古定睛一看，才發現那個黑褐色的汙漬不只是汙漬，而是某種惡毒的兵器留下的焦痕。這個連順躲過了致命殺機，神術意象上留下一個無法偽裝的恐怖傷痕。

「防威伯慘虧了兩名高級軍官，以及三分之一的兵力，貴方這次大獲全勝。」

「是嗎？」

這就奇了。他是在試探嗎？范達希古原本以為鹿人是豬人的秘密武器，還想著今天該怎麼向智者的代表掩飾鹿人的存在。可是聽聽連順說的話，他不知道鹿人原先的歸屬嗎？還是故意試探他的反應？或者，他是想知道豬人無意間借出去的兵器，能發揮多大的功效？

這樣想也是合情合理。鹿人的實力太可怕了，如果范達希古事先知道，也不會輕易把牠放到戰場上。豬人很有可能玩了一招偷樑換柱的詭計，讓獅人成了替死鬼，幫他們試驗新武器。

「如果不是因為戰情告急，我們也不想讓他曝光。怎麼？智者對我們的生力軍有興趣了？」連順急忙說：「獅人勝利，智者自然樂見。」

「是嗎？我本來還以為，你會抱怨我的新朋友把心海弄得烏煙瘴氣，畢竟黑智者一直都認為心海是他們的地盤不是嗎？」

「比起其他人，智者只是多花了一點心思在心海的祕密上而已。八足神女的神力廣渺無盡，誰敢說自己能全部參透呢？智者想致上恭賀之意，恭喜師長得到如此強悍的武器。」

「說的也是。」范達希古一向對宗教話題沒有興趣。比起看不見的八腳織女，他椅背上的蝙蝠浮雕說不定還更實際一些。豬人——至少連順的主人——對鹿人的出現毫無心理準備，否則也不會要自己的屬下犯險接近查探。能從鹿人的戟前死裡逃生，再次證明這個連順不是簡單人物，他得多加防範。

「只是希望師長不要因為新朋友分心，忘了更大的目標才好。」

「如果是在現實裡接見你，憑你這句話，我就會讓母獅子把你拖出去五馬分屍。」范達希古頷首看著客人；熟悉獅人的人都知道，這是獅人最恐怖的表情之一，微露的尖牙，作勢欲撲的威赫。「獅人從不曾忘卻自己的目標，也希望黑智者不要忘記了。一旦我知道黑智者有任何圖謀不軌的意圖，原先指著羽人喉嚨的尖槍，會立刻回頭刺穿豬人的眼窩。記清楚了嗎？」

「小人明白。」

「沒有其他的事，你可以退下了。你那張肥豬臉，光看就叫人噁心。」

連順溫吞卑微的眼睛突然閃過一絲冷光。范達希古看在眼裡，忍不住感到一絲得意。他就知道，這傢伙絕對不是對人卑躬屈膝的料，再怎麼完美的偽裝，總會有一絲破綻。

連順滿口恭賀祝福，倒退著腳步，從范達希古面前離開心海。

下次再遇上他，范達希古絕對不會放他活命。不管他怎麼天花亂墜，自稱自己是多不起眼的中間人，范達希古通通不相信。精得像黑寡婦的黑智者，會派一個庸手從心海中接近獅人？如果不是對屬下的生命毫不珍惜，便是對屬下有充分的自信。至於是哪邊，就有待時間證實了。

范達希古把注意力拉回現實，伸出爪子，漫不經心敲著黑檀躺椅的邊緣。這場戰爭即將進入終局，他很好奇這一盤能替自己贏回幾手好處，又能替未來鋪下幾步好棋。

出了山區之後，氣溫不只回升而已，更是熱到讓人以為回到夏季了。亞儕一路張大嘴巴，氣喘吁吁，期望能多吐出一點熱氣，舒緩壓在腳上和背部的疲勞。娜爾妲已經放棄堅持，把身上的衣服通通換成山泉村的傳統服飾——意即一條纏腰裙，加上一條束起胸部的布條。槍恩看起來已經熱到連自己是誰都忘了，走路時張大嘴巴望著天空乞求答案。哈耐巴一邊要替自己擦汗，一邊要隨時替兩位老羊送上清水，隊伍中才不至於多添病患。

黛琪司和五世咬著牙向前，他們已經維持這個表情好多天了。奇科羅不改本性，從魚仙娘娘到四福神各路人馬都被他點名過一次，試圖解釋這種熱是好現象。但是最後亞儕發現連他自己都開始懷疑自己。

「我已經想不出來除了朱鳥降臨之外，還有什麼能解釋這種高溫了。」奇科羅往自己頭上的頭帶倒水，放任清水延著脖子流進肩背之間。「沒錯，暖冬對我們有好處。如果下雪的話，到時候要穿越毒龍口山區，容易遇上危險。可是這種高溫實在沒道理。」

「毒龍口？」若水從馬車上側過頭，納悶地看著驢背上的奇科羅。鼠人的腳和人類一樣，沒辦法負擔長時間步行，所以和老山羊一樣配有驢子。

「沒錯，毒龍口，我們要一路走進豬人的嘴裡。」相處久了，奇科羅也學到一點羊人的幽默感。「苦辣瓦河和毒龍口，這兩個地方許多年前本來是樓黥牙的地盤，但是金鵲和獅人合力在二十年前的大戰中搶了下來，從此叫豬人難越雷池一步。」

「我以為獅人和金鵲正在打仗。」

「若水小姐，有時候過去的盟友，有可能換變成今天的敵人。人虎、獅人、金鵲三方就是最好的例子。」奇科羅說：「你以為他們會學到教訓，專心對付豬人，但是實際情形總是比光明論教者想的還糟。」

「什麼是——」

「不要問。」

看在大士的份上，他今天沒心情聽鼠人闡述宗教理念。鼠人閉上嘴巴，掏出毛巾擦汗，把話題轉到補給上。他們的補給快要告罄了，不過根據地圖上的標示，再過不久就會抵達一個叫作石榴鎮的地方。他們能在石榴鎮稍做休息補充補給，順便探聽如何通過邊關。目前為止，若水的手鍊雖然會引來一些目光，不過也使他們通行無阻，甚至收到意外的好處。人類官員好像以為若水是什麼貴族小姐，總是巴在他們投宿的旅店四周，想送上各式各樣的昂貴禮物，連羊人們都跟著沾光。

羊人們一點都不喜歡這些禮物，不能吃也不能喝，作工又庸俗，樂得和若水一起把處置禮物的苦差事丟到可憐的哲多身上。亞儕敢指天發誓，前天當不長眼的槍恩把一塊黃金畫盤塞進哲多臂彎時，醜僕人的眼中閃過一絲怒火。他很忌諱羊人碰他。

「奇怪的人。」槍恩在他離開之後告訴亞儕。「明明就傲慢得要死，又死也不肯承認。和他比起來，那個益禽還正常一點。」

在黛琪司的照顧下，益禽的病一點也沒有好轉，這讓她火冒三丈。亞儕知道益禽的病，關鍵不在藥或是身體上，反而跟心靈裡的東西密切相關。潮守命說過逆術需要付出代價，益禽只是在支付他應繳納的費用而已。不過只要亞儕一提到和心術有關的東西，都只會讓有學習障礙的黛琪司更加火大而已。

孔雀圖也許會成為不朽的藝術，但是益禽可不是永恆的烈火。繼續這樣消耗下去，亞儕很擔心他能不能撐到神體畫完成的那天。若水顯然也是，她神經質的那一面，隨著接近邊關絕境，愈來愈難以捉摸，有時甚至連羊女們都很難接近她。

「大小姐脾氣。」木栗老爹對此只有一句評語。

和若水的心情一樣，通往邊關絕境的路是愈走愈荒涼。蒼鬱的森林漸漸消失，枯黃的草原和灌木爬滿視野，人煙也漸漸減少。亞儕能聞到荒涼的味道從土地中滲漏出來，還有另外一股恐怖的壓迫感，隨著每天日出從東方擴散。

「這裡真噁心。」木栗老爹拔了一株路邊的野草，放進嘴裡嚼了兩下之後又吐到地上。他們今天暫停在一條小溪旁，根據地圖的標記，這裡應該是石榴鎮的位置，毗鄰苦辣瓦河的支流。他們能看見雄偉的灰色城牆，還有軍營中的炊煙渺渺上昇，但是石榴鎮怎麼就是不見蹤影，甚至連豐沛的河流都消失得無影無蹤，只剩一條骯髒的小溪從腳邊流過。

「我就說了這地圖不更新會出事的。」老艾草抱怨道：「可惡的人牛，只知道推銷絲綢給母羊，卻連張像樣的地圖都沒有。」

他坐在一塊大石頭上，上下顛倒研究葛歐客的地圖。娜爾妲把驢子拴好後，湊在一邊跟著看。憂慮的若水坐在馬車上，哲多和兩個車伕趁機檢查馬匹和車子。五世正在玩自己手指上的毛。

「這裡不大對勁。」奇科羅看著遠方說。

「怎麼了？」

「我來過這裡幾次。」奇科羅指著城牆說：「城牆上的士兵數量很多，但是下方的鹿砦卻不見了。我不懂這是怎麼一回事，照理而言，金鵲軍應該會把防線拉到西南方，以免水源被切斷。但是現在他們的布置似乎怪怪的。」

「我們能繞過那個叫鹿砦的東西，直接越過河流嗎？」亞儕問。

「應該可以。」奇科羅點頭說：「你看，我們的目標在北方，如果能越過大河上的橋，就能直接前往另一邊的山區。如果我沒記錯的話，只要越過那片丘陵，樓黔牙就在前方了。」

「但是你記得的東西和地圖不符。」

「沒錯。」奇科羅垂下肩膀。「最近幾年金鵲的邊關非常不穩定，每天都有戰爭的消息傳來。我不敢保證我知道的事，和老地圖比起來哪個更可信。大士在上，我們需要一點她通達的智慧，才有辦法解決眼前的困境。」

「祈禱吧，也許有用呢。」他們把視線投向老艾草，他手上的地圖向右轉了三圈。

「等臭艾草得出結論，我看要等到明天天亮啦！」木栗老爹大聲說：「照我說，派兩組人出去探一下路，找個人來問不就得了？」

亞儕不大喜歡這個辦法，隨便深入不是好主意，但是一直被拖在這裡也不能解決問題。他的眼睛掃過他的同伴，如果要探路的話人類自然不是可行的選項。

「哈耐巴、槍恩，你們往東邊去。奇科羅跟著我。記住，只要找到人問路而已。小心來意不善的傢伙，有任何狀況就在心海裡說。五世，營地這邊的心海就拜託你了。」

五世點點頭接下工作。槍恩從悶熱中驚醒，由著哈耐巴拖著他向前走。

「我會照顧好這群人類。」不等亞儕吩咐，黛琪司就揚起下巴說：「臭羔仔，你休想命令我。」

亞儕莞爾一笑。「那就拜託你了，老姊。」

「不要加個老字。真是的，學了塔意拉就亂說話，早知道就不讓奇科羅教你了。」

「來不及了。」亞儕給她一個閃亮的微笑，帶著羊人和奇科羅分頭出發。

空氣非常不安定。他帶著奇科羅往高處爬，爬上附近的一座小丘，好遠眺周遭的環境。只可惜爬上去之後，他只看見奇科羅方才說的路線已不可行。道路在不遠處拐了一個彎，躲入城牆的保護之中。如果他們繼續延著道路前進，最後還是必須面對守關的士兵。

「那些就是鹿砦。」奇科羅指著一些歪七扭八的木頭支架。「不過我的印象中，金鵲的鹿砦不該是這種淒慘的模樣。這裡到底發生了什麼事？」

「我也不知道。」一陣偏了方向的風吹來，亞儕的鼻子被風中的臭氣熏得難受。腐壞的血、鏽蝕的金屬、嗆鼻的狼煙，還有一股他不知道是什麼，濁重噁心的反胃感，種種氣味混在風中。河流是黑色的，大地是枯黃的，連天空都透著凝重的赭紅，這裡和終端之谷一樣是個令人哀傷的地方。

「這裡到底發生了什麼事？」奇科羅四處東張西望，似乎連他都感染了亞儕憂慮的心思。

「邊關絕境到底發生什麼事？我以前來的時候不是這樣的啊？」

他揮著手，卻不知道該怎麼形容。亞儕懂他的感受。

「那裡。」亞儕決定轉移話題。他指著鹿砦問：「我們能直接穿越那段路，照你說的路線前往北方嗎？」

「這樣一來我們就得避開巡邏隊，才有辦法順利成行。」奇科羅搖搖頭說：「我不覺得這是好主意。如果這裡真的像我們猜測一樣剛發生過衝突，巡邏隊一定會嚴加注意所有行跡可疑，甚至是長相可疑的人。如果我們偷偷摸摸從他們眼前走過時被發現，我不敢說到時候能有什麼好結果。」

他們不是人類，甚至還有人拿豬人的錢辦事，如果和金鵲發生衝突的是豬人，那他們還真是挑了一條絕佳路線上路。亞儕焦躁地低吠一聲，轉入心海中。

「槍恩？」

「嗯？」槍恩的聲音聽起來有氣無力，大概還沒從炎熱的氣候中甦醒過來。

「有發現什麼嗎？」

「沒有，除了臭哄哄的空氣之外，什麼都沒發現。」槍恩的形影出現在心海裡。「你看看這個地方，比髒手指的山洞還恐怖。」

槍恩把所見所聞往亞儕眼前推，一時間他還以為槍恩故意鬧他，故意編出什麼恐怖的景象想捉弄他。但接著，他看清楚那些歪七扭八的黑洞不是新的編織，而是某種東西被燒焦後留下的怪異疤痕。

「這是什麼東西？」

「我也不知道，我們一來就看見了。木頭架子旁邊還有更多，我可以走過去拉過來給你看。哈耐巴那個大角笨蛋，又開始說什麼有不對勁的蠢話；這些人類的骯髒地方什麼時候對勁過了？」

骯髒地方？這個字眼給了亞儕一個很不好的聯想，甚至是這些混亂扭曲的編織——木架子？剛剛槍恩說到木架子嗎？

「槍恩！立刻離開，不許再前進！你聽到了嗎？」

「離開？為什麼？」槍恩的形影轉過頭來，納悶地望著亞儕。

他突然瞪大眼睛，一支箭穿過他的形影，槍恩消失在心海中。

「該死！」亞儕跳起來放足狂奔。「快回營地警告其他人戒備，在我傳回消息之前不能放鬆。」

「我知道了。」奇科羅不知道發生了什麼事，但是亞儕口氣中的警告意味不會有錯。

他三步併作兩步跳下小丘，在心海中鎖定槍恩消失的方位，敏銳的鼻子迅速鎖定熟悉的味道。血味，槍恩受傷了！他能聞到衝突的味道，聽見人類的吆喝聲。

他循聲追上，人類士兵用塔意拉大吼大叫，圍著哈耐巴和槍恩。哈耐巴掄起木棍抵擋攻勢，口中發出戰吼，臉色慘白的槍恩抱著自己的腳跪在一旁。一個人類士兵昏倒在戰團外，有人拿著短弓保護著他。

亞儕像一團風一樣闖進戰局。他先撲向拿弓的人類士兵，對方沒預料到他的攻擊，舉起短弓的時候已經慢了一步，被他一棒打昏在地。他在心海中放出兇猛的吠聲，圍繞著羊人的包圍頓時鬆懈，給了亞儕搶進的空隙。

「槍恩怎樣？」他竄到哈耐巴身邊。

「腳受傷，跑不動。」

「背著他，我來開路。」

心海中的他放聲狂吠，拉引所有人類士兵的注意力。哈耐巴背起槍恩，單手舞棍為他助陣。

「不要攻擊，專心在槍恩身上。」亞儕矮身送出棍尖，撞碎目標的下巴。

人類吹響一聲尖哨，城牆上立刻傳來回應的號角。

「他們要求援了！」

「衝出去。」亞儕一咬牙，棍棒舞得更加急促。人類士兵不斷大喊，聽上去是某種指令。這群人訓練有素，不是盲目衝撞就能成功突圍，要先攻擊領頭者。亞儕揮著棍子，利眼注意他們陣形的微妙變動。心海中有個人類士兵隱約散出比其他人更強烈的情緒，亞儕故意踏錯一步，假意狼狽地擋下攻擊，目標士兵的情緒變得激昂。

逮到了！

他立刻反應，向後躍開躲開追擊，反手打昏他的目標。目標被擊敗的瞬間，士兵的陣形也停了下來，驚惶的情緒從心海中滲了出來。亞儕再次發出怒吼，震得所有人類心緒混亂，他趁機拉著哈耐巴直奔缺口，突破重圍！

突然，一股波動湧上，推著士兵的情緒向前推進，被亞儕震暈的士兵恢復了行動能力。一條鯉魚出現在心海中。

「重整隊形。」鯉魚散出平靜的水波，鼓勵士兵追擊亞儕三人。城牆內的援軍趕到了，戰馬的鐵蹄一下子追過他們，和步兵會合圍堵羊人。

可惡。亞儕亮出尖牙，看來要先解決這批麻煩，他們才能通過了。

「等等。」鯉魚持續散出平靜，不只是他自己的士兵，也向著亞儕而來。「你們不是那個怪物，你們是誰？」

亞儕能感覺到鯉魚沒有追殺的意思，但是依然不敢放下警戒。

「我們只是路過的羊人行商。」亞儕說：「你的人攻擊我們。」

「羊人？」白鯉似乎有些糊塗了。「這是怎麼一回事？我的倌士呢？」

「如果你指的是他，他在這裡。」亞儕把士兵首領昏倒的樣子丟給鯉魚。

「看來你下手也是不分輕重。」鯉魚說：「吾乃邊關絕境左軍校尉防濟遠，你又是誰？」

亞儕聽木栗老爹說過這種官名。看來他們要通過邊關絕境，可能必須先與他接觸才行。

「我是葛亞儕。如果不介意的話，我們當面一談如何？」

「我很好奇為什麼。」

「我們要通過邊關絕境到北方去，我聽說得先經過你們眼前。」

「北方？你們是人馬的人？」

「我們不知道什麼人馬。」

「我要怎麼知道？」

「沒有辦法。」

「我想也是。」

「但如果你還是想抓住我們，那我們只好誓死奮戰了。」

「不需要如此。」

另外一隊騎士接近包圍網外側，領頭的是一個身披金甲的老將軍，以及一個身穿銀甲的年輕人。防濟遠。

仔細一看，這個防濟遠就是黛琪司會不屑地評為小白臉的那一型。他和他的鯉魚一模一樣，一雙大大的鳳眼，還有纖細的骨架，一點都沒有軍人的氣勢。亞儕很好奇他是怎麼當上軍官的。也許就像老艾草說的，人不可貌相，說不定人類就偏好他這一型的。看看那個老將軍，也和他有幾分神似不是嗎？

而且老將軍身上……

正當亞儕胡思亂想時，驚嚇過度的槍恩看見了老將軍，馬上尖聲哀嚎，踢著腳想從哈耐巴背上跳下來。馬匹被他的聲音嚇得人立而起，羊人與人類軍隊頓時一陣混亂。

「冷靜！」亞儕趕緊在現實與心海中抓住槍恩與哈耐巴，他們兩個都慌得好像黑寡婦爬上了他們的床。人類士兵也是，鯉魚不斷散出平靜的波浪，急著想抓住所有人類以免擦槍走火。

「全部人靜下來！」

這樣不行，鯉魚根本沒有足夠的力氣。亞儕發出陣陣低吟，用力壓制所有人浮動的情緒。鯉魚抓住機會，順著他的編織散出冷靜的命令。

好不容易，騷動終於停下來時，亞儕和鯉魚都氣喘吁吁，筋疲力盡了。

「他有什麼問題呀？」鯉魚質問道：「突然打破平靜，想暗殺嗎？」

「不是他有問題。」亞儕不甘示弱。「是那個老傢伙有問題，他臭死了！」

馬背上的年輕人全身一僵。鯉魚沒有表情，但是現實中的防濟遠的氣味和姿勢沒有半點躲過亞儕的眼和鼻。

「你知道些什麼？」

「我們見過一些人，狀況和他一樣。」亞儕警覺到情況有異。他小心用語，不敢隨便把腐化兩個字說出口。老將軍是誰？為什麼事情一牽扯到他，防濟遠會突然變得——他不知道該怎麼說，情緒化嗎？緊張兮兮？

「我們得談一談。不是在這裡，士兵們會問不該問的問題。」鯉魚說。防濟遠皺著眉頭在老將軍耳邊說了一些話，視線連一秒也沒離開過他。

「那是在哪裡？」

「如果你信得過我，就到我的營帳中。我會派人替你的同伴包紮醫治，需要的話送你們出邊關絕境也沒有問題。」

老將軍足夠讓他拿出這麼優沃的條件？亞儕不知道該做何感想。

「參見大將軍。」他不甚靈光的塔意拉剛好夠他聽見士兵對著老人喊道。

「這狼人是怎麼回事？」

「稟大將軍，方才屬下發現這三人正打算私闖防線，越過戰場。」

「私闖防線？」被稱作大將軍的老人皺起眉頭。

「我們不知道防線！」亞儕喊道：「我們是從外地來，根本不知道這裡是哪裡！」

大將軍還想說話，防濟遠倒是先湊了上去。

「父親，也許能讓孩兒與他們談一談。」

防濟遠這句話倒是解釋了很多事。亞儕握著手上的木棍，盯著他的視線不放。防濟遠一邊和父親說話，一邊做了和他一模一樣的舉動。

# 第十章　孤注一擲

趁著軍醫被派去診斷羊人傷勢的時候，致武拉著濟遠，老大不高興地問：「你玩什麼花樣？讓狼人蠻子進你帳中？我們連這些歹人是站在哪一邊都不能確定呢！」

「我有事想問他們。」濟遠板著臉說。娘娘在上！如果是以前，他絕對不敢用這種態度對致武表叔說話。

從上次戰鬥之後，過去所有的規則，還有應對進退通通不適用了。現在士兵看他的眼光多了一分敬畏，連幕僚們也一改先前的不良態度。濟遠不知道是什麼改變了他們，他只知道自己一點都沒變，是空氣中的某種東西讓這些人變了。

他必須和這些蠻子談，他們是唯一第一眼就注意到異狀的人。就算是為了封鎖消息也好，如果必須殺人滅口，他也不希望假手他人。

說來好笑，濟遠倒是很確定如果動起手來，死的人絕對不是葛亞儕。他讓致武表叔領著一隊刀斧手守在附近；如果出了狀況，光憑暗殺校尉這條罪狀，就足以讓教僕將人就地正法了。

滿臉不悅的軍醫走出濟遠的營帳，臉上多了一個羊蹄印。

「校尉大人，您可以進去了。」軍醫的口氣差得嚇人。如果不是太緊張了，濟遠說不定會笑出來。

濟遠給致武表叔打了個手勢，教僕帶著刀斧手躲進陰影中。他走進營帳裡。受了箭傷的瘦羊人腿上紮了綳帶，躺在濟遠的床上用賀力達話咕噥著。壯碩的羊人一看到濟遠，馬上瞅了瘦羊人一眼。狼人趴在地上，慢慢抬起身體，雙眼盯著濟遠的雙手。他們身上唯一的服飾是腰際的一塊螺紋織布，和他們粗獷的身體纏在一起。他們的肢體彷彿是從草原中自然孕生，是時間遺忘的原石，浮華的衣飾束縛不了他們。

濟遠看得出來他們雖然一副心不在焉的樣子，但卻很緊密的連結在一起，任何一個風吹草動都會使他們迅速做出連鎖反應，默契銳利得像獅人。濟遠不知道這對他有利，還是增加了他今天喪命的機會。

「如果可以，我們用賀力達話溝通。」濟遠說。這有兩項考量，一來他想出其不意，警告對方休想私下密語。二來，是防止有人在帳外偷聽。金鵲貴族對於學習蠻族的語言一向排斥，這是濟遠和他們不同的地方之一，而除了偏遠山區的百姓，平民要學習賀力達話的機會微乎其微。

不出濟遠所料，他一用賀力達話開口，瘦羊人立刻閉上嘴巴。

「外面有很多人。」狼人沒有被他嚇到的樣子。「如果我們談得不滿意，你是不是就不打算讓我們走出去了？」

被人直接戳破心思，讓濟遠愣了一下。

「這不是金鵲的待客之道。」恢復過來後，他趕緊說：「我很抱歉，近來頭上長角的外族，在我們營中不大受到歡迎。況且，是你們闖入我們的防線，你們是士兵眼中的入侵者。我們處於高度警戒之中，預防措施總是必要的。」

狼人的眼睛看著濟遠，閃動著琥珀般的光芒。「所以呢？你想知道什麼？我們只是路過的行商，對你們的戰爭一點影響也沒有。」

「如果你們想走出邊關絕境，那就有了。普通的行商？我從沒看過普通的行商帶著心術這麼厲害的保鏢。你同時在心海和現實裡壓制我的士兵，這絕對不是在市場上僱到的保鏢該有的能耐。」濟遠試著擺出強硬的態度說：「你們是誰？又打算做什麼？目標是哪裡？」

狼人沉默了一會兒，才回答了他最後一個問題。「北方。」

「渤州？」

「不。」狼人脫口而出，然後又怨恨地咬著嘴唇。

「那是哪裡？據我所知，過了邊關絕境，再往北便只剩渤州可去了。」

狼人輕嘆了口氣。「樓黔牙，我們要去的地方是樓黔牙。」

「那可不是增廣見聞的好地方。」濟遠心中一寒。如果他們也和豬人有所掛勾，那又該怎麼相信他們？

「你們這裡也是。」狼人亮出牙齒，露出厭惡的表情。「至少若水只收了豬人的錢，不像你們的人把心都交出去了。」

說到重點了！濟遠摒住呼吸。他連豬人兩個字都還沒說出口，便引來這麼大的反應？他不確定亞儕是在演戲，還是刻意針對豬人，好放鬆他的戒心。

「你們知道了什麼？」

「你在威脅我嗎？」狼人狺狺低吼。「你大可以試試看。如果要血戰才能走出這裡，那你將會是第一個犧牲者。」

壯羊人不知道什麼時候，摸到了濟遠身後。瘦羊人爬下床，小心翼翼把體重分配在兩腿上，機警的大耳朵四處亂轉。他們身上的武器都被收走了，但是憑著利牙和尖角依然能取他性命。

「不需要這麼做。」濟遠掏出懷中的匕首。「如果你們輕舉妄動，我只要自殺，外面自然會有人衝進來殺了你們。殺了我很容易，但是要衝出綿延十數里的軍營，除了實力之外，你們還要一點妖鳥的運氣才辦得到。」

「你想做什麼？」

「我需要盟友。一個痛恨豬人，而且不會把我父親的秘密洩漏出去的盟友。」濟遠說，他和父親的性命全繫在此時了。「我想你們已經察覺到了，我孤立無援。」

亞儕看著他的眼睛，好一會兒沒說半句話。

「我見識過你的心術造詣。」濟遠只能把他的沉默當成鼓勵，逼著自己繼續把話說下去。「你能同時在心海與現實戰鬥，而且動作與編織都敏捷流暢，毫無阻礙。就算是金鵲的高級軍官，也不一定有這種修為。我需要有個對心術研究徹底，能解決我困境的人。如果你願意承諾，我也能確保你們通過北方關口；反之，如果你們拒絕或是另懷鬼胎，今天我們都別想踏出這座軍營了。」

他的手在顫抖。決戰在即，即使他再怎麼反對父親的決策，也不能再次公開與父親衝突。失去了陣垣將軍和常博，易書德又身受重傷，軍中已經沒有人能分擔濟遠的職務。豬人的黑手不只把他們逼向決戰，也把他們逼向絕路。對人馬提出的戰略，是無可奈何的做法。而比起把全軍賭在一個有瑕疵的指揮官身上，他寧可孤注一擲，拿自己的命賭上一賭。

狼人的眼睛看著他，牙齒不知道什麼時候收了起來，雙耳漫不經心地往兩旁搧動。這是在玩什麼花樣？濟遠現在非常緊張，可是對方卻一副打算蹲在地上，向他討骨頭的天真模樣。

「我是認真——」

濟遠話還沒說完，狼人已經撲向他的喉嚨！

在電光一閃的瞬間他只覺得眼前一黑，全身無力，手上的匕首被人硬生生奪走，後腦杓吃了一記。

完了，一切都完了。他能感覺到狼人的牙齒就在他的脖子旁，冰冷的舌頭像奪命的鐮刀……琥珀色的大眼睛對他眨了兩下，尖牙輕抵在他的喉結上。濟遠定睛一看，自己手上的匕首不知道什麼時候被壯羊人握在手上，又被瘦羊人搶去把玩。他感覺有點頭暈目眩，自己現在似乎是躺在地上，顛倒的視線讓他頭昏眼花。

「你很容易相信別人。」狼人放開他的喉嚨，蹲坐在地上舔舔嘴巴說：「說句老實話，你弱到家了，連我以前都沒你這麼慘。」

「我……」

「再向你介紹一次，我是亞儕，這是哈耐巴，玩你匕首的是槍恩。如果你想和我們合作，我想最好先從名字開始。」

「防濟遠。」濟遠說，撿回一條命讓他的腸胃一時不太踏實。

「防濟遠。」狼人嚴肅地復誦。「你最好也把我們的名字記清楚，因為你還有很多的名字要記。」

「你未免也太容易相信別人了！」對於亞儕的決定，黛琪司氣得爆跳如雷。「你根本不知道他說的是真的還是假的。他要是想把我們騙去殺掉的話該怎麼辦？」

「如果是這樣，他只需要說要讓我們通關，就能輕易把我們引到關口。而且我檢查過他了，他的心是乾淨的。」

所有人安靜了一秒，奇科羅躲到哈耐巴背後。

「如果防濟遠真的不懷好意，又何必把自己老爸的祕密抖出來？想自殺嗎？」亞儕說。

「誰知道這些人類有什麼骯髒想法，父子相殘的人類劇碼我們又不是沒看過。」黛琪司真不知道亞儕是哪來的善良心地，居然還想到跑去管人類軍官的閒事。

「那些是劇場啦！」槍恩打哈哈說：「媽媽都說那種東西不能信。為了戲劇效果，他們什麼狗血都敢灑。」

「沒錯。」

「你們給我少來這套，誰不知道你們兩兄妹把亞儕的話當聖旨。反正在五世確認之前，休想叫我接近他半步。」

「我已經讓五世確認過了。我們被困在他營帳中的時候，我就先把五世從心海裡叫去，替他檢查過了。」

五世無聲地點點頭。

「哈哈，真聰明。那還等什麼？衝呀，我們要衝進人類的陷阱裡了！」

氣話歸氣話，黛琪司還是幫緊張的若水打理好馬車，和亞儕一起帶著羊人們走向石榴鎮，人類軍官和他們約在鎮上。

原來石榴鎮並沒有不見，只是偷偷換了另外一個地方，縮減了規模而已。一聽見要走進一群人類士兵之中，若水就皺起眉頭。亞儕怎麼連番保證，都沒辦法降低她的戒心，只好不斷對著黛琪司使眼色，要她過來幫忙安撫若水。

黛琪司故意讓他瞎忙，誰叫他要隨便答應人家的邀約。

他們住進石榴鎮裡的近月客棧，老大不客氣地占據了所有的房間，對於面如土色的客棧老闆一點歉疚的感覺都沒有。

「奇怪的傢伙，有人要住店還不開心個什麼呀？」娜爾妲偷偷對黛琪司抱怨。「沒看過這麼差勁的老闆。話說亞儕的牌子真好用，隨便亮一下就讓他住嘴了。」

她說的是亞儕從人類軍官那裡拿到的銅牌，上面刻了怪模怪樣的火焰符號。本來想把羊人趕出店門的旅店老闆，見到銅牌便乖乖摸著鼻子，臭著臉讓路給馬車進馬廄。

「往好處想，至少這裡沒有霉味，只是香粉味重了一點。會約在這種地方見面，我還真的愈來愈期待和人類軍官會面了。」黛琪司的口氣不無諷刺。

想了解實際狀況，槍恩一點忙也幫不上。聽他對若水覆述他們的遭遇，你會以為他們進入了地底深淵，勇戰傳說中的九頭魔龍，好不容易才撿回小命逃出來。但根據哈耐巴的說法，他們也不過是遭遇了一小群人類士兵，更別提槍恩在第一時間就中箭倒地，根本沒有參加戰鬥。除此之外，哈耐巴也解釋不清這兩人突然間生出來的默契是怎麼回事。亞儕什麼毛病都改了，就是太容易相信人和吃肉這兩點改不掉。

人類軍官直到入夜了才到近月客棧。受傷的槍恩被黛琪司灌了草藥，早早趕上床睡覺。人類們也都被他們摒除在會談之外，畢竟他們拿豬人的錢辦事，誰也說不準哪個壞心眼的傢伙會突然心血來潮，跑到大街上洩密。黛琪司對他們同樣草藥伺候，只是方法得稍微帶點技巧。

「你在酒裡加了什麼？」不小心喝下加料黃酒的木栗老爹，瞪大眼睛質問黛琪司。

「哈耐巴，帶老爹去睡覺。」黛琪司嘆了口氣，叫來客棧的小廝幫忙把車伕和僕人抬回房間。她在晚餐後說服若水喝下一碗用來保養身體的特別湯藥，這麼好的東西自然也少不了益禽一份。

「我覺得這樣好卑鄙。」亞儕深表反對。

「不然你自己守在他們門口。我告訴你，少叫哈耐巴做你自己不想做的事，你今天差點害死他。」黛琪司把剩下的酒潑出窗外，以免下一個笨蛋受害。

「你是因為我沒害死槍恩，還是差點害死哈耐巴才對我生氣？」亞儕狡猾地反問。黛琪司對他揮拳頭，手還來不及伸出去，毛茸茸的長尾巴已經閃過走廊不見了。

總有一天黛琪司會拔了他的牙。

他們清出了一個小房間，五世和娜爾妲仔細檢查過心海，在老艾草的指點下做出防禦用的心念編織纏在旅店四周。

「防止有人偷聽。」老艾草告訴她。

處理完該進房間的人之後，亞儕爬到天井上，對著軍營的方向不斷吸鼻子，眉頭鎖得死緊。

「他來了，只有他一個人。」亞儕像對著她說，又像在自言自語。「沾了點臭味，但是心還是好的。有點害怕，出汗、心跳加速、緊張。神術不穩，心神不寧。」

「我才被你念到心神不寧。」黛琪司跳下樓梯和哈耐巴會和。亞儕一聽到馬蹄聲，馬上一溜煙爬下天井，搶到門前守著。

「防濟遠。」他的口氣像是家裡死了人一樣恐怖。

「是、是我沒錯。」叫防濟遠的人類被他嚇了一跳。

防濟遠身上只穿著輕便的外袍加上披風，歪歪斜斜的髮髻用一條詭異的黃絲帶綁著，看上去有點輕挑。這就是亞儕口中嚴肅緊張，可以信任的年輕軍官？除了小白臉之外，黛琪司真不知道還有哪個詞適用在他身上。

「抱歉我不能正裝來訪。」他低聲對亞儕說：「我的手下以為我來這裡，是為了一些夜晚時的娛樂。我不能隨便曝露我的秘密，所以只能找這個藉口了。」

黛琪司真不知道該說他天真還是聰明，但至少可以原諒他為了偽裝，還特意委屈自己綁上醜陋的黃絲帶。

「往這邊來吧，大將軍。」黛琪司挺起胸膛，端出莊重的淑女派頭，回想人家戲都是怎樣演。「我們在樓上準備了房間，閒雜人等都遣離了。」

「其實……」人類軍官說：「其實我只是校尉，大將軍是我父親。」

亞儕和哈耐巴噗哧憋住一聲笑。

「你有一天會是大將軍。」黛琪司咬著牙把話說下去。「哈耐巴，樓下就拜託你和奇科羅了。」

只要她想要，眼睛絕對能噴出火來，她能從哈耐巴驚慌的表情知道這一點。防校尉深吸一口氣，像是下定了什麼決心一樣跟在黛琪司身後上樓。走過轉角時，黛琪司用眼角餘光發現亞儕在人家背後嗅個沒完，從髮髻到皮靴，一個角落也沒放過。他偷偷給了黛琪司一個表示可以安心的大姆指，還露出白牙微笑，像在炫耀剛到手的獵物。黛琪司對他翻白眼。

五世、娜爾妲、老艾草已經先等在房間裡了。羊女們一見到防濟遠頭上的絲帶立刻皺起眉頭，滿臉疑惑望向黛琪司。黛琪司聳聳肩。

「先自我介紹。我是黛琪司，亞儕的姊姊。坐在窗邊的小母羊是五世，老羊是老艾草。我左邊的是娜爾妲，至於你背後的羔仔是亞儕。」她大搖大擺坐上事先物色好的大扶手椅上。

「你的名字是？」

「防濟遠。」

防濟遠似乎有些被黛琪司連珠炮的介紹嚇到了。不過至少他會說賀力達話，也很努力試圖跟上黛琪司的速度，不像其他金鵲的人，聽見對方說的不是塔意拉就急著擺臭臉。為此黛琪司偷偷給他加了一點分數，雖然他的名字就算用賀力達話來念還是很拗口。

「亞儕說你能讓我們通過邊關？」

「沒錯。」

「他還說你父親病了？」

「是的。」說到這件事，防濟遠蒼白的臉色變得更加難看。

「能把細節說給我們知道嗎？」

「我盡量。」他先深呼吸了兩下，似乎在斟酌該怎麼開口。「我只能把我知道的事告訴你們。這件事有太多黑幕我沒辦法掌握，甚至連主動調查都會引來殺身之禍。我所有的資訊，都只是我旁敲側擊之後得出來的結論，無法直接證明什麼。如果你們不肯相信我，也許我們最好現在就結束合作關係。」

「說得跟真的一樣。」五世在玩她的手指頭，說話時頭連抬都沒抬起來。這隻母羊真是夠了，連說句黛琪司分配給她的台詞也說不好。

「先威脅我們不讓我們通關，現在又跑來說這種蠢話。」黛琪司把下半句搶過來說：「我不會信任你這種到處脅迫弱勢的傢伙。」

「如果我有什麼想傷害你們的企圖，我大可以先殺了葛亞儕和另外兩個羊人。」防濟遠說：「他們當時被我的軍隊團團包圍，我只要一個手勢就能要了他們的命。」

「這是實話。」亞儕插嘴說。黛琪司先給他一個閉嘴的眼神，再制止娜爾妲接下去說話。這齣拷問人類軍官的戲不用演了，因為娜爾妲一副急著問他戰鬥過程的好奇表情。

「好，就算我們相信你，但你能做到什麼程度？」黛琪司問：「我怎麼知道你不會放我們出關，然後再派人追殺我們？」

「如果你們失敗了，大概也不會有人能追殺你們了。要是我父親倒下，獅人會在你說完再見這個字眼之前，血洗整個邊關。」

「所以，你父親到底發生了什麼事？」

「這件事必須絕對保密。」

「我知道、我知道。我拜託你快說行不行？」

亞儕對她低吟了一聲，警告意味相當濃厚。他現在到底站在哪一邊呀？

防濟遠看看黛琪司，視線又掃過其他羊人，像非要找出一絲不對勁，好阻止他開口說話一樣。

「我懷疑有人——我有確切的證據——有人長期腐化我父親的心智。再說得具體一點，他們在我父親的心智上開了暗門，好方便他們能夠對我父親予取予求。」

他把事件的來龍去脈簡略說了一次，黛琪司注意到他刻意隱瞞了一些名字，但是對於整件事的嚴重性，他倒是沒有誇張。憑他這副軟弱的模樣，能孤軍奮戰到今天才向外求援，實在令人印象深刻。俗話說得好，人不可貌相，看看亞儕就知道，誰猜得到山泉村的小羔仔會變成邊關絕境的雄狼？

「所以，你們辦得到嗎？」繞了好久，防濟遠的敘述終於來到結論。「我不求能夠徹底治癒他，我只求能讓他撐過這次戰爭。只要戰爭稍停，我就會想辦法把他送回家鄉，等回到桂瀧南之後，剩下的事我會再另外找人處理。」

黛琪司很好奇他能找到誰處理，但是忍住沒有在這個時候說破。她轉向五世和老艾草。「你們覺得呢？」

「我不確定。」老艾草輕輕搖頭。「如果能得到他的同意，看看他的心——」

「不行！」防濟遠說：「讓羊人當面刺探他的心？絕對不行！這會毀了我為了保密所做的所有措施。甚至連我自己，都只在他放鬆警戒的時候，偷偷刺探過一次。相信我，光是那一次的經驗，就足以讓我膽戰心驚到現在了。金鵲貴族都受過神術訓練，對於外來的心智非常敏感。下手的人如果不是有機會長時間近距離待在他身邊，根本沒有辦法得逞。」

被他這麼一說，原先刻意隱瞞的幕後黑手身分，反而跳到黛琪司腦中，清楚得像是亞儕閃閃發亮的眼睛。娜爾妲隔著裙子輕踢她一下，黛琪司拍拍手背回應她。

一個內賊，而且是很親密的內賊，這下好玩了。黛琪司看過這種戲，下手的不是情人就是老婆或兒子。照亞儕的描述，沒有情人肯待在這種嚴肅得像木板的將軍身邊，而他兒子正在這裡舉棋不定。

「你刺探過他的心？」老艾草顯然完全沒有意識到重點。「你還記得刺探到些什麼嗎？」

「我能把心念傳給你們。」

防濟遠皺起眉頭，亞儕、五世、老艾草默契十足地跟著做，想必又有什麼事在心海中發生，黛琪司卻無緣參與。

「怎麼樣？」幾秒鐘之後，覺得自己等夠的黛琪司問。

「很慘。」老艾草說：「外表看不出來很慘，但是如果腐化的臭味已經滲到現實中，連槍恩都聞得出來的話，絕對算得上病入膏肓了。」

「到底是怎麼做到的？明明挖到不可知的深處，外表居然毫髮無傷。如果不是那道用來隔絕偵查的神術防禦，根本不會有人能發現。真好玩，如果換個方向也許……」五世沉吟道。

「所以有救嗎？」防濟遠哭喪著臉問。

「五世說到重點了。」老艾草回答說：「是怎麼做到的？」

亞儕對她眨眨眼睛，又對防濟遠扭扭鼻子。妖鳥保佑他的狗鼻子。

「你身上有東西。」黛琪司收下暗示。「何不拿出來給五世研究研究？」

防濟遠的身體頓了一下，遲疑了一會兒，才緩緩從懷中的暗袋抽出一大疊信紙。

「這些是我們的家書。」他說：「我懷疑上面有東西。」

他的手握得死緊，黛琪司懷疑他們必須先把他打倒，才有辦法拿到那疊有問題的信。

「你們不能看。」他握緊拳頭。

「無所謂。如果上面真有腐化用的編織，那不需要看內容我們也能知道。你就這樣拿著吧！」

殺風景的老山羊。黛琪司嚼起舌根，用力試著進入心海，想從裡面偷看。只可惜心海還是像以前一樣頑固，不肯對她開放。娜爾妲已經跟著五世一起溜進去了。

「妖鳥呀！黛琪司，你真應該來看看。裡面有好多黑黑白白的點點。」

「如果可以的話，我很樂意，非常樂意。」

娜爾妲閉上嘴巴。亞儕又開始吸鼻子了，繞著防濟遠嗅得他不知所措。

「你身上有其他的味道。你好像特別容易沾上髒東西。是體質嗎？還是金鵲人都這樣？」

「如果可以，我會找機會跟你解釋另外一股味道是怎麼回事。邊關絕境愈來愈不安全了。」

「我聞得出來。」

他們的默契是麼回事？黛琪司撥撥頭髮，努力想搞懂剛才發生了什麼事。防濟遠又開始他無止盡的解說，他好像很開心有人能聽他說話，即使是心不在焉的亞儕也無所謂。能使用心術的羊人們進入討論，黛琪司不斷替自己倒茶，又不斷把只剩半杯的冷茶潑出窗外。其他人裝作沒聽見啪啦啪啦的倒茶聲。

在一次特別激烈的潑水聲響起後——黛琪司把半壺茶倒出窗外——娜爾妲突然笑著拍了一下手。「我想到了！」

亞儕和防濟遠豎起耳朵，不約而同睜大眼睛看著她。老艾草和五世向後躺在椅背上，露出若有所思的表情。

「你想到什麼？」

「和你有關。」

「什麼？」

「我們只是要把他隔開對不對？」娜爾妲開心得像發現了什麼新大陸。「那只要把黛琪司的屏障和他綁在一起，這樣一來只要有人想入侵大將軍的心，就會被你擋在外面了不是嗎？我敢說黛琪司的防禦絕對是整個奧特蘭提斯最堅強的，就連豬人也絕對沒辦法破解。」

「還真是看得起我呀。把我和一個人類糟老頭綁在一起？不可能、休想，這是哪門子的鬼主意呀？連灰頭鐵匠都想不出這麼差勁的主意。」

「事實上，我覺得娜爾妲說得對。」五世舉起手說：「畢竟我們一時間也想不到好辦法，不如就用現有的材料湊合。」

防濟遠一臉呆滯，似乎還在組合羊女們說的話。亞儕的嘴巴懸在半空，與其說是驚訝於娜爾妲的好點子，不如說是等著看好戲。

「不可能！老艾草你也說說話，這些瘋母羊打算把我綁在一個人類老頭身上。」

「其實呀，我也覺得——」

「夠了，你給我閉嘴。你呢？你該不會要把我和你父親綁在一起吧？我說不定以後會回過頭來操弄你父親，把他整成白癡。」

「你能救我父親嗎？」

這傢伙顯然聽不見任何理智的話語了。

「亞儕？」

狗眼睛看看黛琪司，又看看人類軍官，然後又垂下頭不敢看她。太好了，現在孤立無援的人變成黛琪司了。

「我又進不了心海。」全身冷汗的黛琪司決定拿出最後王牌。「我進不了心海，你們什麼也沒辦法做。」

「其實，你進得了心海。」五世說：「你只是不肯走出自己的防禦而已。只要把你的防禦借給我們，我們就能拉著你進去。」

「好把我和人類老頭綁在一起是吧？為了通過邊關，你們居然打算出賣我。我看透你們了。」

「我們得送若水他們過關。」亞儕說：「如果防校尉不肯的話，我也沒辦法硬闖。」

「如果你不答應，我絕對不會讓任何人過關。」防濟遠馬上接口。

「你根本就是因為我該死火燒的弟弟才會這麼說。信不信我現在一棍把你和你老爸打到地底深淵去。」

「好啦！別這麼兇，我和五世也會陪著你。」娜爾妲揮揮手說：「你只是為了自己的堅持不肯進心海而已，剛好趁這個機會走出來試試也不壞不是嗎？難不成你要一輩子被亞儕比下去？我得說，連槍恩都比你行了。」

「不要用激將法，你知道對我沒用。」

「我和五世會研究出來怎樣把風險降到最低。」老艾草自以為安慰說：「放心，我們會幫忙你的。」

「現在到底我是羊人還是他呀？」

軍營的方向傳來報時的鼓聲，防濟遠突然站直身體。

「換哨了，我得回去，否則會引起懷疑的。」他咬著嘴唇，似乎不大願意在此時此刻離開。

「我想你讓我們私下討論一下，對你會比較好。」

「我聽到了！」黛琪司故意大聲說。附在防濟遠耳邊的亞儕縮了一下肩膀，踮起腳尖連退三步。

「我送你回去。」他咕噥道，拉著心不甘情不願的人類軍官走出房門，不像是為了姊姊趕走客人的樣子，反而比較像在保護受到驚嚇的客人。這狗崽子絕對又想偷偷和別人咬耳朵了，以前每次都和葛笠法一起玩這招。

人類和不知感恩的狗崽離開之後，黛琪司轉向羊人們開火。他們有很多事要好好討論一番。

走出客棧的時候，葛亞儕突然哈哈大笑。濟遠不知道到底有什麼好笑的，方才羊人的最後對話快到他跟不上，有一半的時間他都在狀況外，不懂為什麼金髮的母羊人會突然大發雷霆。母羊人是黛琪司，剛才他們是不是說到要把黛琪司和父親綁在一起？

「放心，黛琪司一定會幫你的。」葛亞儕對他露出笑容。他們並肩走在月光下，濟遠這才發現其實他的身高沒有乍看之下這麼嚇人，而且他又習慣把鼻子像狗一樣往前伸，所以實際上又更矮一點。

「你們打算怎麼做？」濟遠實在很難不擔心。葛亞儕對他解釋了剛才羊女們的爭端，還有娜爾妲和五世的解決方法。

「你能信任他們。只要他們三個聯手，絕對可以解決你父親的問題。」亞儕對他保證。「黛琪司其實心腸很軟，只是她不知道怎麼表示。她喜歡自己看起來強勢一點。」

「我想她夠強勢了。」濟遠真不知道亞儕的自信從何而來。

「但是不管我們打算怎麼做，我們還是需要你父親到鎮上來一趟。隔著這麼遠的距離，還要想辦法越過防禦，會讓我們要做的事變得綁手綁腳，更難發揮。」亞儕說。

「我會想辦法把他帶過來。可是我得警告你，你們只有一次機會。他的戒心很強，如果我一直請他往石榴鎮跑，誰也說不準他什麼時候會懷疑我的目的。況且，我們的時間不多了。」

「相信我，我知道事情的嚴重性；我們和時間賽跑了整個秋天，到現在都還沒鬆懈過。」

「你們從哪裡越過邊界的？在我的印象中，我朝之中沒有羊人村鎮。」

「我們是從塔倫沃那邊過來的。」

「塔倫沃？山關戰境？」

「沒錯。你去過嗎？」

「沒有。」

他原本想說謊，試著營造自己見多識廣的假象。但濟遠有個直覺告訴他，在亞儕面前他沒辦法說謊。漏去一半銀光的月亮掛在天上，連日厚重的雲霧終於散去一些，讓少許的光芒照在濟遠歸營的路上。葛亞儕沒有提到燈籠之類的東西，顯然他的黃眼睛不需要多餘的光亮也能看清前路，帶領濟遠回到軍營。

「那裡不是什麼好地方。」對於塔倫沃，葛亞儕只有這句評語。「美澐鎮還好一點，黑臉山也很漂亮。只可惜我們沒時間繞去力達堡看一看，據說那裡是全賀力達最美的城市。」

「我聽說是全奧特蘭提斯最美的。」濟遠不大確定地說，這個傳聞是他很久之前聽說的。

「我掛階時去過北瀾筑百里金城，皇朝的首都也很大。」

「百里金城？金鵲首都嗎？你有看見羽人嗎？」

「沒有，他們蒙著面紗。」

「為什麼？見不得人嗎？」

濟遠忍不住失笑一聲。他聽過很多種說法，這是其中最直接的一種。「也許。我聽說是因為他們太驕傲了，不願把真面目示人作賤自己的身分。」

「沒聽過有這麼奇怪的人。驕傲的人不正該一天到晚展示自己的臉才對嗎？看看五世，就連她也不曾想過掩飾自己的樣子。」

五世？濟遠猜想該是那個毛髮雜亂的黑色母羊人。她的確半分沒有掩飾自己的意思，羊人真的是一個很神奇的種族。「山泉村有什麼？你說那是你們的家鄉，那裡看起來如何？」

「綠色的。」亞儕說：「純淨，各種色調，連益禽都要陶醉的綠色。在藍色的水邊，晴朗的天空下，輕柔的白雲，偶然點綴其中的紅黃花朵，藏在樹林裡的紫色爬藤，還有滿山遍野的綠意。」

圖像隨著他懷念的言語展開，濟遠不知道世界上還有這麼美的地方。他吞下一聲嘆息。「聽起來非常吸引人。」

「但是一切都變了。豬女帶走了一切，美麗的山泉村已經消失了。」

「消失了？怎麼可能？他們做了什麼？」

「他們帶走了我的兄弟。」葛亞儕的口氣變得黑暗陰沉。

「我很遺憾。」

「我追著他們的足跡，一路要追過終端之谷，直到這裡。我不會因為任何事停下腳步，即使是你也沒辦法擋住我們。」

「我們都為了家人奮不顧身。你的兄弟如果知道你為了他跨過大半個世界，想必會非常感動。」

「你父親也是，他該自己看看自己的羔仔，如何長成足以獨當一面的領頭羊。」

「我父親錯過了很多事，這只是其中最微不足道的一件。但即使如此，我還是不能拋下他。我今天的生命因為他，地位也因他的姓氏而來。」

父親兩字不知為何變得沉重，濟遠一時居然說不出口。亞儕拍拍他的肩膀，沒有多說什麼。

矮樹林的彼端，在城牆外的不遠處傳來歌聲，絕望灰敗得令人心寒。

「這是誰的歌聲？」葛亞儕震驚地問：「是這首歌嗎？難怪這裡的心海變得沉重，壓得人喘不過氣來。」

「簡直像是從地底深淵傳出的不是嗎？今天比平常晚了一點。自從上次戰鬥結束之後沒幾天，整個邊關絕境在夜晚時都是這個歌聲。」

「這個歌聲在歌頌死亡和墮落。要自甘墮落到什麼程度，才能夜夜唱著這首歌不被壓垮？」

「我也問過我自己這個問題。我甚至在想，是不是該給牠一個痛快，對牠而言才是慈悲的表現。只可惜，我辦不到。」

「牠？你知道是誰在唱這首歌？」

「我猜的，但是我想答案八九不離十。唱這首歌的牠是獅人的怪物。一個扭曲汙穢，以殺戮為樂的怪物。我們因為牠，慘虧了兩名軍官，十三名神術防禦師，還有將近三分之一的軍隊。」

「這麼多生命就因為一個怪物？」

「這就是我需要你的原因。」濟遠嘆了口氣，他有一個模糊的想法，從他見到葛亞儕的第一眼開始滋長，現在才終於找到機會吐露。「你是我唯一見過能與之比肩的人。」

「你太高估我的實力了。」

「不，我沒有。」如果說濟遠還敢相信自己什麼，那就是斷定葛亞儕能力的眼光。「今天如果不是你要顧著槍恩和哈耐巴，絕對能輕易突圍離去。我見識過你在心海中的身手，和現實中的你兩相加成，絕對可以和這個怪物一較長短。你和牠不一樣：牠沒有可以依靠的夥伴，你卻有一個等著你拯救的兄弟，和等著你回歸的朋友。」

「你過獎了。」

「這不是過獎。」濟遠痛苦地把話題拉到他需要的方向上。「我說過了，我需要一個高手，一個能在心海與現實中同時發揮實力，和這個怪物一較高下的高手。」

葛亞儕沉默了幾秒。「你希望在軍隊作戰時，有人拖住牠的腳步？」
「沒錯。」
「這是你讓我們通關的條件之一？」
「是的。」濟遠咬著嘴唇。
「我看得出來為什麼你剛才不在黛琪司面前提這件事。」
「這件事與羊人們無關，這一點我可以保證。」濟遠說：「如果你需要我拿出什麼證明，那我可以先送你們的人通過關口。」
「你不怕我跟著跑掉？」
「你是一個信守承諾的人。更何況，除了一條命之外，我已經沒有東西可以丟了。」
「你是個走投無路的人。」
「沒錯，這句話他地母的對極了。」
月光下，葛亞儕的眼睛不知道什麼時候盯著濟遠的眼睛，一秒也不肯放鬆，鼻子不斷吸氣，像在仔細從頭評估他這個人。他的視線像繩索一樣，套住濟遠的脖子。濟遠要很努力才能阻止自己移開視線，露出慚愧的表情。
「我會幫你，也會想辦法幫助你的父親。這兩件事，我都不能保證成功。但是我們會盡力一試，這是我的諾言。」
濟遠不知道此時他的心中是感動多一點，還是失望與慚愧占上風。他也開始像邑姓貴族一樣，懂得操弄別人的情感，玩弄手中的權柄。如果防夫人知道了，想必也會對他讚譽有加吧！

「你必須讓我們之中的一些人先通過關口做為交換。」葛亞儕接著說：「他們與剛才的兩個條件無關，你不許限制他們的道路。」

「只要他們準備好上路，我的士兵會接到放行的命令。」

黑暗中兩人望著彼此，軍營突然近在眼前，他們的腳步不知道什麼時候停了。

「真可惜。」葛亞儕說：「我還以為，我們有可能會成為朋友。」

「真的很可惜。」濟遠答道，這個時候再談什麼革命情感就太虛假了，他們之間只是條件交換而已。毛骨悚然的歌聲似乎正在憑弔這段尚未萌芽，便被現實腰斬的友誼。

「該有人給牠一個痛快。」葛亞儕說。

「是該這麼做。」濟遠又想起那天在戰場上，怪物絕望又瘋狂的眼睛。

「我會盡力而為。擬好你的計畫，我也會提出我的。這些狗屎事，我們愈快了結愈好。」

「願朱鳥照耀你的前程。」濟遠說了一句他偶然間學會的賀力達祝福。

「你是第二個說這句話，又讓我失望的人。」葛亞儕擠出笑容，好像剛剛濟遠說了什麼羊人才聽得懂的笑話。「願大士賜與你智慧，校尉大人。」

他離開軍營燈火的範圍，藍灰色的毛皮融入夜色之中。月光漏去太多，已經無法照亮他的背影了。濟遠全身冷汗，心跳背叛了他的計畫。

「大人？」入口的哨兵走向濟遠。「校尉大人，有什麼異狀嗎？」

「沒有，什麼事都沒有。」濟遠說：「只是和客人談了一點事情。」

心情複雜的亞儕一直走到人類士兵沒辦法看見他的地方，才撿起石頭往矮樹林裡丟。樹林裡剎時傳來窸窣兩聲，一聲是石頭，一聲是楓牙。

不知道有沒有丟到她？亞儕殘忍地想。有時候，他真的受夠這種兩邊不是人的生活方式了。

「出來吧！」亞儕對著矮樹林說。林中的暗影沉默了幾秒，接著楓牙不甘心的臉才出現在月光下。

「你怎麼知道我在那裡？」她有些焦躁地問。

「除了葛笠法之外，世界上會偷偷跟著我出門的人就只剩下你了。」亞儕聳聳肩。「也有可能是你的潛行退步了。」

「我的潛行沒有退步。」楓牙嘶聲說：「是你狗鼻子太敏感了。」

「我就當作你是在稱讚我，謝了。」

楓牙咬著下唇，一瞬間的樣子就和黛琪司生悶氣時一模一樣。

「你不該和人類走太近，他們沒一個好東西。莎羅媽媽說就是他們背叛，我們之前的戰爭才會輸掉。」

「那是之前的戰爭，不是我們的。照我聽見的說法，當初參與那場戰爭的人，至少各自背叛過三個以上的盟友。如果一件件都要清算的話，奧特蘭提斯早就死到沒人了。」

「你被漂流之人洗腦了！一群自以為是的鄉愿，如果不是莎羅媽媽不許我動手，我早該在黑臉山撕開他們的喉嚨！」

亞儕嘆了口氣。「也許你真該這麼做。」

聽見出乎意料的回應，反而讓楓牙傻在原地。她就連發傻的樣子，都有一種優雅的美感，亞儕真不知道她這股天生的魅力何來。相較之下，他就像那個防濟遠一樣，笨拙遲鈍，只知道跟著別人的反應。他們都是弱者，弱者承擔不起責任，看看他把羊人們帶到怎樣的窘境就知道了。

「楓牙，我需要你幫我做件事。我要送一些同伴通過金鵲邊關，你能幫我保護他們嗎？」

「不行。我可是汗莎羅之女，為什麼要像狗一樣跟著一群羊？我的任務是觀察你，其他人的死活和我無關。」

亞儕意料中的答案，看來他得另外想辦法調配人手了。

「既然如此，那如果我有什麼萬一，可以請你把我的屍體搶回來嗎？」

「你說什麼？為什麼會說到屍體？人類要你去做什麼？告訴我，如果他有不合理的要求，我現在就去殺了他。」

「沒有不合理的要求，只是條件交換而已。不要太激動，激動只會讓你的潛行退步而已。」

「我的潛行沒有退步！」楓牙露在空氣中的利牙似乎巴不得撲向亞儕的喉嚨替自己平反。

「是嗎？」

「沒錯。」楓牙對他吠道：「我才不會管你的死活。我只要遵從莎羅媽媽的命令觀察你就夠了。如果你想趕我走，你最好向白鱗大士祈禱，這輩子不要再碰見我。」

她故意大步走過亞儕身邊，用肩膀狠狠撞他一下。

亞儕挨了一下，揉著胸膛的痛處目送她離去。至少楓牙的安危他可以放心了。

走回小鎮的路上，他的心裡都是方才的對話，不斷交叉反覆，滿溢的心思差點讓他看漏等在客棧前的黛琪司。

「好哇、好哇。」

亞儕真想反問她在好什麼，但是依她的表情和氣味判斷，現在不是適合回嘴的時機。

「你就這樣把你姊姊賣給人類？」

如果黛琪司知道自己剛剛賣了什麼，亞儕大概也不用等到與怪物決戰那天就先命喪黃泉了。

「你的幫忙能讓若水他們平安通關。」

黛琪司愣了一下。「什麼意思？」

「人類軍官說我們可以讓一些人先通過關口，等我們履行了條件，剩下的人再離開。」

「聽起來就是打算壓著人當人質的意思——你該不會答應了吧？」

「我想讓槍恩和哈耐巴先跟著若水他們過關。若水和我們的條件無關，先讓他們通關，也算是我們答謝他們的方法。」

「我知道若水他們是怎麼回事，我的重點是哈耐巴和槍恩。為什麼他們得跟著走？若水有她的手鍊不是嗎？」

「這裡要打仗了。如果留下來的人死了，至少要有人能繼續尋找葛笠法。」

黛琪司雙手抱胸，臉色變得比楓牙還恐怖。「你想得很遠不是嗎？」

「我必須考慮到其他人。你和五世、娜爾姐，是治癒大將軍的人選，否則我也想把你們送過關口。」

「所以呢？」

「所以我不能讓老山羊到豬人的地方冒險，又不能違背約定送你們通關，所以只好選了槍恩和哈耐巴，這樣你滿意了嗎？」難道她就不能單純地信任自己的弟弟，相信他的決定一次嗎？

「鼠人要留在你身邊。」沉默許久之後，黛琪司才又開口說話。她說話的時候含著舌根，像是在阻止自己說出難聽的話，全身散出壓抑緊張的味道。「我不信任他，除了你之外，我不知道有誰能夠壓住他。我不會讓羊人到了陌生地方，身邊還跟著不能信任的傢伙。

「你不要以為我沒聽到你們說話，就什麼都不知道。你讓槍恩和哈耐巴過關，自己卻留在我們身邊。照你的臭脾氣爛個性來說，會這麼做只有兩種可能；一個是又一頭熱接下人類的危險條件，第二個是石榴鎮比豬人的地方還危險。」

這下不知所措的人換成亞儕了。他的心思有這麼明顯嗎？

「他妖鳥的，你就是不知道怎麼保護自己是吧？」黛琪司用力把門摔在亞儕臉上，啪啦兩下鎖上客棧大門。她是怎麼拿到鑰匙的？

亞儕沒有嘗試闖進門裡，反而又回頭走回樹林，找了棵隱密的樹爬了上去。他躺在樹上把玩著脖子上的短笛，城牆外的歌聲還未停歇。奇怪的是，這個面目全非的歌聲，在此時對他而言居然有種撫慰的作用。亞儕隨著歌曲的旋律按著笛子上的音孔，淨空自己的心思，努力想聽出歌聲的架構。但是他努力了一整夜，聽在耳裡的始終只有一連串的苦痛，還有無來由的瘋狂笑聲。

待月亮洩盡了光輝，歌聲終於停下，亞儕爬下樹走回小鎮，迎接新的一天。

# 第十一章　防不勝防

葛笠法在吃早餐。

毒蛇留下了好多畫像，細細軟軟的紙配上乾掉的墨汁正好入口。他把那些人類的臉一張張撕毀，一點一點嚼爛吞下肚子，五顏六色的唾液從嘴邊的傷口流出來，沾得他滿臉都是。

又是新的一天。太陽光怯生生爬進石窟裡，像在害怕什麼怪物會對他伸出毒手，侵奪他的光芒一樣。太陽不知道葛笠法不會這麼做，現在還不會。

豬女融化的臉黏死在皮膚上，她現在也和小奴隸一樣，離死不遠了。再過沒多久，葛笠法就連可以失去的東西都沒有了。他不斷看見那些人的死狀，人類軍官、獅人士兵、依默、狐狸臉爾文、黛琪司、葛歐客、亞儕……他們死在他面前，一次又一次。呂翁夫人手上拿著劍，站在一旁不斷哈哈大笑，然後一柄黑戟砍下她的腦袋。葛笠法殺了她，還有毒蛇、暴風、送飯的黃毛貓、榔頭、人牛……一次又一次，用盡他最慘忍的手法。他咀嚼他們的臉，細細品味幻想的滋味。

他身上不斷滲出黑色的霧氣，黏膩的霧氣飄出石窟，只要一點火花就能輕易點燃。昨天石窟外傳來鬥毆的聲音，獅人把彼此當作仇敵，然後又躲進樹林裡睜大眼睛一同警戒對岸的敵人。他們瘋了，就像他一樣。葛笠法知道，等他的黑霧籠罩整個河谷時，就是所有人的死期。那一天不會太遠。

他在黑夜中唱歌排遣寂寞。他喜歡這首歌，因為唱這首歌的時候不會想起任何一點美好的回憶。藉此，他還能保留一點純淨的空間，用來塞有關山泉村的所有一切。

但是他知道不管再努力，總有一天他也要失去這點美好。新的一天來了，新的一生也快了。葛笠法很清楚，一如他握在手上的黑戟所體現的殺戮鐵則。美麗的山泉村只能生存在日漸淡薄的回憶裡。

他又撕開一張臉，把一雙鳳眼塞進牙口之間。

「這樣沒關係嗎？」若水不安地問。

「當然沒有關係。」黛琪司揮揮手，示意這沒什麼。「只不過是一點文書作業而已，那個人類軍官很好搞定啦！」

若水一行人的東西根本都還沒卸完，又通通搬回馬車上，再次整裝出發。益禽從早上知道要離開之後，便一直抱怨他還沒完成亞儕毛皮的部分，堅持非要留下來不可。若水只能好說歹說，不斷向他保證亞儕他們過幾天之後就會追上他們。

「我們能先在蒙福前哨等他們。」若水半哄半騙地對他說：「我們進入樓黔牙之後也是要辦通關手續。我們先到蒙福前哨，替亞儕他們打理好公文，這樣一等他們追上我們，就能立刻繼續往前了不是嗎？」

益禽對她這番話半信半疑，等到哈耐巴也說要一起上路時，他才終於放下警戒的態度，肯乖乖爬上馬車。

若水要對付益禽，黛琪司也有另外一隻羔仔要處理。

「上路？你們要我拋下娜爾妲先上路？」一早聽見這個消息的槍恩，張大嘴巴，像是聽見要派他去諸海諸島獵殺人龍一樣。

「我沒有要你拋下娜爾妲，我只說要你和哈耐巴先保護若水他們通關。」先是益禽，再來是槍恩，眼睛上掛著黑眼圈的亞儕看起來也快要爆發了。

「沒有什麼可是不可是了！」面對槍恩的質問，他氣得連吠了兩聲，壓下槍恩的抗議，結束對話。

「他有什麼毛病呀？」趁著亞儕和奇科羅去人類軍營交涉的時候，槍恩皺著眉頭問黛琪司。

「讓我和哈耐巴先走，自己卻留在你們身邊？這裡該不會有什麼陰謀正在醞釀吧？」

他猜得倒是挺準的。不過黛琪司可不想稱讚他，這隻山羊只要收到一點稱讚，就會馬上飛上天。

「他要你們先去打聽消息。」黛琪司對他說：「我們不能全部人都被綁在這裡。你和哈耐巴先到豬人的地方，打聽看看有沒有葛笠法的消息。我不知道大將軍的病要處理多久，不過只要一搞定，我們會立刻出發趕上你們。」

「你們該不會背著我們盤算什麼犧牲自己的計畫吧？」

黛琪司的心漏跳了一拍。

「為什麼這麼說？」她故作輕鬆問。

「劇場和小說都是這樣演啊！只要主角心裡藏著話不說，就表示他要做出什麼高尚的犧牲，怕別人阻止所以故意假裝沒事。」槍恩興奮地說：「如果真的有的話，你最好快點告訴——」

黛琪司一腳踢在他傷口上，痛得他哇哇大叫，一路單腳跳下樓梯。

上午剩下的時間黛琪司都待在房間裡分裝草藥，她替哈耐巴裝了鼓鼓一大包，連娜爾妲喊她吃飯都裝作沒聽見。亞儕和鼠人過了中午還沒回來，大概又在和人類軍官商量什麼送死的好計畫了。趁著其他羊人睡午覺的時候，黛琪司把哈耐巴拉到馬廄後，把滿滿的背包塞給他。

「這是？」

「藥草。」黛琪司聳聳肩說：「我沒有裝什麼特殊配方在裡面，只有一點簡單的東西，你和槍恩都能用。至於槍恩的傷藥我另外裝了一袋，記得定時盯著他換。」

「你不多留一點給那個人類將軍嗎？」

「他的病不是這些草能解決的事。你和槍恩比較需要這些，記得照顧好自己。」

的嘎茲聲。

「不要我啊你的，快點拿去就對了。」黛琪司把背包硬塞進他手中，背包裡的草藥發出可憐

「我……」

哈耐巴把背包背上，兩隻眼睛直勾勾看著黛琪司。

「你不要只是看著我都不說話，你以為我會讀心術呀？不用說話就能和人溝通的是五世，不是我。我學不來心靈魔法那一套，你最好把這點記清楚了。」

「我不在你身邊，你要保重自己。」哈耐巴緩緩開口說：「照顧好老爹，他年紀大了，不要再讓他到處橫衝直撞。」

黛琪司本來有滿口袋的話要說，被他深棕色的眼睛一瞧，說出口的卻只剩一聲哽噎。

「你們這些山羊最討厭了啦！」她用力吸鼻子，想把眼淚和鼻涕吸回去。

「黛琪司……」

「不要說話，我討厭你說話。不告而別讓人難過，說了告別也讓人難過，你們這些山羊就不能好好待在一個地方嗎？」

哈耐巴愣了一下，才伸出手把黛琪司抱進懷裡。黛琪司先是推了他兩下，接著就抱著他大聲哭了起來。自從離開山泉村之後，她就沒有展現過自己脆弱的這一面。亞儕需要她的堅強，所以她把自己武裝成女強人的樣子，但是她又何嘗不想回到以前的日子？那時有葛歐客，還有嘻皮笑臉的葛笠法，甚至連亞儕都還是毛茸茸的，需要人小心呵護。那時的日子簡單多了。

黛琪司不確定自己哭了多久，哈耐巴也沒催她。直到她隱約感覺到有雙視線在暗處看著他們，她才決定收拾自己的眼淚，離開哈耐巴的懷抱。

幸好是若水，不是長著狼牙的羔仔。

「我們要出發了。」若水難為情地說：「軍隊派人來帶我們出關。」

「我知道了。」黛琪司向後退，離開哈耐巴溫暖的胸膛。「去吧，記得看著槍恩，不要讓他又惹事了。」

哈耐巴點點頭，然後又拉著她的手，在她頸間交會的地方印下一個吻。若水低著頭，忙著整理衣服上的絲帶。

「我們先去前面等了。」若水對著滿臉通紅的黛琪司說：「如果你有看見哲多的話，幫我喊他一聲。他說要去見一個同鄉，結果到現在都還沒出現，害得車伕快要忙死了。如果我們要在黃昏前出發，他必須快得像疾馳的暴風才行。」

「我知道了。我給你的藥，應該夠益禽吃上一陣子。藥草沒了就照我給你的藥方去找。」

「謝謝你，我會盯著他喝的。如果沒有你們，我真不知道怎麼撐過這段旅程。真的非常、非常謝謝。」

「你是個堅強的好女孩，一切都會沒事的。替我照顧兩個羔仔和你自己。」

若水走上前摟了她一下，讓哈耐巴留下來告別。哈耐巴沒有走回黛琪司身邊，只是站在原地給她一個鼓勵的笑容。有時候這樣就夠了。

黛琪司在馬廄邊一直站到客棧前的車馬聲遠去了，才鬆開緊緊揪著裙子的雙手，收起不斷滴落的淚水。

「你看到多少？」她猛然回頭，亞儕以為他一身狗味能藏得了多久？

「只看到你一個人流眼淚。」亞儕的聲音悶悶的，好像剛剛也哭過的樣子。

「這樣就夠多了。」黛琪司裝出兇狠的語氣。「他們走了？」

「防濟遠會親自送他們通關。」

「哼！他們人類也只會這一套做作的東西。」

「我想是吧。」亞儕沒有反駁她，讓黛琪司有點驚訝。她以為自己的弟弟早就倒戈到人類那邊了。「快過來，其他人在等了。」

「等什麼？」

亞儕沒有說話，伸出手拉著黛琪司，逕直往自己的房間走。

「到底是怎麼了？」

「濟遠剛剛把人帶過來了，他說他花了好一番功夫才把人騙出軍營，要我們把握好這次機會。我們動手的時候，他會在軍營裡引走其他人的注意力。娜爾姐說服他喝了一點藥酒——對，就是木栗老爹不小心喝下去那種——他現在等在我的房間等你。」

黛琪司有個很不好的預感。奇科羅、老艾草和兩個衛兵模樣的人坐在樓下聊天，他們經過時還舉起杯子問好。

「衛兵？」黛琪司低聲問：「你該不會真的做了我想的事吧？」

「不是我，是防濟遠，是他親自把人帶過來的。」

「你不要什麼事都推給他。」

她一走進房間，所見正是她所猜想的，亞儕的床上躺著直挺挺的防大將軍。她用力用手指壓著眉頭，想像自己這麼做的時候也把煩惱和憂愁通通壓下去。

「你們會因為暗算別人的軍官被吊死。你們這群羔仔怎麼從來就分不清楚輕重緩急？我以前要治療你們也沒有把你們迷昏。」

「那只是你沒有找到機會而已。」娜爾妲說：「而且金鵲不吊死人，防濟遠說金鵲會直接砍頭。」

「真好笑。現在人躺在這裡了，我看你們想怎麼辦？」

「先進入心海。」五世回答：「我和老艾草討論了很久。我想與其直接把你和防將軍綁在一起，不如複製一個像你一樣的屏障，藏進防將軍的心中。這樣只要有人做了什麼違背防將軍意志的事，或是想透過他的神術做壞事，至少這道屏障會先保護他免於暗算。」

「意思就是說，我們最多也就是保住他一條命而已？」

「還有保住他的心志。至少我們的屏障能保護他不被人吃下肚，成為別人做壞事的工具。」

「聽起來很有用，也沒有選擇。既然人命關天，你們還等什麼？」

亞儕、五世、娜爾妲點點頭，一起皺起眉頭潛入心海裡。黛琪司用力閉上眼睛，用結束後就能放聲破口大罵舒緩情緒來激勵自己進入心海。

一如以往，黛琪司只看得到一片色彩模糊的畫面，好像有人在她眼前蒙上一塊灰色的厚紗一樣。亞儕亮眼的毛皮讓他比周圍的人都還要清晰，相較之下，五世和娜爾妲只是兩個模糊的影子。亞儕擺出警戒的樣子，替羊女們監看心海中的風吹草動。

一隻黑色的大狗躺在附近，走近一看，黛琪司才發現所謂的黑色其實是一群又一群的象鼻蟲。她立刻豎起高高的屏障，努力把他推得愈遠愈好。黑狗的樣子立刻變得模糊不清，差點被她擠出心海之外。

五世和娜爾妲似乎就在等這一刻，只見他們很有默契地伸出手，在半空中接住黛琪司突然加厚的防禦，層層抽絲剝繭，像紡紗一樣抽出一條條絲線綁住黑狗。黛琪司有個想把他們直接撞出心海的衝動，又想起不能打斷治療，只能咬牙撐著，不斷加厚自己的防禦。

羊女們抽出的絲線，織成一道菟絲子網。羊女們本來想直接把網套到黑狗身上，卻不知道該怎麼避開那些不斷四處爬行的象鼻蟲，搖搖擺擺忙了好一段時間，怎樣就是抓不到訣竅。

「真是夠了。」黛琪司被他們晃來晃去的身影弄得心浮氣躁，忍不住大聲說：「把網縮成種子不就得了，不要告訴我你們連這些常識都忘了。」

五世抓抓頭，露出模糊的微笑。娜爾妲開始動手，把網子分批搓成小圓球交給五世放到黑狗身上催生。五世把小圓球頂在手指上，找空隙塞到黑狗的皮毛裡。

突然，亞儕露出牙齒低吼了一聲。

「怎麼了？」娜爾妲問。

「有人在外面想偷看。」

「防濟遠？」

「不是，是討厭的傢伙。你們繼續，我來應付他。」

亞儕的辦法就是吹起一陣風。風捲起心海中的沙塵，形成風牆籠罩在他們周圍。亞儕的風沒有問題，但是那些沙塵卻讓黛琪司非常不安。她的防禦被五世他們抽走不少，因而變薄了一些，使她能看清楚這些沙塵的來源。

那不是沙塵，而是邊關絕境的另一邊，不斷從一個石洞中湧出的黑霧。如果不是亞儕把風牆蓋得相當密實，只怕隨便一點黑霧滲進來都會害羊女們中毒，或是直接要了老黑狗的命。

還真想不到不是嗎？這下子別說接近了，就算偷窺者把眼睛貼在風牆上，也看不出個所以然。黛琪司隱隱聞到一股焦臭味，黑霧聞起來好像隨時會起火燃燒。

「看在大士的份上，離那些鬼東西遠一點。」黛琪司嘶聲警告想伸手觸摸黑色風牆的五世。

「你們完成了嗎？」

「只差一點了。」娜爾妲隨手繞了一圈，編出一段陽光照在黑狗身上。菟絲子一接觸到陽光還有毛皮上的濕潤汗水，立刻開始吐芽爬藤。黑狗皺起鼻子，連哼了好幾口氣，嚇得羊女們定在原地，好一陣子動都不敢動。如果黑狗在這個時候醒來，不要說治療前功盡棄了，說不定還要爆發一場大戰。

幾秒後，黑狗又陷入沉睡，羊女們鬆了好大一口氣。菟絲子網完美地融入巨犬的毛皮裡，除了幾個綠點之外根本看不出異狀。有些象鼻蟲碰了碰綠點，似乎有些困惑，然後又轉向其他方向繼續爬。看來短期內是不會有問題了。

「大功告成。」五世對著亞儕伸出大拇指。

「你們先退出去，記得把防將軍帶走。」

「你想做什麼？」

「我想會一會那個偷窺者。不用擔心我，我只是想知道他長什麼樣子而已。」

黛琪司懷疑他的說詞有幾分是真的。但是心海裡不比現實，講話有回音，身影模糊的她根本沒辦法和亞儕爭辯。

「你自己小心一點。」黛琪司聊勝於無地說，亞儕點點頭。

五世和娜爾妲手上都握著好幾股隱形的藤，拉著防大將軍等黛琪司信號。黛琪司本想用喊的，但是轉念一想又伸出三隻手指。

「一、二——三！」數到三，羊女們用力一拉，黛琪司撤下防禦。說時遲那時快，黛琪司在心海中最後一眼，只看見亞儕發出驚天動地的怒吼，捲起旋風和黑霧撲向一個肥胖的人影。

她在現實中醒來，正好看見亞儕雙眼暴凸，兇悍地盯著只有他看得見的敵人。五世和娜爾妲緊張地站在將軍床邊，連大氣也不敢喘一下。房間裡靜到連心跳聲都一清二楚。

片刻後，亞儕的眼睛一轉，看見羊女們害怕的樣子，兇狠的表情從他臉上滑落。

「沒事了。」他就地坐下來，開始舔前臂上不知何時多出來的傷口。

「情況怎樣？」娜爾妲問。

「他一看到我就跑了。一個癡肥的討厭鬼，味道像隻臭豬，連和我對打的膽量都沒有。我敢說對防將軍下手的人就是他。他一定是感覺到有人想對他的寶貝象鼻蟲下手，才趕快跑過來確認狀況。」

「真噁心。」娜爾妲說。

「無論如何，至少成功了。」

黛琪司咬著下嘴唇，她可不敢確定這個成功能維持多久。「我們最好先把防將軍送回去。」

「沒錯。」五世拿起桌上剩下的藥酒，往防將軍身上潑。

「你在做什麼？」黛琪司嚇了一跳。

「髒手指老爹不想接生意的時候都會這麼做。」五世說：「你們知道的，就是把酒潑在身上，假裝自己喝了很多。」

「喔喔！我知道這招，我想起來了，有時候奈蕙恩媽媽也會用這招。」

五世露出受到恭維的笑容，抓抓大耳朵羞紅了臉。

「不要發呆，快點幫忙抬防將軍。」黛琪司說。她現在可沒心思管髒手指的家族聲望，他們還有仗要打呢！

防濟遠堅持留下的羊人們都要搬到軍營裡，以便士兵保護他們。聽到有免費的食宿，羊人們自然是老大不客氣接受了。但是他們一聞到伙食帳傳出的豬油味，立刻嚇得退避三舍。

「我們只要一點燕麥就可以了。」黛琪司硬擠出一個笑容，對著防濟遠派來安頓他們的傳令兵說。傳令兵先是納悶，但最後還是替他們找來一整袋餵馬用的燕麥。

確認他們沒有其他需求之後，傳令兵帶著老山羊和鼠人看了一趟帳篷，告訴他們需要用水時去哪個地方找，然後就匆匆離開去向長官報告。

黛琪司架起木柴升火，花了好一番功夫，粗糙的燕麥終於加工到能吃的地步。羊人們各自拿了一碗飄著藥草味的燕麥粥圍在火邊，甚至連鼠人也有一份，還有火旁的一個位置。

「狗崽子，不要站著看我們吃東西，快點過來坐著。」木栗老爹對亞儕招手說：「葛家的小母羊可不是天天煮飯的角色，錯過可就難再遇上機會了。」

黛琪司把半滿的碗塞到亞儕手上，他知道黛琪司不會輕易原諒他。如果戰後能活下來的話，到時再來求她原諒也不遲。

用餐時沒有人說話，少了槍恩嘰哩呱啦的嘴巴，還有哈耐巴魁梧的身影，營火邊變得空蕩蕩的。木栗老爹大聲咀嚼的聲音沒多久就停了，娜爾妲一碗粥吃到黛琪司終於受不了，催著她要洗碗了才放下。她一放下碗，五世也跟著她回帳篷。老艾草和奇科羅都沒有說話，宣告黑夜來臨的歌聲讓所有人都沒了說話的心情。路過的士兵腳步匆匆，偶爾瞥向他們這一個奇怪團體的目光，都帶著令人不舒服的敵意。

「他們只是不知道自己的敵人是誰。」老艾草安慰亞儕。「不需要對著他們亮牙齒，他們什麼都不知道。我和木栗家的老傢伙，以前碰過更糟的。」

亞儕沒有回嘴，連黛琪司聽見他這番忍讓的話都沒有意見。她收始了所有人的碗盤到水槽邊，像對付仇人一樣拿鋼刷刷洗這些可憐的餐具，留老山羊和鼠人坐在營火前，陪著亞儕聽那恐怖的歌聲。

「這首歌多聽幾個晚上，我看不瘋也癲了。」木栗老爹不知道從哪裡掏出幾個乾栗子塞給同伴們。

「你什麼時候藏了這些好東西？」老艾草問。

「你不知道的事可多了。」他聳聳肩，沒有多做解釋。亞儕順手把栗子傳給鼠人。

「各位晚安。」一身盔甲的防濟遠走到營火旁，全身都是困窘的味道。自從上次亞儕陪他回營之後，每次見到他總是這副慚愧的樣子。亞儕真希望他不要這樣，這一切不是他的錯。「希望我沒有打擾到各位的夜晚。」

「如果你能叫那個鬼叫般的歌聲停下來，我會更加感激你的招待。」木栗老爹說。

「這是濟遠力所未逮之處。」從早上到現在，他似乎都沒換過衣服，或是停下來休息。亞儕能聞到他身上傳來疲倦、壓抑的氣味，他瘦弱的骨架是怎麼撐起這副盔甲的？

「我們的人呢？」

「我送他們通過人馬的陣線，算算時間，明天應該就能抵達蒙福前哨了。」濟遠說：「只要過了苦辣瓦河谷，行進的速度就會加快許多。有我們發出的通關文書，豬人應該不會為難他們。」

亞儕注意到他說應該這個字的時候，帶了一點猶豫，還有一些恐懼。

「我能私下和你談一談嗎？」他低聲問亞儕。

「你們想講多久就在這兒講，我要進去歇歇腿了，老山羊不適合像年輕士兵一樣熬夜聊天。」木栗老爹揮著手杖要奇科羅扶他起來回帳篷睡覺。老艾草跟在他後面離去，離去前告訴亞儕不要太晚睡，至於防濟遠他連看都不看一眼。

「他們沒有原諒你。」等他們身影消失在帳篷裡的時候，亞儕告訴濟遠說：「他們覺得是因為你的關係，我才會把槍恩和哈耐巴送走。」

「沒關係，我遇過更糟的。」濟遠硬擠出笑容。

「坐吧！」亞儕擺擺手，示意他坐下。

濟遠解開披風還有帽繩，拉下頭盔坐到亞儕身邊。兩人半晌無語，如果不是洗好碗的黛琪司，路過時丟來兇狠的凝視，他們說不定會繼續沉默到天明。

「謝謝你們的幫忙。」

「那是黛琪司他們的功勞，我只負責守望而已。」

「但是我很清楚，如果不是你，我說破嘴了他們也不會看我一眼。你們很團結。」

「我們只是多了一點同情心而已。」

「有時候這樣就夠了。」他低下頭，亞儕順著他的視線望去，不偏不倚落在他肩膀上的紋章。紋章不知道什麼時候被弄髒了，亞儕突然很想伸出手去擦乾淨。

「你父親打算明天進攻？」

「什麼？喔——沒錯，斥候回報獅人開始移動，準備越過苦辣瓦河。我們的人會和人馬聯合出擊，你的位置在西南河岸前，一條支流上的木橋。那裡是黑霧的中心前往關口前必經的地方。」

亞儕點頭。「所以，黑霧的中心就是你說的怪物？」

「八九不離十，這些黑霧和我遇上牠時陷入的霧氣非常相似。」

「我有什麼該注意的？」

「一切。牠是天生的戰鬥天才，好像牠的血液與筋骨天生就是為了殺戮而生。牠的武器是一把黑戟，和牠一樣不論在心海還是現實，都有致命的殺傷力。你必須同時在兩邊壓制他，才有獲勝的可能。牠不是你該手下留情的對手。」

「我了解了。」

濟遠似乎欲言又止，痛苦的表情停留在他臉上。亞儕猜想這應該與怪物無關，而和更大的東西，還有一直纏在他眉頭間的憂慮，甚至是他不安的冷汗有關。

「我不喜歡這樣。」良久後，他又再次開口說話。「不管是我們的戰略，還是人馬的態度，甚至是獅人進攻的節奏，我通通不喜歡。這一切好像有雙巨大的手在背後操弄，拉著我們這些人在特定的時間地點互相殘殺，好完成他的布局。黑霧、歌聲、怪物只是他用來遂行目標，加速戰局發展的催化劑。我不喜歡這種感覺，我想要阻止一切，但是到最後……」

他白皙的臉上沾滿汗水。現在該是深秋了，但是四周還是熱得令人發慌。

亞儕不知道該如何回答他。他茫然又無助，手上連一張好牌都沒有，卻被逼著玩成人的遊戲。也許就像他逼不得已帶著羊人穿越大半個奧特蘭提斯一樣，穿著盔甲扮演年輕有為的軍官對防濟遠而言，還是太沉重了一些。

「你父親的狀況如何？」亞儕替他轉移話題。

「他很好。我告訴他，因為和狼人勇士與羊女們多喝了幾杯，違反了軍醫的指示所以才會頭痛。他一直不怎麼信任那個軍醫，所以就信了是因為湯藥和酒水衝突才會頭痛。現在只希望黛琪司設下的防禦會有用，能保住他最後的底線。」

「你記下他們的名字了？」

「你們是我的戰友，這是應該的。」

亞儕想知道如果他發現黛琪司到現在還會故意喊他「那個人類軍官」，不知道濟遠做何感想。

「他們只能以保護你父親為優先。如果腐化他的人試圖操控他，或是吞食他的心智，黛琪司的防禦會把他擋在外面。但是除此之外，請原諒他們沒辦法做得更多。」

「沒關係，這樣就夠了。謝謝你們，你們是我意想不到的好運。」

「什麼？」

「你們是這場戰爭中唯一的變數。你們突然來到，不在任何計算之中。如果真有一雙黑手在幕後，他一定沒料到我們會多出你和你的姊妹這些戰力。我感覺他是一個宏觀的算計者，容易忽略微小的地方，而這將會成為他的致命傷。」

「你很看得起我們。如果我也能像你這麼樂觀，這一路說不定會輕鬆許多。」

「我只能盡量保持樂觀。我在打一場連我自己都不知道前因後果的仗，比起獲勝，保命對我而言更加實際。不論最後結果是什麼，我只希望能做到最好。」

黑暗中的歌聲愈來愈哀傷，像是提前響起的喪鐘，替來日的性命哭訴，又像一個厭世的小丑，正在嘲笑這些人試圖保命的荒唐舉動。亞儕和濟遠抬起頭，空氣中飄來一股硫磺的味道。

「不是什麼好味道。」亞儕說。

「這裡本來就不是什麼好地方。」濟遠把手伸進懷中，掏出一份地圖。「這是我能找到最精準的樓黔牙地圖。豬人的地方就算是金鵲的貴族，也少有眼線能滲透深入。如果你要找的人還停留在邊境的話，也許這份地圖還能派上一點用場。」

「謝謝你。」亞儕接下地圖。「我會再回來把地圖還給你。」

「你不——」

「不。」亞儕打斷他的話。「這不是客氣，這是許諾。我爸曾經說過，如果你訂下諾言，你對未來才有期待。我給你我的諾言，就表示我會盡力活到完成諾言的那一天。」

「謝謝。」濟遠遲疑了一秒，又說：「除了未來要繼承家業之外，還沒有人給過我諾言。」

「人生總有第一次。」亞儕對他露齒而笑。「如果他在的話，說不定他會拉著你的手，逼你和他跳舞。」

「他？」

「葛笠法。」

黑暗中的歌聲發出一聲顫音，然後停了。

「歌聲停了？」亞儕耳朵往好幾個不同的方向舞動，最後又直直探向前方。

「的確停了。」

亞儕全身發毛，突然降臨的寧靜使人喘不過氣。濟遠在發抖，但是他的眼睛有股不能忽視的堅決。

「明天就萬事拜託了。」他整個臉皺在一起，聲音又變得像第一次見到亞儕時那種冰冷決絕的語調。「如果逮到機會，帶著你的人離開。我已經辜負夠多人了，不需要再拖你們下水。記住了，等你找回兄弟，還要留著一條命還我地圖。」

他看著亞儕露出笑臉，那是一個自知死到臨頭的笑臉。

「你也要活到那一天才行。」亞儕故意用挑釁的口氣說。濟遠抱起頭盔，對他行了一個軍禮，大步邁向自己的營帳。一個男人走向毀滅時，便該有他這副骨氣。

亞儕抬起頭，望著火光中高聳的城牆，放空自己的思緒。明天，該給牠一個痛快。

潮守命拉住馬匹，他面前是一間被雨水浸到發潮的小茅屋，約見他的人就在裡面等著會面。好在那人平安無事，今天的漂流之人已經容不下半點損失了。他帶著浪姓兄弟從塔倫沃往南不眠不休連趕了七天的路程，才終於追上這個好消息。

他像年輕人般敏捷地跳下馬，吩咐浪姓兄弟守在兩邊。即使在遠離樓黔牙的南方，豬人的耳目依然無所不在，凡是還是小心為妙。

走進陰暗的茅屋前，他進入了心海，確認茅屋裡只有一隻角鴞望著窗戶，盯著綿綿細雨發呆。角鴞左邊的翅膀燒得焦黑，扭曲得不成樣子。那看起來不是新傷，但是心海中的傷口應該會隨著時間修復，理論上不該留存這麼久。

理論上。當事情碰上了漂流之人的目標，理論便通通不適用了。

角鴞轉過頭，認出了猴面鴞的身分。

「潮老。」

「濊生。」

潮守命回到現實，推門進入茅屋內。濊生打著赤膊，左肩就像他的神術意象一樣，有個恐怖的燒傷，焦黑傷疤向下蔓延，在最後一寸躲開了心臟。年輕的濊生是同一代的漂流之人中最優秀，也是公認最有智慧的一個，但即使是他，也有處理不了的狀況。潮守命能看見那個傷在現實與心海兩邊同時震動，隨時準備要撲滅他的命火。

「是誰做的？莫怪你不願意用心念傳音回我訊息。這傷沒要了你的命根本是奇蹟！」

瀸生苦笑。「照理而言，我是該死了。但是你說的沒錯，我遇上了奇蹟，只是不是依我想的方式出現。請你先把門關上吧，陰雨天氣對我的傷口沒有幫助。姓浪那兩兄弟人在外面嗎？」

「在外面。」

「我不認為給他們看見我的傷口是好事。」

「我認為你應該不致於驕傲到不肯承認錯誤。」

「我處理的情況，愈少人知道愈好，這也是當初為什麼只派我去找回朱鳥的原因。你先坐吧，我被罵驕傲習慣了，可不想被人說連待客之道都忘了。更別說我如果繼續站著，等一下我們說不定就要在病床邊談事情了。」

「你該被抓回長老會，重新接受訓練。」潮守命嘴巴上這麼說，但還是坐進座位，接受主人的冷茶。他看得出來瀸生極力避免使用左邊的身體，每次抬起左手總會偷偷倒抽一口冷氣。

「所以，是什麼勞動您老人家千里迢迢趕來桂瀧南了？」瀸生替自己從另外一個茶壺裡倒了茶，再小心翼翼把自己受傷的身體塞進一張籐椅裡。

「我聽見你曾經到過塔倫沃的消息。」潮守命說：「發生了什麼事？你不是應該帶著烈火到南方去嗎？」

「我們是到了南方，但是他後來離開了。」潚生摳摳自己的鼻頭。「你可以看得出來，當我想阻止他離開的時候，他對我做了什麼。」

潮守命的視線從他的臉移到傷口上。那傷口光是多看一眼，都足以讓潮守命年邁的骨頭隱隱作痛。

「我說了，我能活著是奇蹟，誰想得到青炎之子居然有手下留情的時候。也許，他不像我想的這麼恨我。我想，我不得不承認長老會常對我說的話；我還太年輕了，什麼事都不知道。」

「到底發生了什麼事？」

「我到現在也只摸出個頭緒而已。」潚生放鬆身體，似乎終於找到一個不會引起劇痛的坐姿了。「潮老有興趣聽故事嗎？」

「說吧，如果能解釋一切的話。」

「你不該對我有這麼高的期望。」潚生嘆了口氣。「一個時常聽見的故事，只是主角換了人，所以有了不同的結局。故事發生在金鵲的桂瀧南省鄉間，主要是一個男孩和女孩的故事。男孩是一戶貴族世家的養子，因為世家老爺漫不經心的慈悲，從女傭的私生子成了世家的養子。這是他不幸的開始。

「男孩天生神智有缺，心智被困在心海與現實之間，無法順利和正常人溝通，甚至連學習都有問題。如果他生在農奴家中，這種孩子會被放棄而夭折；如果生為嫡子，會有整個家族保他衣食無慮。但是老爺偶然的善良，使他成了養子，注定只能夾在兩個階層間掙扎求生存。十五年過去了，男孩漸漸成長，開始學習怎麼透過心海與人溝通，開始意識到命運對他有多殘酷。這時候，他遇上了一個女孩。

「是的，一個女孩。和男孩一樣屬於世家，也是家中最小的小姐，等著出嫁成為貴族的人脈籌碼。她只有十三歲，剛學會怎麼用憐憫的心和眼去關懷她的養兄弟。他們年齡相近，很自然地走在一起，像兄妹又像情人，還保有青梅竹馬兩小無猜的苦澀。」

濊生停下故事，把自己的茶喝光，臉上驟然湧出一陣扭曲。潮守命起身拿過他的杯子聞了一下。

「麻藥？」

「我只找得到這個。再多的藥也醫不好我的傷。」

潮守命放下杯子。「你應該求援。」

「那個男孩也是，但是他不知道自己該如何求援，又有誰能伸出援手。讓我把故事說完吧！我怕如果這故事再不傳下去，就沒有人能知道了。有些人不能信任，即使是漂民，我也不敢把這故事告訴沒心理準備的人。」

潮守命嘆氣，拉著椅子坐到濊生面前，好讓他不需要大聲說話浪費力氣。

「繼續。」

濊生深呼吸了幾次，調勻呼吸後往下說：「然後，就像一齣被搬演了太多次的鄉野劇碼。女孩的夫家出現，忠誠的僕人揭露了男孩和女孩的關係，高貴的夫人決定大義滅親。在他們眼裡，世家的名聲比什麼都重要，虛無飄渺的禮法更重於真實的感情。

「男孩被打成重傷。女孩為了保住他一命，承認是自己引誘了男孩，犯下了姦淫之罪。夫人判了女孩死刑，就像她過去對男孩的母親所做的，鐵面無私捍衛整個家族的聲名。

「死亡能改變很多事。整個世界的生死循環，推動了萬有萬物的輪迴。你我都知道，死的價值可能比山還沉重，也可能比枯葉還要微不足道。女孩死了，成了世家族譜上一片無人聞問的枯葉。可是她的死也奪走了男孩所有的一切，壓垮了男孩。在那一夜，青炎之子打開了蒙昧多年的眼睛。

「潮老呀！這裡讓我自豪一句，如果不是我及時趕到，只怕今日你就看不見桂瀧南了。我在現實中帶走了男孩，在心海裡用盡全力與他搏鬥，一邊限制他的力量，一邊教導他控制自己的藝術。他學得很快，在極短的時間裡學會了我所有的技巧，擊敗我之後給了自己一個新名字，逃離了金鵲和我。在他的心裡燃燒著仇恨，十多年來的壓迫把他變得扭曲又殘暴，一心要對整個世界復仇。我試著追回他，卻在追到終端之谷時，聽見了可怕的消息。」

「什麼消息？」潮守命拉著椅子向前一步。

「一個我本應查覺，卻為了青炎之子而被迫忽視的消息。我封鎖了朱鳥轉生的消息，這項消息卻被人帶到了終端之谷。原先模糊的懷疑突然變得清晰，我當下只能拋下青炎之子，趕回桂瀧南求證。而事實證明，我的懷疑是對的。那個判處自己女兒死刑的夫人，早在多年前成了黑智者的間諜，為樓黔牙提供金鵲皇朝的內幕消息。」
潮守命突然覺得全身發冷。「那個世家，你故事裡的貴族世家姓什麼？」
「防。」
一道暴雷橫過天際，門外與門內的兩人，不約而同打了一個冷顫。
「邊關絕境的護衛，金鵲的驕傲。」
「是假的。對豬人而言，金鵲只是一個唾手可得的爛蘋果。」
「那個男孩呢？他也落入豬人手中了嗎？」
「潮老，冷靜一點，你全身都在發抖呢！連我對上他，都得靠著他手下留情才能保住性命，你覺得豬人要派多少黑智者出馬才能抓到他？他們的目標這些年來一直放在狂魔身上，不會為了一個難以證實的消息突然改變方針。」
「關於這點，我就不敢向你保證了。」
瀛生挺起身體。「你這是什麼意思？」
「我急著找你，其實不單單是為了關心你。」潮守命凝聚心念。他沒有辦法重現那扭曲的編織，但是他能把自己記憶中的圖像重現給瀛生看。
瀛生進入心海，看見了亞儕和五世都曾目睹的怪物；在火焰中與孤鴉共舞的惡魔。
「大士呀……」
「看見了嗎？是他嗎？」

「沒錯。」濊生僵硬地點點頭。「不解慣用的意象就是烏鴉。這是他自嘲的用語，離群的孤鳥。」

「你剛說誰？」

「不解。那個男孩，烈火在這一世給自己的名字。」

「不解？的確，他所帶來的，一向都只有毀滅與不解。」

「那個怪物就是狂魔？」濊生問，但是答案兩人早已心知肚明。朱鳥，狂魔，預言中唯一能與彼此共舞的恐怖夥伴。

「重複殞落的太陽落入牠眼中，青炎之子為其燒盡所有。」濊生無聲念道。自從狂魔預言從樓黔牙外流之後，每個漂流之人幾乎都背下了這些惡夢般的字句。

「一切都太遲了嗎？」

「我們只能抱著希望，一如先祖千百年來如一日。」

他們望向窗外，似乎能透過雨幕中看見遠方的沖天烈火。

「願大士垂憐你我。」濊生輕聲說。

# 第十二章　烈火之翼

「你就拿這鬼東西？」

「沒錯。」

亞儕握緊手上的鐵棍，感覺沉甸甸的不大順手。不過對方拿的是鐵製的武器，他隨便拿根木頭上去無異於玩命。

「你不在的時候我們會顧好防大將軍。」娜爾妲對他說：「黛琪司已經叫人把床鋪好了，我們會躺在上面贏得這場戰爭。」

亞儕別過頭去，接下奇科羅的竊笑。他瞪了鼠人一眼。

「替我照顧好他們。」

「我和老爹們就守在外面，不管是誰來我都不會讓他過去。」

「萬事拜託了。」

亞儕又看了吵吵鬧鬧搶位置的羊女一眼，才放下簾幕走出帳篷。他一到戶外，吵鬧聲便在他背後消失，突然得像被羊女吞掉一樣。

他跟著人類的大軍走出關口，卻沒有加入任何隊伍，悄然無聲地走向濟遠指點他的方位。大軍往西方集結。在北方的山丘上，人馬的身影就算隔了這麼遠的距離一樣一清二楚。獅人的味道從河的對岸傳來，摻揉著血腥味道。

他們都不是他的目標，他的目標比這些東西都還要顯眼。

「是你了吧？」亞儕低聲喃喃自語。在他面前，在河的對岸，一個長臉斷角，姿態扭曲的怪物一步步踏出黑霧之中。亞儕摒住呼吸，濟遠是對的，這是一個能讓所有的英雄痛哭流涕，抱頭鼠竄的瘋狂怪物。

牠的眼睛在燃燒，四肢和臉龐模糊不清，半隱半現在黑霧之中。霧氣似乎是隨著牠的呼吸還有四肢的揮動擴散飄舞，原先在他們頭上的天空飛舞的群鴉四散而去，去找尋更安全的獵物。大地一片寧靜，所有的聲音彷彿被隔絕在兩人的氣場之外，四周一片死寂。

怪物在笑。牠呼出一口氣，拖著一柄黑戟過河，河水因為牠的步伐而沸騰，污穢的濁流染紅苦辣瓦河。牠對著亞儕笑了，笑的時候一滴眼淚滑過臉頰。

牠瘋了。

「這世上怪物太多了。」亞儕握緊鐵棍，雙眼緊盯眼前的敵人。「我要去阻止他們造就另外一個，而你是我必須跨越的障礙。」

怪物哈哈大笑，但亞儕不覺得牠在笑他。事實上，亞儕不認為牠還聽得見任何聲音，或願意睜開眼睛看一看眼前的現實。在心海中的怪物，要比現實中的還清晰。黑霧繚繞不去，像個餓鬼一樣如影隨形，巴附在怪物身邊。

「來吧！」

當怪物踏上河岸，亞儕箭步衝向前去，戰鬥開始了。

當太陽升起的時候，奔騰的馬匹踏破邊關絕境的寧靜。

在防大將軍身邊的人是防濟遠校尉，一個曾經年輕生澀，如今堅強果決的男人。那是他的兒子，他們領著五千兵馬衝向獅人的尖牙。

他們的人只剩下這些了，稀疏的隊伍讓防將軍心痛。這些都是他愧對的人，他該做的是帶領他們平安回到家鄉，而不是抱著淒涼的願望衝向死亡。但是現實讓所有人沒了選擇，即使是位高權重的防將軍也不例外。

沒有援軍會來了，他們不是將敵人殲滅，就是困守在城牆裡等待死亡。這是他們最後一戰，不論勝利或是失敗，至少能讓百里金城中的皇族驚覺北方的危機。

他沒把這些事情告訴濟遠，絕望不會是軍隊的好夥伴。

三百兵奴在軍隊最後列陣。大將軍把他們的心智握在手裡，只要時機一到，他就會拉著城樓上待命的軍官加入連結，金鵲最引以為傲的兵奴便會隨他指令擊垮敵人。不論獅人還是金鵲，都只剩下最後的手段，那歌聲逼得他們發了狂。

他會勝利，為了兒子還有他的軍隊，防將軍就算毀了自己也要打贏這一仗。

「衝鋒！」防將軍舉劍吶喊，隆隆馬蹄聲應和他的指令響起。起初只是如雨點般落在平原上，接著擴大成轟隆暴怒，撼動大地的雷鳴。苦辣瓦河泛起陣陣漣漪，害怕地向後退縮。

心海中，鯉魚翩然游過，散出一波波指令給旗下的軍隊。騎兵衝鋒，步兵列陣，弓兵備箭，大軍開過苦辣瓦河上的木橋，河岸邊的獅人個個雙目暴禿，獠牙中滲出鮮血。

在那高昂的一瞬間，防將軍突然感到一陣不安。血？他們甚至還沒交鋒呢！

修改指令已經太遲了，騎兵衝入獅人前鋒之中，砍瓜切菜般瞬間撂倒大批獅人。在他還來不及反應之前，大軍衝入獅人廢棄的陣地。

「這裡發生什麼事了？」

防將軍勒住馬疆，看著滿地殘破。營帳東倒西歪，棄置的火堆，還有獅人的屍體。有些屍體是新的，有些屍體膨脹腐爛，流出黑色的膿液。剛才與他們遭遇的只是最後垂死掙扎的老弱殘兵。士氣高昂的軍隊一時間擠成一團，茫然不知所措。

他們是來殺敵的，沒意料到敵人居然會躺在地上任人宰割。

「到底發生了什麼事？獅人都去哪裡了？」

「陷阱。」濟遠猛然回頭，鯉魚將警戒散入四周。北方的塔樓冒出黑煙，大批羽箭飛上城樓，人馬正在攻城！

「回防！」防將軍大吼。「所有部隊立刻回防！」

「攻擊！」

一隻短矛破空而來，正中防將軍的戰馬。戰馬發出嘶吼，將防將軍甩下背。頭昏目眩的防將軍連滾了三圈，濟遠的馬人立嘶鳴，鯉魚在心海中吃力地拉住士兵的注意力。獅人精銳躍出藏身處，將金鵲軍隊團團包圍，他們的呼吸中輕薄的煙氣染黑了天空。

中計了。事情發生得太快，防將軍此時腦中一片空白。這到底是怎麼回事？為什麼人馬會在緊要關頭背叛？如果要背叛，為何不是上一次？

他猛一甩頭。此時多想無益了，他軟弱的兒子正努力撐持大局，防將軍怎能輸給他？人馬想要背叛，就該付出背叛的代價。他皺起眉頭，進入心海，將三百名兵奴的連結扛起。陶淩沒有辦法支援他，北方塔樓的戰事吃緊，更別說獨撐大局的濟遠了。

他做得到，只要他抓住連結，三百名兵奴遠比三萬人──

「不！」濟遠大喊。

一陣黑煙從他腦中炸出，一隻手猛然伸出搶過連結，防將軍還來不及反應，層層綠色的絲網立刻將他包圍，拖入心海深處。

「父親！」濟遠大喊。他眼睜睜看著父親抬起控制連結，又看著巨犬被一陣毒煙炸垮。

「不要靠近他。」突然出現的黛琪司及時擋下白鯉，阻止他靠近不斷蔓生的菟絲子。「我就知道事情交給娜爾妲準沒好事。先不說這個了，你還有更重要的事吧？我們會處理這一團亂，你去做你該做的事。」

「不行，他們拿走了連結。」鯉魚四處飄動，卻不知道該往何方。「三百名兵奴的連結，他們要的是這個，金鵲的兵奴是所有國家中最頂尖的，我現在懂了，他們的目標從頭到尾就不是我父親，而是這些兵奴！」

「我沒時間聽你們操弄人心的技術如何如何，我只知道你不去照顧你的人，你的軍隊就完蛋了。把你的父親交給我們，我們會盡力救回他。」

另外兩名羊女終於趕上黛琪司的腳步，提著裙子氣喘吁吁趕到。

「我不知道你在心海中也能跑這麼快，你不是走不出防禦嗎？」娜爾妲問。

「愛說笑，我是被防禦拉過來的。也不想想是誰借出去的東西，它可是會認主人的。」

「他好像一顆蛋。」五世說。

此話不假，現在巨犬被菟絲子團團包圍，無數的象鼻蟲嚙咬著綠網想鑽進裡面。現實中傳來慘叫聲，獅人正步步擊潰他們的防線。濟遠左右張望，心亂得像熱鍋上的螞蟻。

「不要逼我把你踢出心海。」黛琪司雙手插腰說：「做你該做的事，這裡有我們看著。如果你老爸在現實中死掉了，我們就算把黑智者捏死也改變不了事實。」

她是對的。濟遠咬著嘴唇，總算下定決心。「他就拜託你們了。除了他的命之外，一切都不重要了。」

「早該這麼說了。上工了，母羊們。」

羊女湊近綠網，開始抽出編織重組，對抗象鼻蟲的攻勢。濟遠狠下心，離開重傷的父親。

「重整部隊！」他在現實中大喊。「我們要反攻回去！」

回去哪裡？他沒有主意，但死在這片廢墟裡決不是他的選項。士兵們在鯉魚的鼓勵下再次舉起兵器，到頭來他們其實什麼選擇也沒有。濟遠舉著劍嘶吼，卑微地向上蒼祈求，硝煙掩蔽了天空。

葛笠法掩上小奴隸的眼皮。他沒有呼吸了。

他伸出手，鐵閘的編織被融燬，火焰在他血液裡奔流。獅人的大軍正在集結，無數的烏鴉在天空中飛舞，等待即將出現的盛宴。

在那些烏鴉裡，有沒有他的不解？還是他就是那些烏鴉，散播著不安與恐懼，催化所有人的黑暗面，等著用整個天地為葛笠法造墳？葛笠法從黑暗中拖出黑戟，時間到了，他能聞到血味，黑霧纏繞著他。

噩夢降臨絕境，不解一直很喜歡這個笑話；你從來不知道多深的地方才是谷底。

他走出石窟，對手正在河岸旁等著他。

他說了一些話，不過葛笠法沒有聽進去。人總為自己要做的事找藉口，但現在對葛笠法來說重要的只有結果。他握著黑戟，撲上去。

他一開戰便陷入劣勢。這是必然的，他不像他的狼人對手一樣精明幹練，擅於計算，更別說對方正值巔峰，他卻是一身殘破。這些人類總是如此，他們會在你最淒慘的時候拋下你，在你即將奪得光榮的時候打擊你。無論如何，他們要的只有失敗，葛笠法非常清楚，不管是誰的失敗，總能為他們平庸的生命帶來一絲快慰。

他哈哈大笑，向前邁進，刺出黑戟。

他的對手向後一跳，腳步落地從右側搶近。葛笠法遁入心海躲開攻擊，心海中有個一模一樣的狼人，從另外一側撲向他。

他被包圍了。

他的對手是為了他而來的，一個不管在心海和現實都是高手，能夠輕鬆夾擊他的狠角色。不過狼人雖然厲害，但是動作還有些生嫩，看得出來和他一樣是短期苦練硬學的功夫。他們的立足點一樣，但卻走上不同的道路。

他又笑了，笑的時候挺起黑戟，破空連續三下突刺，接著拉回戟桿，戟刃劈向現實中的狼人。

他們都是可憐人，同樣被外來的意志驅使。他是誰？為了什麼替人類戰鬥？他是不是也有像葛笠法一樣悲慘的過去？

狼人發出低吼，低沉的聲波在心海中擠開黑霧的觸手，鐵棍格開黑戟，一戳驚險地從葛笠法腹部旁錯過。葛笠法看穿他了，聲波能震開黑霧，也會曝露他的意圖。他琥珀色的雙眼沒有因為失誤而懊惱，藍灰色的毛皮閃耀著驕傲的水光。

怒氣湧上葛笠法的心，悲哀從他的喘息中滲入黑霧。

抑或他是自願的？接受他們的訓練，自願成為殺手？把算計與戰鬥當成遊戲，像沒有看清自己欲望的葛笠法，為了私利恣意傷人？沒有人是無辜的，所有人通通該死。狼人是個殺手，傑出、精明、無情的殺手。

他的不解已經離去了，葛笠法不再迷網。他反手抽回戟桿，回馬槍送往背後的心海，狼人在千鈞一髮之際躲過戟尖，側身消失。現實中的葛笠法隨即被擊中，鐵棍狠狠砸在他毫無防備的背上。

黑霧在他受創時暫時脫離了他，然後又回到他身上。葛笠法握著黑戟，努力抓回掌握，抵擋狼人雨點般的攻擊。狼人搶到空隙，沉重的鐵棍立刻毫不留情從各個角度進攻，呼呼擊打在葛笠法身上。

每一次擊中，黑霧便從葛笠法身上多散出一點。棍戟每一次交會，金屬敲打出的火星便在空氣中累積。葛笠法節節敗退，戰場的另一端傳來人類的哀嚎，還有獅人絕望的聲音。

這是一場屠殺，屠殺時流出來的血，最後都會匯入他的霧中。他能聽見烏鴉暗啞的鳴叫聲，地獄中的烈火正在等。

先有死亡，才能澆沃生命；你要先輸，然後勝利就不遠了。狼人不知道，但是葛笠法很清楚。他笑著揮出一記失敗的攻擊，然後鐵棍不斷砸在他身上，奪走呼吸的空間。

亞儕擋下一次攻擊，迅速矮身側踢，狠狠擊中怪物的後膝。怪物膝蓋一彎跪倒在地，用戟桿檔下亞儕的棍棒，回了一記挑刺。亞儕躲過惡毒的鋒刃，心海中的野狼抓準黑霧凝結的短暫空隙，躍過戟桿撲向怪物，狼牙狠狠咬穿牠的右腿。

大量的鮮血隨即濺出，熱騰騰的血像酸液般燙傷他的口腔，亞儕趕緊撤退！怪物隨之進入現實，痛苦的亞儕在最後一秒避開瞄準他肚皮的戟尖，鐵棍掃在怪物臉上。

怪物巨大的身體被他這一記攻擊掃倒，整個身體往左歪斜。亞儕沒有浪費機會，利用鐵棍為支點，舉起腳從反方向追擊，硬生生在怪物下巴上補上一腳。

連環攻勢讓牠頭昏眼花，但卻沒有抹去牠臉上的笑容，就連亞儕敲在牠身上的鐵棍，看上去也沒有造成任何可見的傷害。

亞儕握棍的手不禁發軟，步法開始凌亂失序。這是怎麼一回事？受了這麼多攻擊，為什麼就是不會倒下？牠受傷了，亞儕很確定這一點，因為牠舉起黑戟的姿勢不如戰鬥開始時自然順暢，右肩轉動的角度也非常彆扭，但是牠的臉上還是帶著笑容。

亞儕鼻子裡充斥著硝煙的味道，沒辦法分辨怪物真實的情緒，聽覺似乎早在戰鬥開始時便被人屏障，放眼望去四周只有濃厚的黑霧。這裡不像邊關絕境的戰場，反而更像惡夢深處。同時在心海與現實中開戰急速消耗他的體力，疲憊與困頓沒花多少時間便取代了精力的位置，混亂的思緒更是一點幫助也沒有。

他會輸嗎？弱小的他要怎麼和這麼一個怪物對抗？

然後，怪物的刺擊歪了。亞儕幾乎沒躲，輕而易舉揮開黑戟的尖刺。

牠也許能維持表情不變，也許能嘲笑亞儕，但牠絕對不是不倒的惡魔。就像豬人的算計一樣，只要亞儕傾盡全力，牠也有弱點能被擊破。

亞儕迅速換氣，鐵棍橫掃，再一次擊中怪物受傷的右腿。怪物膝蓋頓時傾倒，如蛇般靈活的黑戟也亂了節奏。亞儕對準他的肩膀又是一記重擊。

他能贏，只要他繼續保持專心，繼續攻擊下去。怪物已經是強弩之末，只要跨過牠的屍體，他們就能進入樓黔牙尋找葛笠法。他必須要贏，此時此刻獅人的兇器不是他該憐憫的對象。他舉起鐵棍再次揮擊，鐵棍打在怪物傷痕累累的背上，黑色的霧氣如塵埃飛舞。

亞儕抽回棍子的時候，摸到上面一片潮濕。他全身大汗淋漓，忘我地投入戰鬥。

不解飛過整個戰場，他能看到所有的一切。他一直沒有遠去，肉體的編織對他而言還是有一定程度的束縛。

人類完了，他能看見兵奴倒戈，在戰場上無情地屠殺自己的同胞和獅人。人馬衝向邊關絕境的城牆，城中薄弱的守軍毫無抵抗能力。這是一場還沒開始，就注定所有人都要輸掉的戰爭。

他能看見防濟遠，痛苦絕望的他一人獨撐大局，指揮剩下的軍隊徒勞地掙扎。他和地底深淵之間，不超過三步的距離。河岸旁的兵奴殺光了附近的獅人，開始改殺人類，很快的苦辣瓦河旁便會一個也不剩。士兵的頭顱和四肢像下雨一樣，和腫脹的獅人混在一起。

防濟遠的心在沸騰。他看見守在塔樓上的隘恆抓著劍，帶著部隊迎敵，躍上城樓的人馬用巨槌搗碎了他的胸甲，一舉突破關口。防致才抓著長槍擋在城樓前，防致武就站在他身邊，亂箭貫穿他們的胸膛和眼窩。又兩個人自心海中逝去。

陶凌在心海中試圖掌握戰況，何青替他護航，領著最後的侍衛對抗殺紅眼的傭兵。易書德拖著傷腿，搶過傳令兵的長刀，奇蹟似地砍倒一個衝進營區的人馬。其他人馬圍了上來。

防家的好運終於用完了，他感到非常痛快。一切就要結束了，所有人都瘋了，他們和敵人廝殺，和自己人自相殘殺，不想動手時不解會推他們一把，確認他們走上地獄的時間不會延遲。感謝濊生，他愈來愈擅長這種把戲。

他能看見羊女們在心海裡苦苦支撐，守住防將軍的心智不被毒蟲蠶食殆盡。面對一顆千瘡百孔的心，羊女就算賠了自己進去也毫無勝算，動手的胖子在西南的密林裡哈哈大笑，他期待這一天好久了。不解看見他虛偽的臉孔在心海中閃閃發光，現實中的他手舞足蹈。菟絲子網枯萎變黃，割傷了羊女的手指。

有了防將軍控制連結的秘密編織，他們就能對金鵲皇朝中所有的兵奴如法炮製，羽人操控兵奴的特殊方法將不再是獨家專利。人類和羽人，這狼狽為奸的一群人，將被自己的利刃刺入心槽。不解非常滿意。

受害者是自己的同胞這件事，對於失去心智的兵奴毫無阻礙。隨著人類在心海中的神術一個個消失，防濟遠連痛苦哀嚎的空閒都沒有。他揮著劍，身後的戰馬馱著昏迷的父親，旗兵抓著旗桿在他身邊發抖。

不解眼前的人命堆成了山，鮮血染紅苦辣瓦河。

吼吧！叫吧！這些人的痛又怎麼及得上他萬分之一？

毒蛇不見了，逃跑了。他帶到葛笠法面前的風暴被兵奴一刀砍斷了頭，現在正躺在人類的馬蹄旁。然後馬兒倒下，將他的屍體壓成肉泥。一切都是必然的。獅人只是一個插曲，即使短暫掌握了契機，最後還是要淹沒在滾滾洪流之中。他們的契機，如今已成致命毒藥。

他展開雙翼，又拋下一批火種，戰場上立刻傳出哀嚎，殺伐聲更響了。人類北方的城牆塌陷。

葛笠法呢？

另外一個孤獨的戰場在西方，兩個分不清楚面貌的怪物正激烈纏鬥。狼人不斷攻擊，在心海中的他是一匹殘暴嗜殺的狼，現實中的他則是冷酷精明的人。殘暴的他不斷在心海中出招攻擊，每擊都又快又準。冷酷的他每一步都經過計算，步步逼著對手走入他的陷阱。鐵棍沒有花俏的招式，一挑一擊一反手，每招都像座山一樣沉穩厚實，像川流般源源不絕。

葛笠法處於劣勢，體力過度消耗的他只能勉強與狼人抗衡。但是他還是在笑，在心海與現實中交叉穿行，揮舞著腐化汙染的氣息。他會勝利，這是他天生的職責，為了奪取每一場醜惡的勝利，就算要毀掉最後一匹俊美的灰狼也是。

黑色的霧氣滲入狼人的毛皮，再過不久就會侵蝕他的肌膚，將他由內而外燒乾。葛笠法在笑，他又完成了一個任務。

透過當初在力達堡時為了救他而建立的編織，不解感覺到自己的力量不斷被他汲取。他們的心已經緊緊相連了。不解能看見他混亂的意念，正隨著戰鬥一點一點崩潰，過往的美好像狼人毛皮的光澤一樣淡去。

狼人甩過一個棍花挑開黑戟，對準他的頭砸下去。鐵棍的破風聲銳利得像把劍，葛笠法的形影卻突然爆炸，散成黑霧反衝狼人。狼人被這一記殺得措手不及，整個人向後彈開！

霧中伸出一隻手，抓住他的鐵棍，蠻橫地將他整個人扯進霧中。

灼熱的霧嗆得狼人直咳嗽。葛笠法奪走他的武器，隨手丟棄，拖著傷腿和黑戟一步步走近。他的臉上露出笑容。狼人瞎了，鼻腔裡都是毒霧，趴在地上徒勞地試圖呼吸。

葛笠法抓住他的後頸向後一扳，覆著白色軟毛的咽喉在黑霧中意外顯眼。

不解看到了，透過過往的回憶，透過那雙還屬於羊人，而非狂魔的眼睛。

亞儕。

無知有時候是最甜美的祝福。

防濟遠揮舞著他的劍，他現在連神術都無力支持，只能聲嘶力竭為自己的生命吶喊。

羊女們節節敗退，毒蟲像潮水一樣湧出，她們慌張地拍打裙子和頭髮。

士兵們一波波倒下，壓垮了城牆，壓垮了自己。

亞儕要死了，然後就是葛笠法，未來在此時進入他的眼中，整個九黎大陸模糊的命運突然變得清晰。那是由他寫下，卻又一次次被否決的命運。

他們到最後都會死，他存在與否不會有任何改變。

不解閉上眼睛，收起雙翼開始墜落，宛若一顆流星劃過心海。

他們放聲大笑，狂魔與他的不解。

那電光火石的一瞬間，時間似乎也變慢了。

他的目標變成一團霧。

一隻巨手抓住他的鐵棍，扭曲的笑臉在黑霧中凝結。

怪物的笑容很明白告訴他一件事，這裡不是現實，這裡是他的惡夢，而惡夢正是怪物的世界。在這裡，怪物會累、會受傷、會輸掉戰鬥，但是牠絕對不會死，牠會等所有人倒下了，再一一撿走他們的屍體。亞儕試著用不成熟的逆神術把牠逼出心海，但結果反而是自己頭昏眼花，被一隻大手甩得老遠。

亞儕會輸，這是一場毫無意義的掙扎，試問你該如何與一個無形的概念拚搏，和一個毫無情感的世界爭鬥？他們永遠也走不出去，不論是他還是防濟遠，甚至是羊人們，都永遠不可能活著醒過來。

這才是他該有的結局。孤單、軟弱、只能看著他們一個個死去，不管他怎麼偽裝怎麼掙扎，他永遠都是群體裡最弱的一環，注定辜負所有人的期望，英雄之子只是一個虛妄的名聲。

怪物高舉燃燒的黑戟，火焰點燃了黑霧，四周陷入炫目的火光。牠知道亞儕失去了抵抗能力，惡夢把他的意志消磨殆盡，牠臉上瘋狂的笑容和眼淚說明了一切。

亞儕閉上眼睛，慘忍的手將他拖入毒霧中，奪走了他的武裝。

他高聲慘叫，感覺自己被撕成兩半。一半的他蹲在地上求饒，一半的他還以為掙扎能夠掙到一條生路，想大口喘氣，想再站起來。

黑霧壓著他，逼他認輸。

葛笠法。

防濟遠。

黛琪司、羊女們、老羊、同伴們……

他輸了，愧對了所有人。

霧滲透了他的口鼻，將他所有的勇氣侵蝕殆盡。他跪在地上，像隻找不到母親的羔羊一樣放聲大哭，恐懼和愧疚打垮了他。四周迴響著他的哭聲，惡魔在他面前獰笑，欣賞他最後的掙扎。

他哭號著，多希望有人能聽見他的呼喚。

「你在哪裡？你在哪裡？你到底去了什麼地方？你知道嗎，爸死了……我、我、我不知道該怎麼辦，我不知道該怎麼做！我好累了，真的累了……你到底在哪裡？我找不到你——拜託，不要丟下我……

「不要丟下我……」

他囈語著，這是他最後一次呼喚他了。亞儕舉起雙手，發現自己的手又變小了，腳掌又回復到以前又軟又扁的樣子。一隻弱小的狗崽，從來不知道堅強為何物。到最後，他能做的也只有跪在地上嚎啕大哭，為自己的失敗留下不甘的眼淚。黑霧盤旋繚繞，像高聳的牆團團圍住他們。怪物伸出手，像在游泳一樣，撥開濃厚的霧一步步向他逼近。

「葛笠法你在哪裡？我是亞儕，我來找你了，我們回家好嗎……」

羔羊的哭聲不停回盪。這裡只有他一個人，丟失了家人，辜負了責任。怪物拖著黑色的兵器走向他，臉上帶著嘲弄的笑臉。他不想死，不想死在這裡，不願去想這段路到最後依然一場空。

什麼都沒變，他誰也救不了。

有人大笑，扯緊他的後頸，逼他仰頭看著那兇殘的臉孔，炙熱的鋒刃急著割開他的喉嚨。

墜落的感覺很快就結束了，不解睜開雙眼，肉體的感覺非常遲鈍，脆弱的骨架根本撐不起他萬分之一的重量。以肉體行走在現實中，他大部分的力量都得拿來穩定肉體的編織，根本無法好好發揮。

他深吸一口氣，充盈整個身體，從骯髒的角落站起身來。他一站起身，全身便散出白光，火焰纏繞舔食他踏過的每一片土地。力量，這就是他與生俱來，過去握在手中卻不知如何運用的力量。他伸出手，從心海中抽出編織，為自己召來一把長劍。

熾白的劍身握在手上有種踏實感。他不需要劍來劈砍，只是習慣掌握著什麼在手裡。濊生教給他的壞習慣，他還來不及改掉。

「你！」

驚呼聲從陰暗的角落傳來，獨眼的豬女張大她僅剩的眼睛，不敢相信眼前的景象。不解可以看到幾千幾百的問題閃過她的內心，古神降臨擊碎了她所有的自信。

「你是誰？你應該只是個奴隸，你為什麼——」

不解的眼神足以讓她永生永世閉上嘴巴，對著黑寡婦那賤人立下永恆沉默的誓言。

「你的廢話太多了。」不解傲慢地說，他有傲慢的本錢。「這麼多問題，只有一個有意義。我讓你猜，猜中的話，今天就是你的幸運日。」

豬女張大嘴巴，葛笠法拷問她的時候她也是露出這張蠢臉，看了就煩。

「你是誰？」幾乎過了永恆這麼久，她才終於開口。不解的嘴角勾起微笑。至少，她還有這麼一點直覺。

「我是誰？問得好。我有很多身分，也有很多名字。」不解舉起長劍，展開雙臂，烈火在他身後織成巨大的羽翼，利爪在身前蓄勢待發。

「我是烈火，我是死亡。

「是終結，是毀滅，是一切。

「擁有巨翼的青炎之子，永恆光輝的雙眼，無盡虛幻中的翱翔之聲。

「朱羽神鳥，太始玄一。

「我是不解。」

他揮劍劈開心海與現實的界線。

幾乎像一場夢一樣，濟遠發現夢醒的過程非常痛苦。

他們完了，沒有任何的援兵會來。滿山遍野的兵奴占據了他們的視線，三百人的身影比三萬人還要可怕，人馬高踞在北方的山頭，不費吹灰之力便讓人類與獅人自相殘殺，樓黔牙和跳馬關坐收漁利。濟遠已經能聽見他們勝利的笑聲。

一切都結束了，不管他有多少心機計算，耍了多少的手段打算力挽狂瀾，最後不過是徒勞。他救不了任何人，他從心海裡看見羊女們還沒有放棄，但是他父親早已倒下。一切都結束了，邊關絕境完了，金鵠皇朝將成為歷史，他的士兵一個接一個倒下，城牆上燃起火焰。

都完了。

「真可悲。」

濟遠抬起頭，不過似乎只有他聽見這個聲音。這聲音從心海深處傳出，鼓動著整個空間，羊女們被震得幾乎站不住腳步，兵奴的連結因而出現裂痕。

「是誰？」濟遠大喊。他聽過這個聲音，在犄角狂魔大開殺戒的時候，曾經出現在他們左近。

聲音由遠而近，巨翼掩蔽整個心海，驟昇的高溫燒乾了濟遠的汗水，巨爪像牢籠一樣困住所有的軍隊。突然間的反差讓所有人愣在原地，但是更恐怖的是壓在心中的重量，將他們原先的殺意輾成一粒沙，然後被一陣焚風吹得無影無蹤。

濟遠目瞪口呆，只見到金紅色的身影一閃而逝，再定睛一看，燃燒的身影消失了，眼前是另外一個他曾經看過的男孩。

「解元？」

「我不是解元，不管你認識的人是誰，我的名字是不解。」

「不解？不對，你明明是解元。你是防家的庶子，當初夫人——」

「住口！」提起防家，巨翼的幻影在天空中閃爍，恍若要劈裂天地。

「我不是防家的人，從來不是！不要提起這骯髒的姓氏，這是連自己的女兒都殺，連自己的兒子都能出賣的汙穢血脈。我不姓防，從遠古到今時、到永恆，我都不會和那家人有任何關係！」

濟遠僵立在原地，不知道該說什麼。他們以前就不是親近的兄弟，離開家鄉時甚至連聲告別都沒有。不解是屬於他極力避免的一群，那群人的存在時時提醒著他原本的命運。

自稱不解的男孩流下了眼淚。他身邊瀰漫著一層白色的霧氣，光線在他身邊被扭曲定型，然後又隨之消散。他整個人看起來像在燃燒。

「她對你做了什麼？」濟遠看得懂他的眼神，那是失去得太多，再也不敢有任何奢望的眼睛。那雙眼只能用冰冷的火焰去填滿，防止空洞反噬心靈。

「她？」

「夫人。」

「她殺了碧玟。」

濟遠膝蓋一軟，跪倒在地上。

「沒有什麼瘟疫，也沒有盜匪。只有我，還有碧玟。」

「為什麼？為什麼……」

「不重要了。」不解說。

他手上的劍一揮，無數的兵奴立刻被焚燒殆盡，白色的火焰像水銀一樣四散橫流，再降溫成青色、黃色、紅色，最後留下一片焦土。交錯落下的雷電斬斷兵奴的連結，燒乾他們的心智，濟遠能看見心海中一點一點的餘燼。

「我能殺了他們，不管再多都一樣。」他再次揮劍，天雷地火憑空炸出，這次連人馬陣營都遭到波及了。慘叫聲在爆裂聲中變得細不可聞，血肉來不及噴濺便化為塵灰。軍隊潰不成軍，背叛的兵奴、掙扎的金鵲軍、倒戈的人馬、敗陣的獅人，連張驚恐的臉都沒留下。沒有人想怎麼攻擊反制，如何突破缺口，當死神本尊親自大開殺戒時，就是全天下最精銳的部隊也只有匆忙奔逃的份。

火焰的洪流在某個方向停滯。不解隨手抓了一道空氣，凝成羽箭擲去。遠方傳回一聲淒厲的哀嚎。

濟遠膽戰心驚。

「住、住手——快住手！」

他伸手抓住不解的手腕想阻止他，高溫立刻逼他鬆開手掌。他訝異地望著自己的右手，殷紅的血肉在傷口裡膨脹，詭異的疏離感隔開他與痛楚。

「你想阻止我？」不解轉看著他。

「他們、他們什麼都沒有做錯！」

「沒有？」不解的眼睛發出光芒。「當我們被人嚴刑拷打的時候他們做了什麼？當我們被拆散，強迫自己認罪好救對方一命的時候他們又在哪裡？你說的沒錯，旁觀者什麼都不知道，因為他們早就把自己的心靈交給另外一個意志，聽憑自己成為殺人的工具。當我清理這些髒汙的時候，你也該站在我身邊，為他們的慘叫大聲慶祝。」

濟遠沒有回話，他知道他的憤怒何來，看著他幾乎就像看著小時候的自己。只是他沒有力量，只能咬牙承受這一切，一路背著不屬於他的重擔走到今天。如果他也能擁有力量，是否也會像不解一樣？

這念頭嚇得他全身發冷。

「看看他們，以為自己會有機會。」不解用劍指著人群說：「以為自己跑得夠努力，就能掙脫地底深淵的輪迴之火。殊不知從他們誕生的那一刻，冥河的水便隨著時間日漸淹沒他們短暫的肉身。」

不解放開長劍，熾白的劍身散成一團光芒，消失在虛空之中。

「我可以救你一命，也能放過這些人，但你得用另外一條命來補，這是我應得的。」

「哪一條？」濟遠下意識抓住父親的手。如果他的復仇延伸到父親身上——濟遠一點勝算也沒有，只能力拚同歸於盡了。

「跟我來。」不解轉身就要離開，濟遠連忙叫住他。

「我的人……」

「讓他們逃吧！你對他們一點辦法也沒有。我已經把不相干的人趕出心海，在我的力量還沒消失之前，沒有人能隨意進出。至於你的父親，自然有人會照顧他，我一點忙也幫不上——除非你希望我把他的心智燒掉。」

濟遠看看不解，又看看父親。也許讓父親離不解遠一點，也算是個折衷方法。濟遠放開父親的手，爬起身隨不解走入白光之中。

沒有人看見這一幕，當士兵們回過頭的時候，只見到防將軍一人躺在地上，原先努力撐持戰局的校尉，在敵軍潰逃的時候消失得無影無蹤。

那殘忍的白光奪走了他的獵物！

他能感覺到掌心裡的觸感，但是那殘忍的白光驅散黑霧，弄瞎了他的雙眼！

葛笠法尖叫，抓著崩散的黑戟對著光芒劈砍，左手緊緊抓著獵物，不敢放開。他聽不見聲音，聞不到味道，眼前只有空無。

他們都在笑他、他們都想對付他、他們通通該死。

突然，白光消失，像是畏懼他的憤怒一樣躲回黑暗中。他的眼前突然又只剩一片黑暗。他不敢放開手，也不敢停下劈砍的戟。他想像戟上燃燒著火焰，用力揮舞，徒勞地想照亮無垠的黑。

小奴隸只剩下他了，他是個怪物，一個只能用殺戮來延續悲慘使命的怪物。他的臉已經毀了，心則在更早之前，但是他的身體是完整的，他的手上血腥是真實的。他要戰鬥，殺光藏身在黑夜中的惡魔，要殺光他們才有活命的機會。

豐腴的血、肉、骨，藏在脂肪與筋絡中的命火，他每揮砍一次就激起一些，也許燐光終究能照亮無盡的黑暗。他聽見悲慘的求饒聲，掙扎的哀嚎，不甘心的眼淚和血濺在他身上，像鎖鍊一樣拖著他向下沉淪。

他不能停下來，亞儕在等他，小奴隸……

可是小奴隸死了，亞儕也是。

他的戰鬥只是一場空。

現實像一把利刃插進他的心中，葛笠法不經意鬆開了手，柔軟的皮毛溜出他的指尖，黑戟散成霧氣。

他到底在為誰戰鬥？他殺了多少人，就為了一點熄滅的火光？他是誰？他為什麼在戰鬥？他的對手是誰？

他什麼都不知道。他沒有父親，沒有家人，沒有朋友，甚至連一顆完整的心都沒有。所有的人都死了，疲憊壓著他，罪惡灼燒他的內臟，啃著他的骨頭。他想笑，但是連笑聲都被黑暗吞食。他輸了，那些迫害他的人就贏了；等他們贏了，整個世界就要輸了。總是這樣，世事無法盡如人意。

亞儕在哭，為他倆飄泊的命運放聲大哭。有人在笑，為整個虛妄的世界放聲大笑。

完了，一切都結束了。

葛笠法跪倒在地，黑霧像河水般淹沒他。他用手蓋住雙眼，笑容被大水沖得面目全非。亞儕還在哭。在這一片空無中，他幻想中的哭聲成了最真實的東西。

那不是亞儕，亞儕死了。

如果不是他又會是誰？

可憐的孩子，他寂寞嗎？沒有人陪在他的身邊，這條直達地底深淵的路陰冷又恐怖。葛笠法張著嘴巴，努力想伸出手；也許他還能抓住些什麼，陪著哭泣的孩子走完最後一段路。

那是亞儕，也可能是他的小奴隸，甚至是個不認識的孤兒也好。只要他願意，疲憊的葛笠法願意陪他走完這一程。他們可以一起離開這慘忍的世界，到一個只有安詳寧靜的來世。

別了，他的故鄉。他不再奢望，就讓他的屍骨隨著黑霧煙消雲散吧。

黑暗的另一邊有張哭泣的臉，在月光下散出藍色的微光，像水中的倒影。

葛笠法伸出手，什麼都沒有，那臉消失了。

什麼都沒有。

奇怪的是，他不怎麼失望，失望是常態，不需要小題大作。他放下，放下最後的妄想。

他碰到一塊柔軟的毛皮。

一隻手攬上亞儕的肩，手和他都嚇了一跳，在黑暗中僵成石頭。亞儕閉緊嘴巴，連大氣都不敢喘一口。滿臉淚水的他根本看不清楚是誰，那隻手的觸感非常詭異，像是無數粗糙的傷疤堆疊而成的，粗糙的表面刺痛他。四周一片黑，衰敗的氣味飄進他的鼻子裡，毒霧不知什麼時候散去了。

那隻手遲疑了一下，然後輕輕地、慢慢地順著他的毛皮撫摸。雖然有些笨拙，但是那隻手知道該怎麼做。手知道要先順一下他脖子後的毛，再給他的肩膀一點壓力和一點訊號，然後放鬆，讓亞儕自動靠上去。

手做得很生疏，但是已經足夠了。亞儕睜大眼睛，四周透出微光，綠色的樹林漸漸清晰，一張破碎的臉出現在亞儕面前，長臉上的歪嘴努力想發出困難的音節。

「阿……」扭曲的臉後傳來一個沙啞的聲音。「阿儕……」

「葛笠法？」他的眼淚還沒散去，看得不大真切，但是那個聲音和手——是他！是他跨越了整個世界追尋的身影！

「亞儕。」一聲音愈說愈踏實，眼淚從葛笠法陌生的臉上不斷滴下來。那雙灰色的眼睛布滿血絲，淚水雜著亞儕難以忽視的痛苦。

沒有人說話，他們抱住彼此放聲痛哭。哭聲迴盪在心海裡，奧特蘭提斯的光陰為此停滯。一隻哀傷的眼睛閉上，留給他們一小片空間。此間之中，容不下任何語言文字。

濟遠不知道該說什麼。

以肉身進入心海是個奇怪的經驗，隔著心海看把整個邊關絕境嚇破膽的怪物嚎啕大哭是更奇怪的經驗。那個亞儕，看起來堅強幹練的亞儕，濟遠從沒想過他也有這一面。

「他們是——」

「他們是兄弟。」不解說：「葛笠法告訴我的。」

「葛笠法……」濟遠念道。「怪物的名字？」

「他不是怪物。」

「可是他殺了陣叔叔、常博，還有數不清的人。」

不解縱聲大笑。

「如果數量就能論定功過，那他比所有人都要偉大。如果不是他，我打算等你這一仗打完之後就燒毀整個世界——不用這麼緊張，這只是遲早的事。你們不是每天都把這個神話掛在嘴邊嗎？」

「可是我沒想過動手的人會是你。到底發生了什麼事？你怎麼會和他走在一起？」

「在我自我放逐的旅途上，只有他肯為一個骯髒低下的奴隸付出關心，甚至拋棄自由和生命。我不能說他全無錯處，但是他這一點善心，救了你們所有人。

「而當你口中的怪物受盡欺凌的時候，只有這隻狼崽和他的羊群想到要穿越九黎大陸，來救他毫無血緣的兄弟。看看你們，再看看他們，然後再告訴我誰有權定他的罪？」

濟遠低著頭，久久無法言語。這是一個冷漠的世界，他從很早之前就知道了。他以為只要身在其中久了，習慣了，就不會再感受到那割人的寒意。可是今天站在不解身邊，頓悟的空洞又排山倒海侵占他的胸口。

「也許，還有些東西，在這些冷漠、傷人的東西之外，也許還有些東西值得——」

「這個嗎？」

不解揮了一下手，有著一雙鳳眼的女孩出現在他們眼前，然後又散成一團螢光消失。濟遠先前被人挖空的傷口，隨著閃爍的螢光又痛了起來，點點刺在心頭。

「就算我用盡力量，也扭轉不了過去。照這樣看來，擁有神的力量也沒什麼了不起。」

強大的情緒不斷從不解身上滲出來，洪水般淹沒四周。他自己似乎並不清楚這個狀況，只能無助地被自己的情緒團團包圍，身陷泥淖中無法自拔。濟遠的心砰砰狂跳，但也不願躲避。如果可以，就算只能為他負擔萬分之一也好。他無法想像不解獨自吞忍的痛苦有多龐大。一個無能為力的神？擁有無窮的神力，卻連一個女孩都救不活。這世界上還有比這更絕望的事嗎？

「你為什麼在這裡？」濟遠問：「你有力量，自由了。你不該回來這個充滿傷痛的地方。」

「我說了，我救你一條命，就要用另外一條來補。」他說：「我把那些軍隊打退，而你得答應我不管接下來發生什麼事，你都會用性命保證羊人和他們的兄弟能平安離開。不管是豬人還是獅人，人虎或是人馬，甚至是羽人前來和你討價還價，你都不會背離他們，永遠守衛著他們的道路。」

不解的口氣非常強硬，濟遠該說些什麼？他該做的是承擔，而不是用空話保證，這些人拚上了命，他卻只敢踩著父親的陰影往前。他不知道該從何說起才好，他和不解在人生的旅途上擦身而過，最後卻在這個戰場上發現彼此驚人的相似。

舉凡他逃避的，終會降臨。他花了太多時間用軟弱逃避責任了。

「我答應你，我不知道自己能做到多少，但我一定全力以赴，直到朱鳥的烈火將我的靈魂吞噬。」他說。

「你還真會挑起誓的對象。」

「我以永恆的烈火，向我的兄弟發誓。這個誓言是你的。」

對於這句話，不解沒有任何表示。他嘆了口氣，濟遠不知道是自己的眼睛出了問題，還是他哀傷的氣息真的將自己的身體吹散了一秒。

「你剛剛——這是怎麼一回事？你剛剛身體好像……」

不解低頭看著自己的胸口。他這麼做的時候，身體又晃動了，光影錯開成一團白色的光霧，再疊成男孩的形像。

「這身臭皮囊撐不了太久。」他聳聳肩說：「凡胎的編織承受不了我的力量，臭皮囊只是暫時的容器而已。每一次轉生都是這樣，火焰一天天沖散編織，到時候我就得再輪迴去了。」

他說得很平靜。

「你要死了？」

「沒錯。」

「你要死了，可是你才——」

「才這麼年輕？你要知道，我可是活了幾千幾百世。」

可是濟遠眼前的人不是活過無數人生的通達智者，只是一個驚惶失措，強裝鎮靜的男孩。

「不要死，如果你是神，難道連救救你自己都辦不到嗎？」濟遠說：「拜託你，就算為了我，活下來。」

不解搖頭。「我是神，但是動手殺我的也是呀。你們都是她的編織，都是她的代行者，我在這個世界毫無勝算。」

「她？她是誰？」

「不重要了。」不解身體裡透出白色的光線，看上去像快散掉的布娃娃一樣。「答應我，記住你的誓言。保護他們，別讓他們被冷漠的世界吞沒了。」

「我會的！」

「拜託你了。」不解露出一抹微笑，沒有嘲諷或是譏誚，只是個單純的微笑。

「永別了。」

濟遠伸出手想抓住他。但是在抵達前，不解便散成一團凌亂的絲線，被一陣無名的風吹散，白光像流星從他指間溜走。撲空的濟遠腳步一個踉蹌，再定睛人已回到現實之中。

戰場的另一端，所有的人正瘋狂逃命，急著躲入城牆與山林的陰影中。詛咒般的日光追著他們，任何一丁點的白與紅都會引爆他們恐懼的本能。苦辣瓦河焦黑乾涸，毒龍口摧折崩毀。但在不遠處的一小片綠地上，鹿人與狼人互相探詢著對方的氣味，在彼此的擁抱中尋找錯過的光陰。

濟遠沒有去打擾他們，他們看起來需要好好敘敘舊，重新記憶彼此的氣息，這時候一點都不適合掃興的陌生人攪局。

他解下頭盔坐倒在地，看著天空雲開天青，朱鳥的火眼照耀整片大地。不管在哪裡，至少這隻眼睛還在天空之中。這麼想給了濟遠些許寬慰，他決定多感受一下依然活在世上的這份幸運，然後再來細想下一步該怎麼做。在他掌中的傷口隱隱作痛，提醒他未完成的諾言。這一次，他會學著扛起該負的責任，正視自己應為之事。

三隻羊女猛然從心海中被人震出來，有好一段時間腦子混混沌沌，根本不能處理任何事。她們只記得自己努力對付那些蟲子，弄得滿頭大汗，手指上都是一滴滴的血。然後突然間蟲子全部燒了起來，她們被人狠狠彈出心海。

等神智逐漸恢復清晰之後，一個畫面像夜空中的煙火一樣在她們腦子裡炸開。只有一瞬間的畫面，卻足夠她們銘記在心一輩子。

黛琪司猛然從床上跳起來，撩起裙子，用力把另外兩隻母羊踢醒。

「快醒醒！沒時間耽擱了！」她一邊踢一邊叫，帳外傳來騷動的聲音，老山羊們和鼠人把頭探了進來。

「怎麼了？」

「娜爾妲醒醒！奇科羅，你和木栗老爹、老艾草一起過來，幫我們擋住那些士兵，有人囉嗦就叫他們滾去吃屎！我們要出關去，就算黑寡婦擋在前面也一樣——我說妳們兩個要醒了沒有啊？」

五世從床上坐起來用力搖頭，像要把暈眩從腦筋裡搖出來。娜爾妲茫了一陣，接著用雙手奮力搓臉，跟著黛琪司一樣跳下床鋪。

「在哪裡？在哪裡？你們知道那個地方嗎？」

「我知道。」五世說：「在河邊，我們來的時候有看過那個地方。」

「那還廢話什麼？」

老山羊和鼠人一點也聽不懂他們在說什麼。但是三名羊女急匆匆跑出營帳的時候，他們三人還是盡責地幫她們開路。

騷亂還沒完全停下來，到處都是士兵匆忙奔跑，為了一件可能愈來愈嚴重的意外，試圖引起其他人的注意。但是意外太多了，太多的聲音在整個軍營裡蔓延，沒有人能看清真正重要的事。他們是幸運的一群。

羊女們輕鬆越過早就沒人看守的關口。木栗老爹的手杖輕巧地轉了一個角度，就擋住了打算上來攔截他們的白癡士兵；老艾草假裝跌倒，吸引三個熱心過頭的蠢蛋。

「你們做什麼？」一個滿臉橫肉的士官對著羊女大吼。

「長官！」奇科羅發出一聲足以媲美專業演員的淒厲呼喊。「你一定要過來看看！」

羊女假裝沒看見這場爛戲，一路奔出關外。到了寬闊的荒野上，更沒有人類追得上他們了。他們向前跑，用敏捷的腳步跳過小溪，繞過錯綜複雜的支流。西方的矮樹林原本是獅人的地盤，不過獅人已逃逸得無影無蹤。戰場上臭不可耐，到處都是鮮血的味道，擾亂嗅覺與視聽。但是母羊們知道一個方向，那個方向非常明確。

進入樹林後，他們稍稍拐向南方，選了一條繞過樹林邊緣的小徑，然後——

「在那裡！」娜爾姐指著前方。

一棵樹下，一個長臉的巨大怪物抱著亞儕，正沉沉睡著。他的臉上有個恐怖的烙印，四肢長得不成比例，兩塊帶血的斷角殘根像惡作劇一樣插在他的腦袋上。他斑雜的毛皮上到處都是乾涸的血跡，和毛皮柔順的亞儕一比，像個拿鐵樹樁和皮革匠不要的動物雜毛，用惡意黏成的詛咒玩偶。

一身髒的亞儕讓他摟著自己的腰，垂著頭趴在怪物寬闊的肩膀上，像抱著寵物的孩子。

突然，他動了一下耳朵，張開一隻眼睛，看見是姊姊和母羊們，又把頭埋進怪物的臂彎裡。他帶出去的鐵棍丟在溪邊，四周隱約有股硫磺的臭氣。

「那是……」後到的五世話只說了一半，不過她想說什麼，黛琪司一清二楚。除了她自己之外，亞儕只會用這種姿態睡在兩個人的懷抱裡。一股酸苦湧上她的喉嚨。

「我們先走吧。」黛琪司說：「讓他們睡一下。」

「可是——」

「可是什麼呀？讓他們兩個睡上一覺，難道就會引起世界末日嗎？這世界難道就不能休息一下，不要一直繞著他們轉可以嗎？」

娜爾妲和五世沒有說話，黛琪司拿裙子擦掉臉上的淚水。那個人類軍官盤坐在不遠的草地上，閉著眼睛把臉對著太陽。黛琪司沒把握自己能不能控制踢爆他腦袋的衝動，但總有人要做沒人想做的事才行。

「我想，我們有很多事要談。」

人類軍官眨眨眼睛，轉過來面向她。他張開眼睛的時候看起來怪怪的，和黛琪司印象中的軟弱小白臉不大一樣。

「沒錯。」人類軍官點頭。「有很多事。但首先，我要先告訴你一個故事。」

「故事？」羊女們你看我我看你，不知道他在玩什麼花樣。

「這是很長的一個故事。」

「我們現在不趕著追殺什麼邪惡勢力，你也沒剩多少軍隊好指揮，所以多的是時間。」黛琪司說。

「那麼……」人類軍官——防濟遠，她總算想起來了——深吸一口氣。「這個故事主要和一個男孩有關，還有一個怪物，一個神。」

他開始說出他知道的一切。

# 尾聲

大戰過後的毒龍口一片狼藉，不管是人類還是獅人，都忙著收拾毀壞的陣地。人馬已經逃回南方，或是進入樓黔牙找他們有錢的雇主。但不論是哪一個方向，獅人和人類都沒有辦法追上去討回公道，只能困在原地舔舐傷口。

在這殘破的大地上來了一個訪客。她是一個穿著灰色衣裙的人類女子，踩著優雅的腳步渡過苦辣瓦河的滾滾洪流。

她看起來像是金鵲的女子，但是下一秒又像個賀力達的酒館大媽，或是一個在跳馬關旁的小部落，賣玉米維生的老婦。唯一不變的，是她身上的灰色衣裙浮動著魚鱗般的白色光芒，令人看了目眩神迷。

她走上一條蜿蜒的小支流，一路往山脈深處走去。一隻小小的白色蝴蝶飛到前方為她指路，然後又翩然離去。她要去的地方，連死者都要退避三舍。蝴蝶指引的洞穴入口就在前方，灰衣女子無視危險的氣息，從容地踏進可怕的幽暗地穴。

她知道自己是誰，知道現在是什麼，這兩點總是讓她無往不利。

黑暗中傳來一聲低沉的聲音，那是比整個世界還要古老深沉，來自遠古洪荒的回音。

灰衣女子走向前，衣裙上發出輕柔的白光，逼退試圖捕抓她的黑暗。然後一隻利爪砍斷她的身軀，留下巨大的傷痕。

「我都忘了，你不在這裡。」黑暗中的聲音變得嫵媚，甚至有點像撒嬌調情的味道。「好姊妹，哪天要不要教一教我這一招？」

「我們身處於不同的境地，這是你和母親的法則。」灰衣女子的口氣一點變化也沒有，還是一貫優雅輕柔，對於腰腹上能透視到背後的傷口一點都不在意。她站在原地，輕飄飄宛如一抹幻影。

「法則、法則、法則，你和母親嘴裡就只有這個。看看我，我不就向你證明法則也是能打破的嗎？所以，不要再拘泥於那些無所謂的玩意兒。就像你常說的，我們要把握現在，放眼未來。」

「未來不是我們的世界。」

「是嗎？我還以為我已經從他手上搶到未來了。」

一個金色的沙漏在黑暗中慢慢浮現，沙漏的上方半滿，下方卻幾近全滿，金沙正一點一點違背引力的法則，向上緩緩飛去。

「不要說你沒有責任，你也分到了半枚，好保護你那可憐的法則。」

「只有他是完整的，我們被不完整綁縛在世界上。」

「你口中完整的他已經又死一次了。」黑暗中的聲音說話時大地隱隱顫動。「再一次被他自己愚蠢的惻隱之心吞沒。誰想得到呢？為了這些殘缺的東西，他居然願意一死再死，彷彿嫌棄輪迴的時間不夠長遠一樣。總有一天，他會被自己的婦人之仁害死。」

「他沒死，至少還沒有，這點你非常清楚。」

「沒有嗎？唉呀，這可不妙了不是嗎？違背了什麼？法則嗎？」

「表現一點慈悲，不會貶損你的格調。」

「像你一樣嗎？謝了，自由自在的日子我過慣了，沒時間為脆弱的生靈傷腦筋。」

灰衣女子輕聲嘆息。

「怎麼了？被你選中的人讓你失望了？」

「有無數的可能，端乎於一心。」她把沙漏推回黑暗中。「毀滅終究是他的選擇，你我都沒有置喙的餘地。」

「還真是發人深省的一句話，特別是出自一個長時間對世界上下其手的女神。」

「我只是希望事情有最好的結果。即使是毀滅，也有其意義。姊妹，收手吧！不管你在計畫什麼，在你還沒有後悔之前收手吧！」

「為什麼？」

「為了你自己。這是你的世界。」

「正因為這是我的世界，所以更應該讓我為所欲為。你阻止不了我，這是我的權力，這是我的世界。我再說一次，你阻止不了我。」

奧特蘭提斯因這聲音而震撼，又在灰衣女子裙下平息。她再次嘆息。

「我沒有辦法強迫你接受我說的話，我只希望你設想的未來，真的符合你的願望。如果奧特蘭提斯能撐過這一次，也許我們還有重逢的機會。再會了，我的姊妹。」

灰色的身影轉身離開，黑暗中的怒吼不斷回響，依稀可見八隻殘忍的眼睛，透出銳利的銀光將沉寂的黑暗切割得支離破碎。

「你聽見了嗎？你阻止不了我！我是編織世界的女神，萬有萬物由我而出，這世界是我的，我的子民將會收回一切。到時候，你會後悔，龜縮在地底深淵的他也一樣！」

黑色的水從地底深處奔向前方，載著憤怒的話語流過滿是鮮血的戰場。灰衣女子赤足行走在苦辣瓦河上，時間在她足下滾滾流動。

楓牙跳下藏身的楓樹，樹下有具焦黑的屍體。

心海中憑空飛來的羽箭打斷了楓牙的刺殺計畫。這是個恐怖的角色，他能隔空操弄一整群的兵奴，讓無數的心智服膺於他。在莎羅媽媽的教誨之中，她只知道一小群人可能擁有這種力量。她本想再多觀察一陣子，再決定下手時機，但那枝箭解決了一切。

箭的威力非比尋常，楓牙能聞到心海中火焰撕裂空氣的味道，彷彿雷霆化為巨龍，服膺飛箭的指令降下天譴。恐怖角色在箭的面前微不足道，連手都來不及舉起，便被劈成焦炭。

過程和預期的不大一樣，但他死透了，楓牙能更接近他，檢查她想看的證據。

她掰開屍體焦黑的嘴，拔出燒焦的牙齒。

獠牙，殘缺不全的黑色。

豬人。

楓牙咬緊牙關，露出森森白牙，雙耳貼在腦後，寒毛倒豎。她不知道這是怎麼一回事，但是她很確定有什麼恐怖的陰謀，正像這具屍體一樣，在豬人心中醞釀著惡臭。她必須盡快回到莎羅媽媽身邊，把她所見所聞一一回報。汗奧坎之子安全了，現在她有更重要的事得做。

她握緊豬人的獠牙，感覺心跳砰砰加速。在歸途上，她使盡全力狂奔，從來沒想過的情緒出現在心中。

恐懼正在滋長。

礫多華緩步往前走，他已經卸下偽裝的卑微，現在他是傲視群倫的黑智者。

前面的房間透出三色極光，蒙福前哨灰敗的牆因而化作五彩斑斕。時間比他預計的還要快一可悲的恐懼。

點，但是無所謂，他們的計畫奏效了。他推開房門，房中的益禽和若水抱著彼此，全身上下都是

「這到底是怎麼一回事？哲多你——」

礫多華一揮手，心術擊中若水。話說到一半的她兩眼一翻，倒在益禽懷中。

「若水？若水？娘娘呀！你做了什麼？」

做了什麼？這是個好問題。他集合了七名智者編織而成的網，總算等到獵物上門了。他能看見孔雀圖中的色彩，順著他們的編織延伸出去，益禽替他們完成的陷阱成形，拉引著一點微弱的白光進入畫紙中。

連倏馬失敗了，他的屍體如今躺在苦辣瓦河旁。

呂法翁娜還在逃亡，不曉得金獅戰團會容忍她多久。

他們以及他們的任務都不重要了，如今烈火之心再也不需要依靠虛無飄渺的狂魔預言。黑智者聯手捕獲了祂，礫多華會把祂握在掌心之中，太陽普照之地盡成帝國疆界。

礫多華忍不住笑了，冬風拍動老舊的建築，好像貪婪的孩子拍著餐桌，迫不及待要吞食整桌的美食。風雪即將越過世界之脊，蒙福前哨是它的起點，也是帝國揮出巨劍的第一站。

# 奧特蘭提斯眾生相

## 【神祇】

**青鱗女神**

蛇髮鱗尾，人身獸爪，三神之母，在化育三神後重回休眠。

**黑蜘蛛**

三神之一，又稱地母、黑寡婦、八足神女，以心術編織九黎世界的創世神，善妒而嚴酷。因忌妒朱鳥神力，設計奪取了時間金蛋，造成一連串事件。最後被烈火烙上沙漏印記，不知所蹤。

**白魚**

青鱗女神次女，和藹慈悲，智慧通達。東方民間普遍尊稱為魚仙娘娘，漂民則稱她為白鱗大士，是三神中信仰族群最多者。雖然民眾習慣將她描繪成溫柔的女性，但是在記錄中，她咒縛漂民世世代代為其賣命，亦曾為了阻止漂民遭到屠殺收回世間所有的水源。

**朱鳥**

掌管毀滅與未來，又名玄一，誕生於火焰之中。朱鳥因蜘蛛奪取了金蛋，憤而自戕進入輪迴，留下孔雀、夜鴞、烈火三化身，詛咒世界終將走向盡頭。朱鳥在傳說與神話中，多半以殘暴兇狠的面貌出現，但因其透視未來的神力，又被視為掌管機運的幸運神。

## 【人物】（依種族區分）

### ・羊人・

**葛笠法**

葛家長子，是村裡最高壯的羊人，個性散漫天真。真實身分為葛歐客收養之鹿人孤兒，遭豬女綁架後，應驗狂魔預言陷入瘋狂。

**葛歐客**

收養亞儕與葛笠法的羊人，黛琪司的父親。擁有三個孩子前的過去是一團謎，豬人與人類都和他有難分難解的糾葛。

**黛琪司**

葛家長女，援救葛笠法的羊人遠征隊召集人。

**哈耐巴**　木栗家的長孫，石頭般忠實的羊人，與黛琪司相戀，後加入遠征隊。

**槍恩與娜爾妲**　長薄耳家兄妹，調皮活潑，因為會算錢和識字獲選加入遠征隊。

**髒手指五世**　同輩中心術天分最高的羊人，遠征隊一員。

## ・狼人・

**葛亞儕**　羊人的狼人養子，大多時候以為自己是一頭羊。敏感悲觀，失去養父之後在黛琪司的監督下學著成為一名領袖，率領遠征隊救援葛笠法。

**楓牙**　亞儕暗戀的母狼人，遠征隊正式名單外的人員。母親為黑河部落首領汗莎羅，一族皆為當初汗奧坎的支持者。

**奧坎**　亞儕之母，獠牙戰爭中號召對抗豬人的傳奇狼人。兵敗遭黑智者囚入首都地下格鬥場，死於血角墨路伽之手。

## ・人類・

**防濟遠**

防家嫡子，人類軍官。極度沒有自信，自認不是軍人的料，卻為了家族被迫上戰場。意外發現豬人間諜的秘密，因此陷入兩難。

**防威伯**

邊關絕境鎮關大將軍，防家老爺。金鵲皇朝的保衛者，如劍一般銳利冰冷的人物，軟弱的兒子是他憂慮的源頭。為了同時解決家國問題，決心把兒子鍛鍊成英勇的軍官。

**防致武**

防大將軍最小的庶出兄弟。擔任濟遠的隨身書記與教僕，輔佐他成為一名優秀的軍官。

**陶凌**

邊關鎮關左將軍，笑口常開，反應快。

**陣垣**

邊關右將軍，嚴肅的人。

**易書德**　邊關校尉，隸屬右將軍麾下，十分瞧不起靠父親上位的防濟遠。

**益禽與若水**　來自金鵲鄉下的畫師，受豬人富商委託作畫，卻因為戰爭被擋在邊關無法如期履約。以通過金鵲關口為交換條件，尋求遠征隊保護。

**潮守命**　漂流之人，夜鴞守望者一員。曾在獠牙戰爭時期，參與救援汗奧坎的任務，可惜最後功敗垂成。在戰爭結束之後，接下監控狂魔動向的任務。

**滅生**　漂流之人，是守望者們公認年輕一輩最具心術天份的天才。在執行搜索烈火轉世化身的任務時被打成重傷，任務失敗的他轉而回到桂瀧南，調查防家和金鵲皇朝的內幕。

## ・豬人・

**呂翁夫人**　聲音低沉醇厚的豬女，陰毒狡詐，為了控制狂魔不擇手段。後遭發狂的葛笠法反噬，脫身後不知所蹤。

**垷絲拉**——豬女，呂翁夫人的隨從，綁架葛笠法的兇手之一。

### ·其他·

**長風屠萊**——人馬傭兵軍官，負責與防濟遠訂定契約，商討合作對抗獅人。

**范達希古**——老獅人，金獅戰團派出與豬人交涉的代表。看穿了葛笠法的真實身分，意圖利用他打破與金鵲皇朝的戰事僵局。

**血角墨路伽**——葛笠法親生父親，惡名昭彰，曾被視為最有可能實現狂魔預言的瘋狂格鬥士。

**奇科羅**——鼠人，羊人遠征隊穿越黑臉山和金鵲邊境的嚮導。

## 【組織】

**漂流之人**——又稱漂民的人類組織。在世界各地流浪，執行女神秘密任務的一族，被各政權視為麻煩製造者。姓氏因帶有水字邊得名，如濊、潮、浪……等等。族中長老組成夜鴞守望者，分工執行各項任務。

**金獅戰團**
由獅首人身的種族——獅人組成。與豬人結盟，因未知原因在邊關與金鵲皇朝發生衝突。

**黑智者**
豬人帝國的實質領導人，擅長從幕後操弄各國局勢。所有黑智者的真實身分都是謎團，據說只有身為黑智者才能辨識彼此。心術技巧高超，每個智者都有獨門的祕法，防不勝防。

**金鵲貴族**
金鵲皇朝人類貴族有分邑姓、阜姓兩種。邑姓貴族是金鵲皇朝開國元勳後代貴族，因姓氏中的邑字邊得名，如邵。阜姓則是後起的貴族世家，因姓氏中的阜字邊得名，如陳。教僕為世族大家中的中階管理人員，多為前一代大家長之庶出子女擔任。

## 【地理】

**奧特蘭提斯**
又稱九黎大陸，故事舞台。

**山泉村**：荒涼山崑崙海下的小村莊。五十年前大戰期間，羊人們為了躲避戰爭，越過世界最高峰後建立的小村莊，羊人遠征隊的故鄉。

**金鵲皇朝**：人類國家，統治者為神祕的羽人。近年因為皇位繼承問題，內外紛擾不斷。

**北灝筑**：金鵲皇朝最大省，亦為皇城所在地。

**桂瀧南**：金鵲皇朝第二大省，防家故鄉。

**邊關絕境**：金鵲與樓黔牙、金獅戰團接壤的邊境要塞，防家軍駐守之地。

**山關戰境**：金鵲設於終端之谷的關口，曾經是獠牙戰爭中兵家必爭之地。

**樓黔牙帝國**：豬人在獠牙戰爭後建立的新王朝。曾有史學家辯論過究竟是新帝國建立結束了獠牙戰爭，還是因為漂流之人與狼人聯手攻破帝國首都樓摩婪，刺激豬人各宗族團結建立新帝國。

**荒涼山崑崙海**

樓黔牙西南方高原，九黎大陸最高峰所在，世界之脊的起點。從來沒有人能翻閱世界之脊的傳說，獠牙戰爭期間由山泉村的先人打破。

**世界之脊**

綿延整個奧特蘭提斯的山脈系統，神話中蜘蛛女神編織世界時的骨幹。但如今除了荒涼山崑崙海與金鵲邊境之外，大多數的山脈都已被時間消磨，由其他的山峰取代。中心點被稱為終端之谷，據聞朱鳥便是在此處自焚而亡，連帶燒毀了世界之脊的中心。

**毒龍口、苦辣瓦河**

世界之脊的終點，金鵲與金獅戰團衝突發生地點。

**塔倫沃驛站**

終端之谷外的驛站，神奇地撐過各次大小戰役，成為九黎大陸上非正式的商業重鎮。

## 【心術與心海相關】

**心海**

凡人肉眼不能見之處，傳說為蜘蛛女神蛛網的空隙，宇宙與世界接軌之處。許多窺探者之後回憶，多半認為此處為一片廣渺沒有盡頭，現實世界的灰色對映。

**心術**

波動的心靈力量，在心海中製造幻象，迷惑他人的法術。心術技巧得當，能不留痕跡操縱他人的想法與情感，唯一的防範方法只有神術。使用心術的特徵是施術者會不自覺皺緊眉頭。心術需耗費大量體力，使用過度有過勞死的風險。

**神術**

穩定的神智力量，能在心海裡凝成意象，提供使用心術的立足點。熟練神術者，亦能以此防禦他人心術製造的幻覺。神術的使用會消耗心靈力量。民間傳說過度使用神術，會造成思想僵化，腦筋遲鈍，但目前未有確切的文獻與研究，指出此假說為真。

**體術**

犧牲神智力量，強化肢體力量與技巧的異術。使用體術者因為撤銷了神術防禦，很容易陷入瘋狂，或是為人所操控。修習此法的人不多，通常為兵奴或是特殊行業從業者。據說漂民能因使用逆術之故，同時發動神術與體術；此一說法從未獲得證實。

**逆神術**

逆術的一種，因與正法相對而被金鵲皇朝貶為逆術，使用者唯一死罪。據傳白鱗大士亦曾教授漂民如何使用逆神術。逆神術能強迫他人進入神術狀態，可封鎖敵人心術與感官，甚至造成時間暫停的假像。使用需耗費大量體力。

**逆體術**　能將心念幻想之物化為實體的逆術，但從未有人目睹實體。

**逆心術**　禁忌的法術，犧牲神智窺探未來。一切不明。

**正法**　又稱正術，心、神、體三術的總稱。

**逆術**　逆神、逆體、逆心三術的總稱。

# 寫於終端之谷

言雨

下篇後記要爆一個料，狂魔的故事的真正開頭，其實是防夫人的故事。

很難想像吧？

世事多變吶！

一開始的防夫人只是一篇追著網路活動的文章。這個活動就像過去參加過的大小徵文一樣，最後無疾而終。然而奧特蘭提斯的故事不知怎麼愈寫愈順手，先是防濟遠上門求救，再來葛笠法也帶著一大群的老鄉闖進來，揚言如果沒得上場就要作者下半輩子不用睡覺。最後，連他們家裡養的狼狗都帶上舞台了。

想當然爾，原本計畫的八萬字變成十萬字，十萬字在吵吵鬧鬧的羊人手上自動多加兩倍。如果不是導演和故事中的諸位夫人不合，罵她們賤人並堅持刪戲，編劇可能在完成作品前就先被字數統計嚇死了。

真難搞的一群人。（搧風）

好在歷經風風雨雨，總算將完整的作品呈現在各位眼前。

再次感謝編輯思佑，大士保佑他的耐性與眼力，一個作者每次修稿都要加上兩三百個注釋，光想都覺得這傢伙難搞。

還有把本作捧在掌心的各位讀者。要掌握這麼大的篇幅不容易，願意陪著他們一起走完這一遭的各位也不簡單。不管你是循規蹈矩，還是打破規則從後面來閱讀這篇故事，都期待你能找到樂趣，讀出屬於你自己的心術世界。

願朱鳥照耀你我！

釀冒險02 PG1384

# 狂魔戰歌
## ——烈火之心

| | |
|---|---|
| 作　　者 | 言　雨 |
| 責任編輯 | 陳思佑 |
| 圖文排版 | 周妤靜 |
| 封面設計 | 蔡瑋筠 |

| | |
|---|---|
| 出版策劃 | 釀出版 |
| 製作發行 | 秀威資訊科技股份有限公司 |
| | 114 台北市內湖區瑞光路76巷65號1樓 |
| | 電話：+886-2-2796-3638　傳真：+886-2-2796-1377 |
| | 服務信箱：service@showwe.com.tw |
| | http://www.showwe.com.tw |
| 郵政劃撥 | 19563868　戶名：秀威資訊科技股份有限公司 |
| 展售門市 | 國家書店【松江門市】 |
| | 104 台北市中山區松江路209號1樓 |
| | 電話：+886-2-2518-0207　傳真：+886-2-2518-0778 |
| 網路訂購 | 秀威網路書店：http://www.bodbooks.com.tw |
| | 國家網路書店：http://www.govbooks.com.tw |
| 法律顧問 | 毛國樑　律師 |
| 總 經 銷 | 聯合發行股份有限公司 |
| | 231新北市新店區寶橋路235巷6弄6號4F |
| | 電話：+886-2-2917-8022　傳真：+886-2-2915-6275 |

| | |
|---|---|
| 出版日期 | 2015年7月　BOD一版 |
| 定　　價 | 300元 |

國家圖書館出版品預行編目

狂魔戰歌：烈火之心 / 言雨著. -- 一版. -- 臺北
市：釀出版, 2015.07
面； 公分. -- (釀冒險；PG1384)
BOD版
ISBN 978-986-445-027-5(平裝)

857.7 104010447

# 讀者回函卡

感謝您購買本書，為提升服務品質，請填妥以下資料，將讀者回函卡直接寄回或傳真本公司，收到您的寶貴意見後，我們會收藏記錄及檢討，謝謝！如您需要了解本公司最新出版書目、購書優惠或企劃活動，歡迎您上網查詢或下載相關資料：http:// www.showwe.com.tw

您購買的書名：＿＿＿＿＿＿＿＿＿＿＿＿＿＿＿＿＿＿＿＿

出生日期：＿＿＿＿年＿＿＿＿月＿＿＿＿日

學歷：□高中（含）以下　□大專　□研究所（含）以上

職業：□製造業　□金融業　□資訊業　□軍警　□傳播業　□自由業
　　　□服務業　□公務員　□教職　□學生　□家管　□其它＿＿＿

購書地點：□網路書店　□實體書店　□書展　□郵購　□贈閱　□其他

您從何得知本書的消息？

□網路書店　□實體書店　□網路搜尋　□電子報　□書訊　□雜誌
□傳播媒體　□親友推薦　□網站推薦　□部落格　□其他＿＿＿＿

您對本書的評價：（請填代號　1.非常滿意　2.滿意　3.尚可　4.再改進）

封面設計＿＿　版面編排＿＿　內容＿＿　文／譯筆＿＿　價格＿＿

讀完書後您覺得：

□很有收穫　□有收穫　□收穫不多　□沒收穫

對我們的建議：＿＿＿＿＿＿＿＿＿＿＿＿＿＿＿＿＿＿＿＿

＿＿＿＿＿＿＿＿＿＿＿＿＿＿＿＿＿＿＿＿＿＿＿＿＿＿

＿＿＿＿＿＿＿＿＿＿＿＿＿＿＿＿＿＿＿＿＿＿＿＿＿＿

＿＿＿＿＿＿＿＿＿＿＿＿＿＿＿＿＿＿＿＿＿＿＿＿＿＿

請貼
郵票

11466
台北市內湖區瑞光路 76 巷 65 號 1 樓
**秀威資訊科技股份有限公司** 收
BOD 數位出版事業部

（請沿線對折寄回，謝謝！）

姓　　名：____________ 年齡：________ 性別：□女　□男

郵遞區號：□□□□□

地　　址：________________________________

聯絡電話：(日) ____________ (夜) ____________

E-mail：________________________________